AF144426

Luca Ventura

Grünes Gold

Der Capri-Krimi

ROMAN

Diogenes

Covermotiv: Foto von Bogdan Ianosi
Copyright © Bogdan Ianosi / Connected Archives x Kintzing
Die Karten der Insel Capri und des Golfs von Neapel
wurden gezeichnet von Julian Meyer
Das Zitat auf S. 68 stammt aus dem Lied ›Italodisco‹
von The Kolors, erschienen 2023 als Single
bei Warner Music Italy

Der Diogenes Verlag wird vom Bundesamt für Kultur
für die Jahre 2021–2025 unterstützt

»Bin ich zu spät?«, fragte er und klammerte sich mit einer Hand am Türrahmen fest. Für einen irrsinnigen Moment hoffte er, sie würde sagen: Ja. Sie sind zu spät. Tut mir leid.

Stattdessen nahm die Dottoressa ein Klemmbrett vom Tisch und sagte, ohne ihn eines weiteren Blickes zu würdigen: »Kommen Sie.«

Er folgte ihr den Gang hinunter an Türen vorbei, hinter denen kranke, alte und sterbende Menschen lagen, und fragte sich, was er sich schon auf seiner Zugreise und auf der Taxifahrt quer durch die Stadt gefragt hatte: Was sollte er seiner Mutter sagen, falls sie noch einmal zu Bewusstsein kam? Dass er ihr verzieh? Dass er sie liebte? Sollte er ihr zuliebe lügen? Und würde sie ihn überhaupt erkennen?

Wahrscheinlich würde sie ihm Vorwürfe machen wie jedes Mal, wenn er sich aufraffte und sie doch mal aus der Kanzlei anrief oder aus dem Gericht, zwischen zwei Terminen mit entsprechender Geräuschkulisse, damit er sich jederzeit herausreden und sagen konnte: Mamma, ich muss Schluss machen. Ruf mich an, wenn du etwas brauchst – wohl wissend, dass sie ihn niemals an- oder zurückrufen würde.

Die Dottoressa öffnete die Tür, ohne anzuklopfen. Das fiel ihm noch auf, genauso wie der seidige Schimmer ihrer

Haare, ihr glitzernder Ohrstecker und dass der Lack rund um die Türklinke herum abgeplatzt war. Als würde er bis zur letzten Sekunde alles wahrnehmen, um den Moment des Wiedersehens hinauszuzögern und nicht den Blick heben zu müssen.

Was er dann sah, waren Apparate und Monitore, die wie eine kleine Familie um ihr Bett herum aufgestellt waren und in einem geschäftigen Rhythmus piepten und schnauften. Er kam sich in dieser Runde überflüssig und fehl am Platz vor, wie bei einer Unterhaltung, zu der er nichts beizutragen hatte. Erst unter dem fragenden Blick der Dottoressa sah er sich gezwungen näher zu treten.

Die weiße Bettdecke war so flach, als würde gar nichts darunterliegen. Aber aus dem Kopfkissen ragte etwas Spitzes heraus, die Nase. Sie war ihm fremd. Panik erfasste ihn. Er wollte sich umdrehen, zur Dottoressa sagen, dass es sich um einen Irrtum handelte, um eine Verwechslung, dass diese kleine, in sich zusammengefallene Person eine Unbekannte war, mit der er nichts zu tun hatte – als sich plötzlich in dem verrunzelten, von Altersflecken übersäten Gesicht ein Auge öffnete und ihn anschaute. Sie hatte das Sterben aufgeschoben und auf nichts anderes gewartet als auf diesen Moment, da er an ihr Bett treten würde.

»Zehn Minuten«, sagte die Dottoressa mit dem Klemmbrett an den Monitoren, den Blick auf Zahlen von Herz- und Pulsfrequenzen gerichtet, die sie in aller Ruhe in eine Tabelle eintrug. Das abschließende Klicken ihres Kugelschreibers schien die Bestätigung zu sein, dass in ihrer Welt, in der sie die Knöpfe drückte, alles in Ordnung war.

Bitte, wollte er rufen, Dottoressa, gehen Sie nicht weg.

Aber über seine Lippen kam kein Laut. Die Tür klappte, und er war mit seiner Mutter allein.

Ihre Augen waren wieder geschlossen. Je länger er ihr Gesicht betrachtete, die Bitterkeit und das Unerbittliche darin sah, umso vertrauter wurde es ihm. Nur die Kraft, mit der sie ihn verprügelt hatte, und die ungeheure Energie, von der sie sich bei all den Fehlentscheidungen in ihrem Leben hatte leiten lassen, waren daraus verschwunden. Stattdessen kam ein ganz neuer Zug an seiner Mutter zum Vorschein: eine Schwäche und Verletzlichkeit, und ihn überkam ein unerhörter Gedanke.

Er würde nicht drücken oder pressen, sondern das Kissen sanft auf ihr Gesicht legen und schauen, was passiert. Zehn Minuten, hatte die Pflegerin gesagt. Wenn seine Mutter es schaffte, hätte sie gewonnen. Wenn nicht, wäre es vorbei. Ein für alle Mal.

Doch auf einmal bewegten sich ihre trockenen Lippen. »Komm näher, Alessandro«, flüsterte sie. »Näher.«

Er gehorchte. Ihr Atem rasselte wie bei einer Maschine, die verschlissen und nicht mehr zu reparieren war.

»Du musst etwas wissen.« Der Apparat neben ihr half ihr, die Worte herauszupressen. »Dir gehört – ein Grundstück.«

»Wovon sprichst du, Mamma?«, fragte er. »Mir gehört kein Grundstück.«

»Doch«, beharrte sie. »Ein Grundstück.« Ganz kurzatmig war sie und schien all ihre Kräfte zu mobilisieren. »Von deinem Vater.«

»Wovon redest du?«, fragte er heiser. Sie hatte noch nie von seinem Vater gesprochen. Er kannte diesen Mann nicht.

»Dein Vater«, wiederholte sie matt und pustete. »Er hatte ein Grundstück. Da steht ein Baum. Ein Olivenbaum. Ein besonderer.« Sie pustete wieder, bewegte weiter ihre Lippen, ohne dabei ein Wort hervorzubringen.

»Mamma?« Er kam ihr so nahe, dass er etwas Säuerliches roch und noch etwas, für das er kein Wort hatte. Vielleicht war es der Tod.

»Wo ist dieses Grundstück?«, fragte er und legte sein Ohr fast auf ihren Mund.

Er spürte ihren letzten Atemzug, mit dem sie hauchte: »Auf Capri.«

I

Der Morgen dämmerte. Auf den Blättern glitzerten Tautropfen, und die Erde war feucht, als Rizzi im Gemüsebeet bei den Auberginen anlangte und auf etwas stieß, das merkwürdig oder zumindest ungewöhnlich war.

Der Granatapfel leuchtete rot zwischen den dunklen Auberginen und sah aus, als wäre er vom Himmel gefallen. Die Frucht war mehrere Meter gekullert und die dicke Schale aufgeplatzt. Aus dem Spalt quollen die roten Kerne hervor und blinkten im ersten Tageslicht wie kostbare Rubine.

Der erste Granatapfel Anfang Oktober? Rizzi konnte sich nicht erinnern, so etwas schon einmal erlebt zu haben. Seinem Vater ging es genauso.

»Gleich haben wir es geschafft«, ächzte Vito und wuchtete den Fenchel auf die Ladefläche.

Die Ausbeute an diesem Morgen war absolut zufriedenstellend: Fünfzehn Kisten mit Auberginen, Zucchini, Fenchel und Kartoffeln waren es insgesamt. Nur bei den Tomaten sah es traurig aus: Gerade mal siebzig Fläschchen waren beim Einkochen am Wochenende zusammengekommen. Im vergangenen Jahr waren es noch hundertzwanzig gewesen, davor hundertachtzig, und wenn man Vito glaubte, waren es früher immer über zweihundert gewesen. Die Sommermonate waren einfach heißer und trockener geworden, die Pflanzen verbrannten teilweise regelrecht. Manche trugen gar keine Früchte und viele nur ganz kleine.

Rizzi pfiff nach dem Hund, der zwischen den Weinreben und Orangenbäumen durch den Garten stromerte, und verriegelte die Klappe, nachdem Romeo auf die Ladefläche gesprungen war.

Dann stieg Rizzi vorne auf der Beifahrerseite ein und rutschte in der engen Fahrerkabine der dreirädrigen Ape auf das Sitzbänkchen neben Vito, der den Motor startete. Es war der Beginn eines ganz normalen Tages.

Zweieinhalb Stunden später waren sie am Ende ihrer Tour angekommen und hielten in der Via Pino bei ihrem letzten Kunden, der Trattoria Uliveto, außerhalb von Anacapri.

Bepackt mit zwei Kisten Gemüse und begleitet vom Hund, stieß Rizzi mit der Hüfte die Gartentür auf und stieg die Treppe zur Restaurantterrasse hinauf. Oben angekommen, stellte er kurz die schweren Kisten auf der Balustrade ab und verschnaufte. In der Ferne, zwischen den silbrig grünen Blättern der Olivenbäume, schimmerte das Meer und bildete am Horizont einen Streifen, der nur in der Morgensonne von einem so durchscheinenden edlen Blau war. Am Himmel zeigte eine lockere Kette aus Schäfchenwolken an, dass es auch an diesem Tag wieder nur Sonnenschein und keinen einzigen Regentropfen geben würde.

Romeo hatte seine Vorderpfoten über die Mauer gelegt, schaute in den Olivenhain hinunter und stellte die Ohren auf.

»Lass die Vögel in Ruhe.« Rizzi hob die Kisten wieder an. »Sie sind sowieso schneller als du.«

Er trug die Ware hinunter in den Hof, ein Freundschaftsdienst, um Claudia das Schleppen zu ersparen, schnappte sich die leeren Gemüsekisten, die von der letzten Lieferung zum Abholen bereitstanden, und stieg die Treppe wieder hinauf, Stufe für Stufe, während er hörte, wie irgendwo eine Tür oder ein Fenster zuknallte. Als er oben auf der Terrasse ankam, war der Hund verschwunden.

»Romeo!« Rizzi fuhr sich mit dem Ärmel über die Stirn und murmelte: »Was ist denn heute mit dir los?«

Der Hund tauchte hinter den Brombeerbüschen auf und jagte zwischen den Olivenbäumen kläffend hinter einer schmalen Gestalt her, die wie in Panik davonrannte. Rizzi fluchte. Wer sich hier nicht auskannte und den falschen Abzweig nahm, stieß schnell an die Klippen und lief Gefahr, in die Tiefe zu stürzen.

»Vorsicht!« Rizzi legte seine Hände wie eine Flüstertüte an den Mund. »Da ist ein Abhang!«

Statt stehen zu bleiben oder sich wenigstens umzudrehen, rannte die Person weiter.

»Romeo! Komm sofort her!« Rizzi sprang über die Mauer, landete tiefer als gedacht und rappelte sich auf.

»Bleiben Sie doch stehen!«, rief er und rannte, bis er an den Klippen angekommen war. Schwer atmend blieb er stehen. Unter ihm donnerte das Meer, schlug in hohen Wellen an die Felsen, schäumte und spritzte, aber von dem Menschen war nichts zu sehen. Nur Romeo kam hechelnd angelaufen. Der Typ konnte eigentlich nur durch den Olivenhain zurückgelaufen sein.

»Was ist los mit dir?«, fragte Rizzi und gab dem Hund einen Klaps auf die nasse Schnauze.

Als Rizzi auf dem Rückweg zwischen den Bäumen hindurchging, schaute er nach oben, wo die Zweige voller Oliven hingen, die langsam ihre schwarze Färbung bekamen und dringend geerntet werden mussten.

»Was ist passiert?« Vito lehnte mit einem Zigarillo im Mundwinkel an der Ape.

»Romeo hat jemanden gejagt.« Rizzi schob die leeren Kisten auf der Ladefläche zurecht. »Der hatte ganz schön Angst vor unserem Wilden hier.«

Der Hund sprang hinten auf, und Rizzi verriegelte die Klappe.

»Vielleicht war der Typ auf der Suche nach einer einsamen Badebucht, oder er hat sich verlaufen«, meinte Vito abschätzig und startete den Motor. »Was streifen die Leute auch ständig durch die Landschaft, ohne sich auszukennen?«

Gegen 9.30 Uhr stoppte Vito vor der Rampe zum Polizeiposten, und Rizzi stieg aus. Er angelte die Tüte mit seiner Uniform von der Ladefläche, klopfte zum Abschied aufs Blechdach und mahnte, als er sich zu seinem Vater in der Fahrerkabine hinunterbeugte: »Denk an dein Kreuz, Papà. Ruh dich ein bisschen aus.«

Er war eine halbe Stunde zu spät, als er die Rampe hinunterging und noch sah, wie sein Vater bei Alberto an der Roxy Bar hielt.

Im Polizeigebäude war der Empfang im Vorraum nicht besetzt und der Durchgang zum großen Dienstzimmer verschlossen. Rizzi tippte mit einem unguten Gefühl den Code ein und aktivierte den Öffner. Als er die Tür aufzog, blieb er überrascht stehen.

Auf Teresas Schreibtisch, der den Durchgang zu den hinteren Arbeitsplätzen blockierte, stand kein Obstteller. Die Wasserkaraffe war leer, und über der Tastatur von Teresas Computer lag noch das Geschirrtuch, das sie darüberbreitete, bevor sie abends in den Feierabend ging. Auch Rizzis Kollegin Antonia Cirillo war nicht an ihrem Platz. Beides war ungewöhnlich und seltsam.

Rizzi tauschte im Abstellraum seine verdreckte Gartenhose gegen die Uniformhose, zog sein T-Shirt aus und das Polizeihemd an und versuchte sich zu erinnern, ob und wann es schon einmal vorgekommen war, dass er als Erster und Einziger zum Dienst erschien. Irgendwann einmal, vielleicht vor zehn Jahren, hatten alle gleichzeitig mit Grippe flachgelegen, einschließlich des Ispettore. Aber jetzt, Anfang Oktober, bei angenehmen Temperaturen, war doch niemand krank.

Als Rizzi in seine Schuhe stieg und die Schnürsenkel zuband, begann auf Teresas Schreibtisch der Festnetzapparat zu klingeln, und Kollege Matteo Savio kam aus dem Waschraum.

Rizzi war in wenigen Schritten am Telefon, nahm den Hörer ab und rief, während er sich das Polizeihemd in die Hose stopfte: »Pronto!«

Am anderen Ende war Stimmengewirr zu hören und weiter entfernt ein Kreischen, wahrscheinlich Kinder.

»Bin ich am Polizeiposten Capri?«, fragte eine männliche Stimme, während der Lärm im Hintergrund leiser wurde. »Spreche ich mit dem Agente?«

»Am Apparat«, bestätigte Rizzi. »Ich bin Agente Rizzi. Und wer sind Sie?«

»Mario.«

»Mario«, wiederholte Rizzi. »Worum geht's?«

»Mario Valente. Ich habe eine Meldung zu machen. Ich habe so etwas noch nicht erlebt.«

»Ich höre.« Rizzi setzte sich, nahm einen Stift zur Hand und stellte den Apparat auf Lautsprecher.

Am anderen Ende war nur ein leises Schnaufen zu hören. Savio kam näher und senkte aufmerksam den Kopf.

»Ich bin an meinem Arbeitsplatz am Sessellift«, erklärte Mario Valente. »An der Talstation der *seggiovia*. Ich habe den Betrieb eingestellt. Ich sehe keine andere Möglichkeit.«

»Signor Valente«, sagte Rizzi. »Was ist passiert?«

»Im Sessellift ist jemand gestorben.«

»Im Sessellift?«, wiederholte Rizzi überrascht. »Hatte der Mann einen Herzinfarkt?«

»Ich weiß es nicht. Der Mann ist eben noch an mir vorbei durch die Sperre gegangen und war quicklebendig. Sie müssen sofort kommen.«

2

Das Gebäude der *seggiovia* an der Piazza Vittoria war ein weiß gestrichener Kuppelbau mit einem Bild an der Fassade, das aus bunten Kacheln bestand und eine Frau mit Sonnenhut zeigte, die im Sessellift, beinahe lebensgroß, über eine grüne Landschaft schwebte.

Rizzi setzte seine Sonnenbrille auf, und Savio tat es ihm nach. Seit der Kollege einen Dreitagebart trug, sah sein rundes Gesicht etwas kantiger aus. Die Leute, die im Schatten unter der Pergola auf den Bus warteten, starrten respektvoll herüber, als Rizzis Telefon in der Brusttasche zu klingeln begann.

»Wo seid ihr?«, fragte Teresa Villa am anderen Ende und klang beinahe so, als wäre Rizzi ihr eine Erklärung schuldig.

»In Anacapri«, antwortete Rizzi. »Und wo warst du heute Morgen? Hast du gehört, was passiert ist? An der *seggiovia* wurde ein Toter gemeldet. Keiner weiß, was los ist, und außer Savio und mir war niemand verfügbar.«

»Und wo ist Cirillo?«, fragte Teresa.

»Keine Ahnung. Sag du es mir.«

Teresa am anderen Ende schwieg, und Rizzi erklärte in wenigen Worten, er habe bereits den Dottore verständigt, dem Ispettore eine Nachricht geschickt und Cirillo aufs

Band gesprochen. Was er nicht aussprach: Er hatte Teresas verdammten Job erledigt.

»Ich entschuldige mich, dass ich zu spät gekommen bin, und verspreche, dass es nicht wieder vorkommt«, erklärte Teresa geduldig. »Jetzt sag: Was kann ich tun? Soll ich Gatti Bescheid geben?«

»Ich denke, das ist nicht nötig«, antwortete Rizzi versöhnlich. »Lass ihm seinen freien Tag. Savio und ich haben alles im Griff. Ansonsten melde ich mich wieder.«

Rizzi stieg mit Savio die Stufen hinauf zum Eingang vom Sessellift. Ein Kleinkind weinte, Pärchen machten Selfies, und Frauen, die in einer Gruppe beisammenstanden, winkten, kicherten und riefen vorwitzig: »Agenti, bitte verhaften Sie uns!«

Der Vorraum war voller Menschen, die Luft stickig, die Kasse nicht besetzt. Ein Mann im Poloshirt mit der Aufschrift *Seggiovia Monte Solaro* stand am Drehkreuz und machte einen überforderten Eindruck, während ein Typ mit Strohhut ihm zwei Tickets unter die Nase hielt und sich mit hochrotem Kopf und deutschem Akzent erkundigte, wann er nun endlich mit seiner Frau auf den Monte Solaro hinauffahren könne.

»Bitte verlassen Sie die Station!«, rief Rizzi mit lauter Stimme. »Der Betrieb ist bis auf Weiteres eingestellt.«

»Ein Notfall.« Savio bewegte die Arme, als würde er auch hier den Verkehr regeln. »Haben Sie gehört? Gehen Sie bitte raus!« Er holte aus seiner Umhängetasche die Rolle mit dem Absperrband hervor.

Der Mitarbeiter am Drehkreuz hatte sein Basecap verkehrt herum aufgesetzt, gerötete Augen und kleine Schweißperlen auf der Stirn. »Gut, dass Sie da sind«, sagte er, als er für Rizzi den Durchgang öffnete, und stellte sich als Mario Valente vor.

»Wo ist der Tote?«, fragte Rizzi.

»Oben«, antwortete Mario Valente und klang eher empört als fassungslos.

»Oben?«, wiederholte Rizzi überrascht. »Sie meinen, an der Bergstation?«

»Hatte ich das nicht am Telefon gesagt?«

»Nein, aber das ist jetzt egal«, sagte Rizzi, als er Mario Valente über breite Stufen eine Treppe hinauffolgte. »Wissen Sie inzwischen, was passiert ist?«

»Ich habe wirklich keine Ahnung, Agente. Alles war wie immer.« Er machte eine Handbewegung, die alles einbegriff. »Alessandro kam wie jeden Morgen mit seiner Thermoskanne hier an. Er war immer der Erste, der auf den Monte Solaro fuhr, grundsätzlich. Und hat einen völlig normalen Eindruck gemacht. Auf mich wirkte er kerngesund.«

»Alessandro heißt der Tote also«, sagte Rizzi. »Und wie ist sein Nachname?«

Mario Valente zuckte die Schultern. »So gut kenne ich ihn nicht. Wir haben nie viel geredet und sind über ein ›Hallo, wie geht's‹ nie hinausgekommen.«

Sie schauten zu den Sesseln hinauf, die wie Strandstühle aussahen, nur dass sie keinen Bodenkontakt hatten, sondern in gleichmäßigem Abstand hintereinander in der Luft hingen. Die Aufhängung war unter der Sitzfläche befestigt und führte als geschwungenes Rohr seitlich am Sitz vorbei zum Drahtseil hinauf.

»Er wollte also wie jeden Morgen auf den Monte Solaro«, stellte Rizzi fest. »Und was ist dann passiert?«

Mario Valente schaute hinauf auf den Berg, an den Masten entlang, die immer kleiner wurden und sich in der Ferne verloren. »Sein Herz muss irgendwo auf dem Weg einfach aufgehört haben zu schlagen. Als er oben ankam, war er tot.« Er schüttelte fassungslos den Kopf und hatte Tränen in den Augen. »Wenigstens war das Letzte, was er gesehen hat, die wunderschöne Landschaft. Der erhabenste Ausblick der Welt.«

»Was ist oben passiert, als der Tote ankam?«

»Fabrizio war da.« Mario Valente schaute Rizzi an, als wäre damit alles gesagt. »Ich weiß nicht, wie er ihn da oben aus dem Sessel bekommen hat. Fabrizio ist kein Schwächling, aber er hat auch nicht gerade die Statur eines Boxers, und Alessandro war sicher siebzig, achtzig Kilo schwer.«

Rizzi betrachtete die blauen Markierungen auf dem Betonboden, Pfeile und Fußabdrücke, die anzeigten, wo man sich bei der Abfahrt hinzustellen hatte.

»Können Sie den Sessellift für mich in Betrieb nehmen?«, fragte er. »Ich denke, es ist der schnellste Weg, auch für den Dottore, der hier demnächst eintreffen wird.«

»Selbstverständlich, Agente.«

»Wie lange braucht es nach oben?« Rizzi holte sein Telefon hervor.

»Keine fünfzehn Minuten.«

»Savio«, rief Rizzi in den Kassenraum hinunter, wo der Kollege die ratlosen und empörten Touristen beruhigte. »Ich fahre jetzt rauf.« Als Savio näher kam, fügte Rizzi hinzu: »Der Tote befindet sich oben auf dem Monte Solaro.«

Er bat den Kollegen, hier unten an der Sesselliftstation zu bleiben und dafür zu sorgen, dass es am Eingang zu keiner größeren Menschenansammlung kam, und Antonia Cirillo, wenn sie eintraf, auszurichten, sie solle nachkommen.

»Alles klar, Chef«, antwortete Savio.

Rizzi setzte sich in den Sessel, der ihm am nächsten war, und klappte vor seiner Brust den Bügel herunter, der wie eine kleine Schranke einrastete.

»Attenzione!«, rief Mario Valente.

Fast zeitgleich ertönten ein Signal und ein Quietschen, und der Sessellift setzte sich ruckelnd in Bewegung.

Rizzi verlor den Kontakt mit dem Boden, der Sitz an der Stange schwankte hin und her, und Mario Valente hob grüßend die Hand. Die Plattform unter Rizzi entschwand. Terrassen und Dächer tauchten auf und entfernten sich wieder.

Er ließ seinen Blick über die Ebene schweifen, eine sonnenverbrannte Macchia mit Mastixsträuchern und wilden Pistazien, struppigem Ginster und Grüppchen von Steineichen. Die Böschung linker Hand schien streckenweise zum Greifen nahe und bestand aus dornigem Gestrüpp, während rechter Hand Anacapri zu sehen war, kleine weiße Häuser, wie über die Anhöhen gewürfelt. Dahinter schimmerte das Meer in leuchtenden Blautönen, und mittendrin thronte Ischia, die grüne Insel. All das hatte der unbekannte Mann, Alessandro, Stammgast der *seggiovia,* auf seiner Fahrt auf den Monte Solaro vor nicht mal einer Stunde auch gesehen, bevor er plötzlich gestorben war. Ob er gespürt hatte, dass der Tod nahe war? Ob er in Panik verfiel, aussteigen wollte und noch um Hilfe rief? Oder war er einfach in sich zusammengesackt? Rizzi war sich nicht sicher, ob es hier oben der schönste oder der schrecklichste Ort war, um einen Herzinfarkt zu bekommen.

Die Plattform auf dem Monte Solaro kam in Sicht, eine glatte Betonfläche auf einem steil abfallenden Felsen, von einem Geländer begrenzt. Am Rand befand sich ein grünes Häuschen, das ganz neu aussah, mit großen, modernen Fenstern und einer Tür, die offen war. Davor standen ein Campingtisch, ein Stuhl und ein Mann, der dasselbe Polohemd mit der Aufschrift *Seggiovia Monte Solaro* trug wie sein Kollege Mario Valente an der Station unten.

»Ich bin froh, dass Sie so schnell kommen konnten«, sagte der Mitarbeiter, der sich als Fabrizio Fabbri vorstellte. Trotz seiner Bräune sah er blass aus, aber er versuchte zu lächeln, als er seine Hand ausstreckte, um Rizzi aus dem Sitz zu helfen.

»Danke. Wo ist der Mann?«, fragte Rizzi, sah jedoch im selben Moment hinter dem Campingtisch zwei Sneaker, die mit den Schuhspitzen nach oben ragten, behaarte Männerbeine und ein weißes Tischtuch, mit dem der restliche Körper bedeckt war.

»Ich hoffe, ich habe nichts falsch gemacht«, stammelte Fabrizio Fabbri und fuhr sich nervös mit der Hand durchs verstrubbelte Haar. »Ich wusste nicht, wohin mit ihm, wollte ihn aber auch nicht einfach in der Sonne liegen lassen. Ich konnte ihn allerdings nicht weit bewegen und nur ziehen.« Der Mann verstummte und starrte fassungslos auf die Sneaker, die Beine und das Tuch, unter dem sich der Körper abzeichnete.

»Sie haben alles richtig gemacht«, sagte Rizzi, bückte sich und hob das Tuch an.

Der Tote hatte ein gebräuntes Gesicht mit glatt rasierten Wangen und einem vorspringenden Kinn, das ihm etwas Energisches gab. Das rotblonde Haar war akkurat geschnitten, in der Mitte gescheitelt und fiel über die geschlossenen Augen. Der Mund war auffallend klein und eine Oberlippe fast nicht vorhanden. Die Unterlippe dagegen sinnlich geschwungen. Rizzi schätzte den Mann auf Mitte dreißig, also auf etwas älter, als er selbst war.

»Wie hat es sich abgespielt, als er hier oben ankam?«, fragte Rizzi und zog das Tuch nun ganz weg. Ein hellblaues Hemd und eine knielange Leinenhose kamen zum Vorschein. »Hat er noch etwas gesagt, oder haben Sie noch mit ihm sprechen können?«

»Kein Wort.« Fabrizio Fabbris Stimme zitterte. »Ich habe zuerst gar nicht geschaltet, als er im Sessellift hier oben ankam, und habe gerufen: Hey, Alessandro, schläfst du? Aufwachen! Ich habe ihn sogar noch aufgezogen, weil ich es in dem Moment einfach nicht geschnallt habe.«

Er presste seinen Handrücken gegen den Mund, um ein Schluchzen zu unterdrücken, was ihm nicht gelang. »Aber er war schon tot«, stieß Fabrizio Fabbri mit heiserer Stimme hervor. »Verstehen Sie? Er konnte mich nicht mehr hören.«

Rizzi tastete beim Toten die Hosentaschen und aufgenähten Seitentaschen ab, aber sie waren leer. Keine Ausweise, kein Smartphone, nichts.

Fabrizio Fabbri versicherte, er habe den Toten, nachdem er ihn aus dem Sessellift gehievt hatte, nicht angerührt und beim Verstorbenen keine Ausweise und kein Telefon gefunden oder im näheren Umfeld gesehen.

»Kommen Sie«, sagte Rizzi, nachdem er den Toten wieder mit dem Tuch zugedeckt hatte, nahm Fabrizio Fabbri am Arm und führte ihn zum Stuhl. »Setzen Sie sich«, sagte er und fügte hinzu, als der Sessellift wieder anlief: »Der Dottore wird gleich da sein. Wollen Sie etwas trinken?«

Fabrizio Fabbri schüttelte den Kopf. »Bitte entschuldigen Sie, Agente.« Er schluchzte auf. »Ich bin sonst nicht so. Aber dieser Moment, als er mir im Arm lag und ich gemerkt habe, dass er tot ist – das war grauenhaft.« Er atmete tief durch und schien sich etwas zu beruhigen. »Gleichzeitig«, fuhr er stockend fort, »hatte ich kaum Zeit nachzudenken. Ich musste ihn ja irgendwie aus dem Sessellift bekommen. Ich habe ihn gezogen, bin rückwärts gestolpert, und dann ist Alessandro mit seinem ganzen Gewicht auf mich draufgefallen. Da erst habe ich begriffen, dass er wirklich tot ist.« Er starrte auf den grauen Beton und den blau markierten Pfeil und flüsterte: »Dieses Gefühl – das werde ich nie vergessen.«

»Sind Sie hier oben alleine?«, fragte Rizzi und schaute über einen gepflasterten Weg die Treppe hinauf zur Aussichtsplattform, die er schon vom Sessellift aus gesehen hatte.

»Notgedrungen.« Fabrizio Fabbri wischte sich mit dem Unterarm über die Nase. »Wir sind im Moment dünn besetzt.«

»Gab es niemanden, der Ihnen geholfen hat?« Rizzi reichte Fabrizio ein Taschentuch.

»Ich habe die Leute, die nach Alessandro mit dem Sessellift ankamen, gebeten, mit anzufassen. Ich glaube, ich habe sie sogar angeschrien. Aber die haben sich nicht gerührt. Erst als zwei jüngere Typen kamen, konnte ich Alessandro aus dem Weg schaffen. Und dann« – Fabrizio Fabbri schnäuzte sich – »habe ich an der Talstation bei Mario angerufen. Und der hat sofort den Sessellift gestoppt. Es war zum Glück gerade kein weiterer Passagier unterwegs.«

»Wer hat den Toten zugedeckt?«, fragte Rizzi.

Fabrizio Fabbri zog die Schultern hoch, als würde er frösteln. »Das war Annamaria. Sie arbeitet oben im Café.« Mit einer Bewegung seines Kinns deutete er die Richtung an.

Rizzi schaute hinauf und erblickte hinter der Aussichtsplattform ein Café und ein paar Menschen, die dort standen und zu ihnen hinunterschauten, während Fabrizio Fabbri sich bei den Markierungen in Position stellte.

Im Sessellift näherte sich mit baumelnden Beinen eine Person in Uniform. Rizzis Kollegin Antonia Cirillo öffnete den Bügel, um bereit für die Ankunft zu sein.

Fabrizio Fabbri streckte den Arm aus und half ihr aus dem Sitz.

»Buongiorno«, grüßte Cirillo, noch bevor sie festen Boden unter den Füßen hatte, und stellte aufatmend fest, während sie beiseitetrat: »Mit den Beinen so im Nichts, während der ganzen Fahrt – das fühlt sich schon abenteuerlich an.«

Fabrizio Fabbri hatte wahrscheinlich mit einem männlichen Polizeikollegen gerechnet und betrachtete mit offenem Mund Cirillos seidige braune Haare, die unter der Polizeimütze hervorschauten und einen hübschen Kontrast zu ihren Augen bildeten, die einen ganz eigenen veilchenblauen Schimmer hatten.

Rizzi machte Cirillo und Fabrizio Fabbri miteinander

bekannt und fasste die Fakten aus der Befragung zusammen, wobei er erwähnte, dass der Verstorbene keine Ausweise, kein Telefon und auch sonst nichts bei sich trug, was ihnen einen Hinweis auf seine Identität hätte liefern können.

»Wir gehen also von einem Herzinfarkt aus«, stellte Cirillo fest, während sie neben dem Leichnam in die Hocke ging und behutsam das Tuch zurückzog. Sie betrachtete das Gesicht des Verstorbenen und murmelte verblüfft: »Was für ein seltsamer Zufall.«

»Wovon sprichst du?«, fragte Rizzi.

Cirillo nahm den Toten bei den Schultern und bewegte den Oberkörper ein wenig zur Seite, erst nach rechts, dann nach links, und versuchte den Kopf, der dabei in Bewegung geriet, festzuhalten.

»Ist etwas nicht in Ordnung?«, fragte Rizzi.

Cirillo ging auf die Knie, schlang beide Arme um den Toten, als wolle sie ihn umarmen, und versuchte den Oberkörper weiter anzuheben.

»Gar nichts ist in Ordnung«, sagte sie, während sie den Rücken des Toten betrachtete.

Rizzi kam näher und sah im Rücken, im hellblauen Hemd, ein Loch, das ungefähr die Größe eines Kirschkerns hatte. Der Stoff drum herum war zerfetzt. Aber es war kein Blut zu sehen.

»Ist das ein Einschussloch?«, fragte er ungläubig.

»Für mich besteht kein Zweifel«, antwortete Cirillo. »Der Mann ist während seiner Fahrt auf dem Sessellift erschossen worden.«

3

Über die Aussichtsplattform wehten leere weiße Zuckertütchen und Blütenblätter von Bougainvillea und Oleander in Rot- und Rosatönen, als Rizzi am Geländer lehnte und Teresa Villa am Polizeiposten über die neuesten Erkenntnisse informierte: den Toten namens Alessandro, der im Sessellift, mit einer Schusswunde im Rücken, tot auf dem Monte Solaro ankam. Mögliche Zeugen, die noch kurz nach dem Toten die Bergstation erreichten, hielten sich zur Aufnahme der Personalien und zu einer ersten Vernehmung im Café bereit.

»Bist du noch dran?«, fragte Rizzi, als er die Stille am anderen Ende der Leitung bemerkte.

»Wir haben es wirklich mit einem Mord zu tun?« Teresas Stimme klang heiser und belegt.

»Ich fürchte, so ist es.« Rizzi starrte auf die riesigen Faraglioni-Felsen, die aus dem Meer ragten und sich gestochen scharf gegen den blauen Himmel abzeichneten. »Ich kann es selbst noch gar nicht glauben: Ein Mann ist bei schönstem Wetter friedlich mit dem Sessellift unterwegs, genießt den tollsten Ausblick auf die Natur und wird hinterrücks erschossen.«

Teresa am anderen Ende pustete wortlos in den Hörer, während Rizzi versuchte, seine Gedanken zu sortieren:

Hatten sie es mit einem Verrückten zu tun, der wahllos durch die Gegend ballerte? Hätte es also jeden im Sessellift treffen können, auch die Menschen, die kurz danach auf den Monte Solaro hochgeschwebt kamen? War es reiner Zufall, dass sie noch lebten? Oder galt der Mord tatsächlich dem unbekannten rotblonden Mittdreißiger? Bedeutete es, dass die Tat von langer Hand geplant war und von einem Täter kaltblütig durchgeführt, der jetzt unbehelligt über die Insel streifte und beobachtete, wie nun die Ermittlungen anliefen und eine ganze Insel in Angst und Schrecken versetzt wurde? Oder war der Killer auf der Flucht und hatte schon mit dem Schnellboot aufs Festland übergesetzt?

»Informier die Kriminalpolizei in Neapel«, sagte Rizzi zu Teresa. »Und wo steckt Ispettore Lombardi? Hat er wieder private Termine?«

»Moment.« Teresa fand glücklicherweise zu ihrer alten Geschäftigkeit zurück, die auf Rizzi eigenartig beruhigend wirkte. Im Geiste sah er sie durch den Terminkalender scrollen. »Jawohl, er ist in Neapel«, sagte sie und schlug pragmatisch vor, dass der Ispettore sich mit dem Commissario kurzschließen könnte, um mit ihm gemeinsam so schnell wie möglich nach Capri und auf den Monte Solaro zu kommen.

Rizzi stimmte zu und trieb Teresa zur Eile an, auch wenn er sich den Aufmarsch des Ispettore im Windschatten vom Commissario, womöglich begleitet von Journalisten, nicht vorstellen wollte und eigentlich gerne verhindert hätte, aber das war jetzt nebensächlich.

Er beendete das Gespräch. Cirillo kam die Treppe von der Sesselliftstation zur Aussichtsplattform herauf.

Sie berichtete schon von Weitem, der Kollege Savio habe die Sesselliftstation an der Piazza Vittoria geschlossen und sei soeben eingetroffen, um auch hier oben alles abzusperren und den Leichnam bis zum Eintreffen der Kriminalpolizei zu bewachen.

Während sie zur Zeugenbefragung zum Café hinübergingen, sagte Cirillo: »Ich muss dir etwas erzählen.«

»Du kennst den Toten?«, fragte Rizzi ungläubig.

Cirillo nickte. »Ich war heute Morgen mit dem Mann im selben Bus.« Sie berichtete, dass ihr Motorroller nicht angesprungen war (und wie es dazu kam, sei noch mal eine extra Geschichte) und sie deshalb um kurz nach acht Uhr den Bus nach Capri-Stadt nahm. »Ich bin am Friedhof eingestiegen und musste stehen, weil der Bus so voll war.« Cirillo fasste Rizzi am Arm. »Da steht plötzlich ein Mann auf und bietet mir seinen Sitzplatz an.«

»Alessandro«, ergänzte Rizzi.

»Genau.« Cirillo berichtete, sie habe zuerst dankend abgelehnt, doch der Mann sagte, er steige ohnehin gleich aus. An der nächsten Station, der Piazza Vittoria, habe er den Bus verlassen und sie noch gesehen, wie er die Straße in Richtung *seggiovia* überquerte.

»Und du bist dir sicher, dass es Alessandro war?«

»Hundertprozentig.« Cirillo war stehen geblieben und schaute über das Meer in die Ferne. »Was ich im Nachhinein fast seltsam finde: dass ich während der Fahrt im Bus noch über den Mann nachgedacht und mich gefragt habe, ob er wohl von der Insel ist oder von auswärts kommt.«

»Und zu welchem Schluss bist du gekommen?«, fragte Rizzi.

»Ehrlich gesagt: So höflich und gut gekleidet, hat er auf mich nicht wie ein Einheimischer gewirkt.« Cirillo schob ihre Hände in die Hosentaschen und zog die Schultern hoch. »Aber wie ein Fremder, ein Tourist, war er auch nicht. Er machte eher den Eindruck, als wäre ihm hier auf Capri alles ganz vertraut.«

»Ist dir sonst noch etwas an ihm aufgefallen?«, fragte Rizzi. »War er nervös oder verängstigt oder vielleicht ärgerlich?«

»Keine Spur.« Ein kühler Windstoß strich über ihre Köpfe hinweg, und eine Möwe, die sich mit ausgebreiteten Flügeln im Gegenwind treiben ließ, senkte den orangefarbenen Schnabel, als würde sie Cirillo ins Visier nehmen, bevor sie abdrehte und in einem eleganten Bogen davonflog. »Im Gegenteil. Auf mich hat der Mann einen tiefentspannten Eindruck gemacht. Tut mir leid.« Cirillo zuckte die Achseln. »Der Mann wirkte nicht, als würde er irgendetwas oder irgendjemanden fürchten.«

Sie betraten die Terrasse, wo vorne, am ersten Tisch, ein Ehepaar im Rentenalter saß, das sich bei den Händen hielt und ihnen ängstlich entgegenschaute. Auf der anderen Seite steckten zwei Männer tuschelnd ihre Köpfe zusammen, bis einer von ihnen sein Smartphone zückte, um Rizzi und Cirillo in ihren dunkelblauen Uniformen mit dem weißen Gürtel zu fotografieren.

Während Cirillo die Hand hob und schnurstracks zu den Männern hinüberging, präsentierte Rizzi dem Ehepaar seinen Dienstausweis, zog einen Stuhl heran, setzte sich, fragte nach ihren Personalien und forderte sie auf zu berichten, was sie beobachtet hatten.

Bei dem Ehepaar handelte es sich um Lorenzo und Bianca Tonelli aus Florenz, die sich mit dieser Urlaubswoche einen schon lange gehegten Wunsch erfüllten: einmal im Leben nach Capri reisen. So sagte es Lorenzo Tonelli, und seine Frau fügte mit mädchenhafter Stimme hinzu: »Capri sehen und sterben« – woraufhin Lorenzo Tonelli ihr einen tadelnden Blick zuwarf und sich bei Rizzi wegen des mangelnden Taktgefühls entschuldigte.

Sie berichteten, einander immer wieder ins Wort fallend, sie seien vor drei Tagen angekommen, hätten sich schon den Arco Naturale und die Grotta di Matermania erwandert, den Monte Tiberio und die Villa Jovis, und dabei festgestellt, dass fernab der Piazzetta und der stark frequentierten Gassen drum herum oft so wenig Menschen anzutreffen seien, dass man fast das Gefühl haben konnte, allein auf der Insel zu sein.

»Wie Sie wissen«, übernahm Rizzi das Wort, »geht es um den Mann, der heute früh auf dem Sessellift verstorben ist. Sind Sie ihm schon mal begegnet? Zum Beispiel heute Morgen unten an der Talstation der *seggiovia*?«

»Verzeihen Sie.« Lorenzo Tonelli lächelte beschämt. »Wir erzählen von unseren Ferien, wo doch dieser Mann gestorben ist – beinahe vor unseren Augen.« Er drückte die Hand seiner Frau. »Wir haben den Signore in der Tat vor der Abfahrt gesehen und ihm sogar noch den Vortritt gelassen.«

»Warum?«, fragte Rizzi.

Lorenzo Tonelli schaute seine Ehefrau zärtlich von der Seite an. »Wir beide waren uns nicht einig, wer zuerst einsteigt und vorausfährt«, sagte er und wandte sich erklärend, mit gesenkter Stimme, an Rizzi. »Es sind ja Einzelsitze, und ich wollte ihr den Vortritt lassen. Aber sie wollte partout, dass ich zuerst einsteige.«

»Ich wollte sehen, wie die Sache funktioniert«, meldete sich Bianca Tonelli zu Wort.

Lorenzo Tonelli seufzte. »Mit anderen Worten: Wir waren wie zwei störrische Esel und haben sogar ein wenig miteinander gestritten. Bis dann dieser Mann kam.«

»Wir standen ihm im Weg.«

»Ist Ihnen etwas an ihm aufgefallen?«, fragte Rizzi.

»Er war sehr höflich«, sagte Lorenzo Tonelli. »Hat uns direkt angesprochen und so etwas gesagt wie: Schauen Sie, es ist ganz einfach. Er hat sich auf die blaue Markierung gestellt, wie es uns vorher schon der Ragazzo der *seggiovia* erklärt hatte, und sich auf den Sitz gesetzt, der von hinten angefahren kam – und ist davongeschwebt. Ich glaube, er hat sogar noch gewunken.«

Bianca Tonelli beugte sich zu Rizzi. »Für jemanden in meinem Alter ist es gut, erst einmal zu gucken, wie es funktioniert«, erklärte die alte Dame in vertrauensvollem Ton. »Mein Mann ist da immer etwas ungeduldig. Hat ständig das Gefühl, ihm renne die Zeit davon. Deshalb waren wir heute Morgen ja auch die Ersten an der *seggiovia*.«

»Das heißt, Sie waren im Sessellift hinter ihm«, stellte Rizzi fest. »Wie groß war der Abstand? Können Sie sich noch erinnern?«

»Sie meinen: wie viele Sessel zwischen uns waren?« Lorenzo sah seine Frau fragend an. »Fünf oder sechs?«

»Eher zehn«, antwortete sie.

Das war nicht die Antwort, die Rizzi sich erhofft hatte. »Und wer von Ihnen war dem Mann näher?«

»Ich«, sagte Bianca Tonelli.

Rizzi wandte sich nun direkt an die Frau: »Das heißt«, sagte er, »Sie hatten ihn während Ihrer Fahrt auf den Monte Solaro im Auge?«

Signora Tonelli schüttelte entschieden den Kopf. »Nein«, widersprach sie. »Hatte ich nicht. Ich habe die Aussicht genossen. Und dabei nur einen einzigen Gedanken gehabt: Das ist Capri, wie ich es mir vorgestellt habe.«

»Das freut mich«, erwiderte Rizzi. »Aber davon einmal abgesehen: Haben Sie in der Böschung oder im Gelände, als sie darübergeschwebt sind, etwas bemerkt?«

»Wieso? Was soll ich bemerkt haben?«

»Haben Sie ein Geräusch gehört, genauer gesagt: einen Knall oder – einen Schuss?«

»Einen Schuss?« Bianca Tonelli schaute Rizzi verständnislos an.

»Der Mann vor Ihnen im Sessellift wurde erschossen«, erklärte Rizzi. »In Kürze wird die Kriminalpolizei aus Neapel eintreffen und Ihnen all diese Fragen noch einmal stellen. Bitte überlegen Sie sich genau, was Sie antworten. Jeder Hinweis kann wichtig sein.«

»Sie sagen, dass er vor unseren Augen erschossen wurde?« Lorenzo Tonelli rutschte erregt auf seinem Stuhl nach vorne. »Dass in unserem Beisein ein Mord verübt wurde? Das hätten wir doch mitbekommen.«

»Vielleicht haben Sie es mitbekommen, irgendein Detail, und es in Ihrer Erinnerung nur falsch eingeordnet.«

»Das wäre uns doch aufgefallen.« Lorenzo Tonelli schüttelte energisch den Kopf. »Wir sind zwar alt, aber nicht senil.«

»Habe ich Sie richtig verstanden?«, meldete sich nun auch Signora Tonelli zu Wort, als wäre die Nachricht erst jetzt bei ihr angekommen. »Der Mann wurde von einem Schützen getötet? Wie ein Stück Wild? War es vielleicht ein Versehen?«

»Die Ermittlungen haben gerade erst angefangen«, erklärte Rizzi.

»Aber das heißt doch«, unterbrach Bianca Tonelli und schaute entsetzt in die Ferne, bis ihr Blick auf ihren Mann fiel, »dass der Verrückte genauso gut einen von uns hätte töten können!«

»So etwas darfst du nicht einmal denken, Liebes«, bat ihr Mann und fasste wieder nach ihren Händen.

»Wer sagt uns« – Bianca Tonelli schaute argwöhnisch zu Cirillo und den beiden Männern am anderen Ende der Terrasse hinüber und senkte verängstigt die Stimme –, »dass der Kerl hier nicht irgendwo noch lauert?«

»Bitte bleiben Sie hier im Café, und halten Sie sich zu unserer Verfügung.« Rizzi stand auf. »Die Kriminalpolizei wird Ihnen noch ein paar Fragen stellen. Danach, das verspreche ich Ihnen, werden wir dafür sorgen, dass Sie sicher in Ihr Hotel zurückkommen.«

Cirillo signalisierte Rizzi mit einem Blick und einem müden Augenaufschlag, dass ihre Vernehmung der beiden Zeugen noch andauere und sie seine Zeit und Unterstützung nicht benötige. Rizzi nickte und betrat das Café.

An den Tischen entlang der Fensterfront standen die Stühle so ordentlich, als hätte hier heute noch niemand gesessen. Rizzi ging um die Theke herum und schaute in den

Hinterraum und eine kleine Küche, aber auch hier war von einer Mitarbeiterin nichts zu sehen.

»Hallo?«, rief er. »Annamaria?«

Die Frau, die nach Auskunft von Fabrizio Fabbri den Toten mit einem Tischtuch zugedeckt hatte und im Café arbeitete, war verschwunden.

Rizzi verließ den Gastraum nicht über die Terrasse, sondern durch den Ausgang auf der gegenüberliegenden Seite.

In dem kleinen Foyer waren in der Ecke Terrassenstühle aufeinandergestapelt, während zwei Sessel und ein Sofa eine Wohnzimmeratmosphäre verbreiteten. Ein Duft lag in der Luft, als wäre hier vor wenigen Minuten jemand durchgegangen, der ein edles Parfüm oder ein teures Rasierwasser benutzte.

Neben einer Pinnwand mit Veranstaltungshinweisen befanden sich zwei Türen: die Zugänge zu den Waschräumen. Ohne weiter darüber nachzudenken, betrat Rizzi zuerst das Männer-WC, durchquerte den Vorraum mit zwei Waschbecken und einem Kondomautomaten und ging in den Bereich für die Urinale und mehrere WC-Kabinen. Von vier Türen waren zwei geschlossen. Er stieß die erste auf und rüttelte an der zweiten. Die Tür war von innen zugesperrt.

»Ist hier jemand?«, fragte er.

Kein Laut war zu hören, nicht mal ein Atmen.

Rizzi ging auf die Knie, bückte sich und schaute unter der Tür hindurch, konnte aber keine Füße entdecken.

Er stieg in der Nachbarkabine auf die Klobrille und schaute über die Trennwand hinüber.

Das Wasserklosett war abmontiert, die Kabine gesperrt.

Bevor Rizzi hinausging, durchwühlte er im Vorraum den

großen Abfalleimer, der – abgesehen von ein paar Papiertüchern – leer war. Dann betrat er nebenan den Waschraum für Damen und kontrollierte auch hier die Kabinen.

Als er zurück ins Foyer kam, entdeckte er die Duftquelle. Es waren die Orchideen auf der Fensterbank.

Er verließ das Gebäude durch den offiziellen Haupteingang. Auf dem Vorplatz stand ein E-Bike, das mit einer Kette und einem massiven Vorhängeschloss gesichert war. Rechts führte ein Weg zwischen Pinien hindurch nach Anacapri – wie auch die Trampelpfade, die sich im Dickicht verloren.

Rizzi stieg links eine Treppe hinauf, landete aber nicht, wie er gedacht hätte, auf der Terrasse bei Cirillo, den Männern und dem Ehepaar Tonelli, sondern auf einer weiteren Aussichtsplattform. Er trat ans Geländer, beugte sich vor und wusste beim Blick in die Tiefe nicht, ob es sich bei dem schmalen Küstenstreifen dort unten um Cala San Costanzo oder um Cala Ventrosa handelte. Für jemanden, der über eine Bergsteigerausrüstung verfügte, wäre es vielleicht möglich, den Monte Solaro auch von dieser Seite aus zu besteigen. Allerdings müsste diese Person geübt und trainiert sein und über ein Boot verfügen.

Er sah übers Meer zum Festland hinüber, nach Amalfi und Sorrent, drehte den Kopf und sah in die entgegengesetzte Richtung an der Inselküste entlang nach Ischia, als er im Gegenlicht, keine zwanzig Schritte entfernt, zwischen den Pinien eine Gestalt entdeckte, eine schwarze Silhouette. Sie stand erhöht, durch kein Geländer und keine Mauer vor dem Abgrund geschützt, auf einem Felsvorsprung, bewegungslos wie ein Denkmal.

»Hallo!« Rizzi schob seine Sonnenbrille hoch und schirmte seine Augen mit einer Hand gegen das grelle Licht ab. »Kommen Sie bitte runter.«

Die Gestalt machte eine Vierteldrehung. Es war eine Frau in schwarzen Leggings und weißem T-Shirt. Die glitzernden Strasssteine darauf setzten sich, als Rizzi näher kam, zu einer Katze zusammen. Die Frau schaute über die Schneise, die einst für den Sessellift in die Landschaft geschlagen wurde. Die Masten waren durch ein sanft durchhängendes Seil miteinander verbunden. Alle Sitze waren leer, der Sessellift stand still.

»Ich habe meinen Leuten gesagt, sie sollen heute zu Hause bleiben.« Die Frau ergriff Rizzis Hand. »Ist Ihnen eigentlich klar, dass Sie uns mit dieser Aktion das ganze Geschäft verderben?« Sie kam mit einem abschließenden Sprung vom Felsen herunter. »Sagen Sie mir wenigstens, wann der Sessellift wieder in Betrieb geht.«

»Wenn die Ermittlungen abgeschlossen sind«, erklärte Rizzi. »Und die haben gerade erst begonnen.«

Die Frau bestätigte, sie sei Annamaria, heiße mit Nachnamen Mazzotta, sei 45 Jahre alt und komme jeden Morgen aus Neapel nach Capri auf den Monte Solaro, wo sie seit zwei Jahren das Café betreibe. Vom Ableben des Mannes habe sie erst erfahren, als sie Fabrizio, wie jeden Morgen, zur Stärkung einen Espresso bringen wollte. Obwohl die Leute – das Ehepaar und die beiden Männer – ihr die Sicht versperrten, habe sie sofort verstanden, dass etwas nicht in Ordnung war. Aber richtig geschaltet habe sie erst, als Fabrizio ihr entgegenrief: Er ist tot, er ist tot!

Sie habe unverzüglich ein Tischtuch geholt, um den

Leichnam abzudecken und vor der Sonne und fremden Blicken zu schützen, und die Gaffer aufgefordert zu verschwinden, auf die Terrasse zu gehen oder wenigstens zurückzutreten.

»Das war sehr umsichtig«, lobte Rizzi – und fragte, als Annamaria Mazzotta bescheiden die Augen niederschlug: »Kannten Sie den Toten?«

»Er kam fast täglich auf den Monte Solaro.« Ihre Stimme begann zu zittern. »Wenn man jemanden täglich sieht, glaubt man irgendwann, ihn zu kennen. So lange, bis er tot ist und einem bewusst wird, dass man überhaupt nichts von ihm weiß, außer seinen Namen: Alessandro.«

»Haben Sie nicht irgendwann einmal mit ihm gesprochen?«

»Buongiorno, wie geht's, was für ein schöner Tag.« Sie putzte sich die Nase. »Das Übliche.«

»Das Übliche«, wiederholte Rizzi, schob seine Mütze in den Nacken und schaute in den Himmel. »Was meinen Sie damit?«, fragte er. »Bitte, Signora Mazzotta, denken Sie nach. Sie haben bestimmt Informationen zu dem Mann, die uns nützlich sein könnten. Ich möchte, dass Sie das verstehen: Jede Kleinigkeit ist für uns von größter Wichtigkeit.«

»Warum wollen Sie das alles wissen?« Annamaria Mazzotta verschränkte die Arme vor ihrer Brust, sodass von der Katze nur noch die glitzernden Ohren zu sehen waren. »Stimmt etwas nicht?« Misstrauisch schaute sie an Rizzi vorbei. »Ist das Ihre Kollegin?«, fragte sie.

Cirillo kam von der Terrasse herüber und berichtete schon von Weitem, während sie auf ihr Telefon schaute, sie habe viele interessante Informationen zu einer Italienreise, aber keine einzige Beobachtung oder Aussage zum Fall. Dann steckte sie ihr Telefon weg, nahm ihre Sonnenbrille ab und schaute Annamaria Mazzotta an. Rizzi machte die beiden Frauen miteinander bekannt.

»Haben Sie etwas beobachtet?«, fragte Cirillo und gab Annamaria Mazzotta die Hand. »Sie waren zum Zeitpunkt der Tat doch wahrscheinlich schon hier oben an Ihrem Arbeitsplatz. Oder? Wann beginnt Ihre Schicht?«

»Zum Zeitpunkt der Tat?«, wiederholte Annamaria Mazzotta irritiert.

»Alessandro ist Opfer eines Verbrechens geworden«, erklärte Rizzi.

»Opfer eines Verbrechens?« Annamaria Mazzotta wich erschrocken einen Schritt zurück. »Was für ein Verbrechen?«

»Er wurde ermordet.«

Annamaria Mazzotta schüttelte energisch den Kopf. »Der Mann ist kollabiert. Wie gesagt, ich habe ihn mit eigenen Augen gesehen, von ganz nah, als ich ihn mit Fabrizio zugedeckt habe. Ich bin natürlich keine Expertin, aber ob jemand ermordet wurde, kann ich, glaube ich, erkennen.«

»Wir gehen davon aus, dass der Mann erschossen wurde«, erklärte Cirillo, »und die Kugel in seinen Rücken eingedrungen, im Körper stecken geblieben und nicht wieder ausgetreten ist. Genaueres wird die Obduktion ergeben.«

»Obduktion?« Annamaria Mazzotta wedelte mit den Händen. »Tut mir leid, Agenti, das klingt alles zu abenteuerlich. Ich kann das nicht glauben.«

»Bitte beruhigen Sie sich. Sie sind für uns eine wichtige Zeugin.« Cirillo holte ihr Notizbuch hervor. »Haben Sie einen Schuss gehört?«

»Nein«, erwiderte Annamaria Mazzotta, ohne zu zögern.

»Oder einen lauten Knall oder etwas Ähnliches, von dem Sie rückblickend sagen würden: Ja, das könnte ein Schuss gewesen sein.«

»Ich habe den Geschirrspüler ausgeräumt«, stammelte Annamaria Mazzotta. »Ich habe die Stühle von den Tischen heruntergeholt. Ich war an der Espressomaschine. Das alles macht Lärm. Vielleicht habe ich deshalb nichts gehört.«

Rizzi wechselte mit Cirillo einen Blick und sagte: »Jetzt, wo Sie wissen, was passiert ist und dass es womöglich jemanden gibt, der Alessandro töten wollte, erscheint vielleicht manches in einem anderen Licht.« Er nahm seine Sonnenbrille ab. »Sie haben Alessandro beinahe täglich gesehen. Bitte rufen Sic sich diese Begegnungen ins Gedächtnis. Was hat er hier oben gemacht, wenn er jeden Morgen mit dem Sessellift heraufkam?«

»Was soll er schon gemacht haben?« Annamaria Mazzotta rang überfordert die Hände. »Er hat die Aussicht genossen. Wie alle Leute, die zu uns heraufkommen.«

»Tag für Tag?«, fragte Rizzi ungläubig. »Immer wieder? Oder hat er auch mal jemanden getroffen?«

Annamaria Mazzotta schaute an Rizzi und Cirillo vorbei zur Terrasse, wo die Touristen Selfies machten, während in der Ferne ein Motorengeräusch zu hören war.

»Er war immer allein«, sagte Annamaria Mazzotta, »nie in Begleitung. Und er hat hier oben niemanden getroffen. Mehr weiß ich nicht.«

Das Dröhnen wurde langsam lauter und kam näher, als Annamaria Mazzotta fragte: »Darf man sich hier draußen überhaupt aufhalten? Der Täter läuft ja frei herum.«

»Ich verstehe Ihre Sorge«, erwiderte Cirillo. »Aber der Täter ist mit Sicherheit längst abgehauen.«

Während Rizzi resigniert für die Auskünfte dankte und Cirillo sich Notizen machte, flog ein Hubschrauber entlang der Küste, machte einen Bogen, als würde er nach Ischia abdrehen, kam wieder näher, kreiste und suchte nach einem geeigneten Landeplatz.

Im Wind der wirbelnden Rotoren flatterten Vögel auf, Zypressen und Pinien bogen sich, und die Blätter von Bäumen und Büschen wurden wild gezaust, als der Helikopter zur Landung herunterkam und schließlich mit den Kufen die braune Grasfläche zwischen Café und Sesselliftstation berührte. Lärm und Wind ließen nach. Die Rotoren waren noch nicht zum Stillstand gekommen, als die Tür vom Helikopter aufging.

Der Mann, der zuerst ausstieg, trug einen hellen Leinenanzug und hielt mit einer Hand seinen modischen Strohhut fest. Commissario Serra aus Neapel ging mit flatternden Hosenbeinen und fliegenden Jackettschößen auf Rizzi zu, gefolgt von einer Frau und zwei Männern mit großen Koffern.

Als Letzter kletterte Ispettore Lombardi aus dem Hubschrauber. Der Chef der Capri-Polizei trug seine Uniformjacke mit Epauletten, glänzende Schuhe und eine sorgenvolle Miene, die gleichzeitig eine Würde ausdrückte und das Wissen, dass Capri in den nächsten Tagen wohl im Zentrum der Weltöffentlichkeit stehen würde. Obwohl weltweite Schlagzeilen unter normalen Umständen ganz nach dem Geschmack von Ispettore Lombardi waren, überwog nun die Angst, dass das Verbrechen am Sessellift wegen der spektakulären Komponente eine Dimension annehmen könnte, die seine Kapazitäten und die Kapazitäten der Capri-Polizei überstieg.

Rizzi legte die Hand an die Mütze und erstattete in knappen Sätzen Bericht, während Commissario Serra interessiert zuhörte und die Miene von Ispettore Lombardi sich weiter verfinsterte. Obwohl fünf Menschen – mit Fabrizio Fabbri waren es sogar sechs – sich in allernächster Nähe aufgehalten hatten, als der Schuss fiel, hatte niemand etwas gesehen, gehört oder vom Mord mitbekommen. Vom Opfer selbst war bislang nur bekannt, dass es sich um einen Mann von schätzungsweise Mitte dreißig handelte, der Alessandro hieß und so höflich war, dass er im Bus, aus Punta Carena kommend, Cirillo seinen Sitzplatz anbot und ansonsten jeden Morgen als Erster auf den Monte Solaro hinauffuhr – wahrscheinlich, um immer wieder aufs Neue die Aussicht zu genießen. Ausweise oder ein Telefon wurden beim Toten nicht gefunden. Entweder hatte er nichts bei sich oder einen oder mehrere Gegenstände auf der Fahrt mit dem Sessellift verloren – möglicherweise kurz bevor er erschossen wurde oder danach.

Commissario Serra bedankte sich zerstreut, bezeichnete Rizzis Schlussfolgerungen als logisch und wandte sich nachdenklich ab. Dicht gefolgt von Ispettore Lombardi, machte er ein paar Schritte und schaute mit verschränkten Armen den Abhang hinunter.

»Ich denke«, sagte Commissario Serra, »ein Trupp von

vierundzwanzig Polizisten sollte reichen, um das Gelände zu durchkämmen. Oder was meinen Sie, Ispettore?«

»Vierundzwanzig Polizisten«, wiederholte Lombardi erschrocken, während an seinen Schläfen die Schweißtropfen herunterrannen. »Wissen Sie schon, wann die Kollegen aus Neapel eintreffen?«

»Schneller, als Sie denken«, antwortete Commissario Serra mit dem Hörer am Ohr, während er zur Sessselliftstation hinüberschaute, zu Savio, dem Leichnam und der Absperrung.

Lombardi nahm Rizzi und Cirillo beiseite, schnaufte und sagte mit bebender Stimme: »Sie beide kümmern sich darum, dass die Kollegen den Weg zu ihrem Einsatzort finden. Haben Sie mich verstanden, Agenti? Ich weiß, es handelt sich um eine logistische Herausforderung. Also lassen Sie sich etwas einfallen.« Ohne eine Antwort abzuwarten, eilte er dem Commissario hinterher, der sich auf den Weg zur Sessselliftstation machte, um den Toten in Augenschein zu nehmen.

4

Der Bus mit der Anzeige *Viaggio speciale* – Sonderfahrt – kam die Via Cristoforo Colombo zum Hafen hinuntergerollt und fuhr an den Touristen vorbei, die an der Haltestelle warteten und ihm verdutzt hinterherstarrten, als er zehn Meter weiter zum Stehen kam.

»Die Busse nach Capri-Stadt und Anacapri kommen in wenigen Minuten«, rief Rizzi ihnen zu und begrüßte Antonio, den Fahrer. Dann lotste er den Bus zu Fuß durch Marina Grande und sorgte mit seiner Trillerpfeife dafür, dass es zu keiner Kollision mit den Gepäckwagen kam, die mit surrendem Elektromotor vorbeiflitzten, mit den Fußgängern, die sich, von der *funicolare* kommend, über die Piazza ergossen, und mit den Vespas, die sich hupend durch die Menge schlängelten.

Cirillo war schon vorausgegangen und versuchte eine Schülergruppe dazu zu bewegen, ihre Rucksäcke und Rollkoffer zur Seite zu schaffen, die sie genau dort zu einem Berg aufgetürmt hatten, wo der Bus außerplanmäßig halten sollte. Rizzi benutzte einmal seine Trillerpfeife, und die Jugendlichen kamen träge der Aufforderung nach.

Der Bus parkte, Antonio stellte den Motor ab, stieg aus und fragte, schon auf dem Weg zur Espressobar: »Soll ich euch einen Kaffee mitbringen?«

Rizzi bat um einen doppelten Espresso, aber Cirillo lehnte dankend ab.

Tauben flatterten um die Nonnen herum, die sich erschöpft auf der Sitzbank an der Mole niedergelassen hatten und Panini aßen, während Cirillo mit gerunzelter Stirn in ihrem Telefon scrollte, als Rizzi fragte, die Arme vor der Brust verschränkt, den Blick auf die Hafeneinfahrt gerichtet: »Wieso ist dein Roller heute Morgen eigentlich nicht angesprungen?«

Cirillo schaute kurz auf, als brauche sie Zeit, um den Sinn seiner Frage zu verstehen. Dann senkte sie wieder den Blick und antwortete: »Die Geschichte ist zu doof, um sie zu erzählen.«

»Zündkerzen oder kein Benzin?«

»Ich habe wirklich keine Lust, darüber zu reden.«

»Also hat es mit deinem Sohn zu tun?«

Cirillo antwortete nicht.

»Die Sache hat ja ihr Gutes«, stellte Rizzi fest. »Weil du gezwungen warst, Bus zu fahren, ist dir dieser Alessandro begegnet, der kurz darauf im Sessellift erschossen wurde. Du bist eine wichtige Zeugin. Neben dem Busfahrer, natürlich, der Alessandro irgendwo aufgegabelt hat.«

An der Hafeneinfahrt tauchte das Polizeiboot aus Neapel auf.

Es passierte die korinthische Säule, und Cirillo sagte: »Was mir nicht in den Kopf will« – sie steckte ihr Telefon weg –, »dass niemand einen Schuss gehört haben will.« Sie hob die Mütze und strich die Haare darunter zurecht. »Es könnte bedeuten, dass der Täter einen Schalldämpfer benutzt hat. Und vermutlich hat er nur einmal geschossen.

Ein Schuss, ein Volltreffer. Herzlichen Glückwunsch. Dann hätten wir es mit einem Profi zu tun. Oder mit einem geübten Sportschützen.«

Die Hafenmitarbeiter riefen Kommandos, und immer mehr Schaulustige versammelten sich an der Mole und beobachteten das Anlegemanöver und die Polizisten, die, aufgereiht in ihren blauen Uniformen mit weißem Gürtel, oben an der Reling standen. Rizzi hob die Hand und signalisierte, dass die Kollegen aus Neapel schon erwartet wurden. Die Polizisten auf dem Boot winkten zurück, manche von ihnen filmten oder fotografierten.

»Vierundzwanzig Männer«, stellte Cirillo fest. »Und keine einzige Frau.«

Rizzi nahm wortlos den Kaffee, den Antonio ihm von der Seite reichte.

»Deine Kollegin hat recht«, sagte der Busfahrer, der sich zwischen Rizzi und Cirillo drängte, während an der Mole scheppernd die Gangway bereitgestellt wurde. »Mir würde es auch besser gefallen, vierundzwanzig hübsche Polizistinnen nach Anacapri zu kutschieren, als die Kerle dort oben. Schau sie dir an.« Antonio fuchtelte mit der Hand. »Ich wette, manche von ihnen waren noch nie auf Capri.«

Rizzi trank seinen Espresso in einem Zug aus, warf den Pappbecher in den Mülleimer und fragte: »Wer ist heute Morgen die Strecke von Punta Carena nach Capri gefahren? Es geht um die Zeit bis 8.30 Uhr.«

»Die Frühschicht übernimmt meistens Gigi. Warum?«

»Ruf ihn bitte an«, bat Rizzi.

Antonio warf sein Becherchen ebenfalls in den Mülleimer und holte sein Telefon hervor.

Die Polizisten gingen von Bord und kamen hintereinander über die Gangway marschiert.

Rizzi begrüßte jeden Einzelnen mit Handschlag und erklärte, während Cirillo ihnen den Weg zum Bus wies: »In Anacapri wartet der Kollege Agente Savio und zeigt euch das Gelände. Für diejenigen, die auf den Monte Solaro hochfahren, wird natürlich der Sessellift in Betrieb genommen.«

Er drehte sich um, als Antonio ihm von hinten an die Schulter tippte und das Telefon mit den Worten reichte: »Gigi ist am Apparat. Du wolltest ihn sprechen.«

Der Mann am anderen Ende klang fast euphorisch, als er berichtete, er sei tatsächlich heute Morgen die besagte Route gefahren und könne sich gut erinnern, eine Polizistin mit dunklen Haaren und wunderschönen blauen Augen mitgenommen zu haben. Nur den Namen wisse er leider nicht.

»Sie heißt Agente Cirillo«, erklärte Rizzi, »und steht neben mir. Sie ruft Sie in zwei Minuten zurück. Es geht um einen Fahrgast, der heute Morgen gegen 8.15 Uhr in Anacapri an der Piazza Vittoria aus Ihrem Bus gestiegen und wahrscheinlich schon häufiger auf dieser Strecke unterwegs gewesen ist.«

Er legte auf, diktierte Cirillo die Nummer auf dem Display und reichte Antonio den Apparat in den Bus hinein. »Danke, mein Lieber«, sagte er.

»Keine Ursache.« Antonio befestigte sein Smartphone an der Windschutzscheibe neben dem Marienbild und sagte: »Gigi ist ein feiner Kerl. Er tut sicher alles, um euch weiterzuhelfen.«

Bevor Rizzi aus dem Bus stieg, rief er in den Fahrgastraum: »Viel Erfolg, Agenti! Und auch wenn Sie hier nicht im Urlaub sind: Willkommen auf Capri.« Er sprang ab, während die Polizisten aus Neapel beifällig klatschten und sich die Türen schlossen.

Der Bus entfernte sich langsam, und ein Passant an der Mole fragte besorgt: »So viel Polizei? Ist etwas passiert?«

»Es ist alles in Ordnung.« Rizzi drehte sich suchend zu Cirillo herum.

Sie stand abseits, wischte über das Display ihres Telefons und sagte: »Wir treffen Gigi Roversi in einer Viertelstunde an der Via Nuova del Faro. An der Haltestelle, wo Alessandro jeden Morgen eingestiegen ist.«

»Kennt er Alessandro?«, fragte Rizzi. »Weiß er seinen vollen Namen oder seine Adresse?«

»Er kennt ihn nur vom Sehen, weil er ihn regelmäßig im Bus mitgenommen hat.«

Zwanzig Minuten später parkte Rizzi mit seiner Vespa und Cirillo auf dem Rücksitz hinter einem Lancia am Straßenrand der Via Nuova del Faro. Auf diesem Abschnitt gab es nichts als Bäume, Sträucher, von der Sonne versengtes Gras – und ein Schild, das die Bushaltestelle markierte.

Cirillo stieg ab, zog ihren Helm vom Kopf, und beim Lancia ging die Tür auf.

Gigi Roversi war klein, stämmig, trug kurze Shorts, T-Shirt, Sonnenbrille und Badelatschen.

Cirillo stellte ihren Kollegen Enrico Rizzi vor, der noch dabei war, seine Vespa aufzubocken und seine Polizeimütze aus dem Handschuhfach zu holen, und bedankte sich bei

Gigi Roversi, dass er so schnell und unkompliziert hierher zur Haltestelle gekommen war.

»Ich zeige Ihnen jetzt ein Foto«, erklärte Cirillo ernst, während Rizzi näher kam. »Aber ich muss Sie warnen. Die Aufnahme entstand, als der Mann schon nicht mehr gelebt hat. Bitte erschrecken Sie nicht.«

Sie präsentierte mit ihrem Smartphone das Foto, das sie von dem Toten an der Sesselliftstation auf dem Monte Solaro gemacht hatte.

Gigi Roversi schob sich die Sonnenbrille in die Stirn, trat näher und beugte sich über die Aufnahme. Nach einem Moment der Stille richtete er sich wieder auf und presste die Lippen zusammen, bevor er mit belegter Stimme mitteilte: »Es ist so, wie ich es Ihnen am Telefon schon gesagt habe: Ich kenne den Mann nicht, aber ich habe ihn oft mitgenommen. Genauer gesagt, fast jeden Morgen.«

»Haben Sie jemals mit ihm gesprochen?«, fragte Rizzi.

Gigi schüttelte den Kopf, senkte den Blick und fragte: »Was ist mit ihm passiert?«

Cirillo ließ ihr Telefon in der Hosentasche verschwinden. »Kurz nachdem er heute Morgen aus Ihrem Bus gestiegen ist, fiel er einem Verbrechen zum Opfer.«

»Einem Verbrechen zum Opfer gefallen?«, wiederholte Gigi Roversi und kratzte sich ungläubig den Bauch.

»Können Sie vielleicht doch noch irgendetwas zu dem Mann sagen?«, fragte Rizzi. »Bitte überlegen Sie.«

Gigi beschrieb mit den Armen einen großen Kreis. »Ich bin nur Busfahrer. Ich weiß, dass der Mann immer hier, an der Via Nuova del Faro, der ersten Haltestelle nach Punta Carena, eingestiegen ist.«

»Ist er immer hier oder manchmal auch woanders eingestiegen?«, fragte Rizzi.

Gigi überlegte. »Nein, immer hier.«

»Stand er immer schon an der Haltestelle, oder kam er auch mal im letzten Moment?«, fragte Cirillo.

»Sie meinen, dass er rennen musste?« Gigi nickte. »Das kam vor.«

»Aus welcher Richtung kam er dann?«

Er drehte sich um und deutete wortlos den Hang hinunter in die Landschaft aus Kiefern, Pinien und Ginster.

»Aus der Via Pino?«, fragte Rizzi überrascht. »Nicht von der anderen Seite: aus Materita oder von der Via La Guardia?«

»Jetzt, wo Sie es sagen.« Gigi Roversi kratzte sich verunsichert am Kopf und schaute die Straße hinunter, die von Pinien und Birken gesäumt war und bergab führte. »Wenn er hier die Straße entlanglief und ich ihn mit dem Bus überholt habe, bedeutet es« – er schaute mit zusammengekniffenen Augen Richtung Meer –, »dass er aus der Via Pino gekommen sein muss. Eine andere Straße gibt's da unten nicht.«

»Stimmt das?« Cirillo drehte sich zu Rizzi herum.

Rizzi nickte. »Das stimmt.«

Cirillo gab Gigi die Hand. »Danke«, sagte sie.

»Das war's?«, fragte er überrascht.

»Das war's«, bestätigte Cirillo. »Sie haben uns einen wichtigen Hinweis gegeben.«

5

Ich fürchte«, sagte Rizzi, als er neben Cirillo die Via
Pino hinunterging, »Gigi irrt sich, wenn er behauptet,
Alessandro sei von dieser Seite gekommen.« Er deutete in
die grüne, wilde Landschaft. »Er kann hier nicht gewohnt
haben – es sei denn, er hat unter freiem Himmel geschlafen.«

»Woher willst du das so genau wissen?« Cirillo blieb stehen, legte sich eine Hand über die Augen und schaute in
die Ferne, wo im flirrenden Licht, über eine sanfte Erhe-
bung hinweg, ein Olivenhain verlief, ein silbriger Streifen,
der am Horizont mit dem Blau des Himmels zu verschmel-
zen schien.

»Willst du behaupten, du kennst hier jede Ecke so gut,
dass du weißt, dass Alessandro hier nirgends gewohnt haben kann?«, fragte Cirillo.

»Ganz genau«, antwortete Rizzi.

Cirillo ging weiter, und Rizzi berichtete, er sei exakt hier
auf dieser Straße, der Via Pino, mindestens zweimal die
Woche mit seinem Vater unterwegs und liefere Gemüse aus,
auch an diesem Morgen – allerdings zu einem Zeitpunkt, als
Alessandro wohl schon in den Bus gestiegen und in Richtung Anacapri abgefahren sein musste.

»Wenn du hier Gemüse auslieferst«, entgegnete Cirillo,

»muss es an der Via Pino doch auch jemanden geben, der dieses Gemüse annimmt und demzufolge dort wohnt.«

»Es gibt am Ende der Straße eine Trattoria. Sie gehört den Schwestern Graziella und Claudia. Aber wohnen tut dort niemand.«

Cirillo bog wortlos von der Straße auf einen Trampelpfad ab.

»Wo willst du hin?«, rief Rizzi.

Ohne anzuhalten, deutete Cirillo in die Ferne, wo zwischen Zypressen ein Stück Mauer zu sehen war.

»Das ist ein Ferienhaus«, erklärte Rizzi. »Die Leute waren wahrscheinlich zuletzt an *ferragosto* da und kommen das nächste Mal an Weihnachten wieder.«

Der Pfad, den Cirillo eingeschlagen hatte, war gesäumt von Ginster und Rosmarin, ein Schleichweg, der Rizzi noch nie aufgefallen war – ganz einfach, weil er hier noch nie zu Fuß unterwegs gewesen war, sondern immer mit der Ape kam.

Die Mauer, die das Ferienhaus und den Garten umgab, sah aus der Nähe betrachtet aus, als wäre sie vor nicht allzu langer Zeit frisch gestrichen worden.

Cirillo drückte die Klinke einer schmiedeeisernen Pforte herunter. Die Innenseite war mit Kunstlaub bedeckt, ein Sichtschutz, damit man nicht in den Vorgarten gucken konnte. Cirillo rüttelte an der Pforte, doch sie war verschlossen. »Vielleicht hat Alessandro dieses Haus gemietet.«

Rizzi schlug vor, Graziella und Claudia zu befragen, die die Trattoria Uliveto hundert Meter weiter unten an der Kurve betrieben.

Sie gingen nicht an der Via Pino entlang, sondern querfeldein. Der Pfad wurde immer enger und schmaler und endete vor einer Brombeerhecke. Die Brandung war zu hören, und irgendwo raschelte es.

»Hast du das gehört?«, fragte Cirillo.

»Das sind Eidechsen«, erklärte Rizzi geduldig.

Cirillo bog Zweige auseinander. Überall sprossen Essigbäume und bildeten mit Schilf und dornigen Ranken eine grüne Wand. Cirillo zwängte sich hindurch.

In Gehölzen, die fast nicht als Bäume zu erkennen waren, hingen verfaulte Orangen und Zitronen, die niemand geerntet hatte. Das Gelände dahinter erstreckte sich bis zum Meer. Aber irgendetwas war hier ungewöhnlich. In der Senke schien sich unter dem Wildwuchs etwas zu verbergen. Mit ein paar Sätzen sprang Rizzi über die Felsen nach unten.

Vor ihm lagen Steine und eine halbrunde Einfassung von etwas, das ein Becken gewesen sein könnte oder eine Tränke, was wiederum ein Hinweis darauf wäre, dass hier einst Bauern das Land bewirtschafteten und Vieh hielten. Die ebene Fläche, auf der Gras und Bambus in die Höhe wuchsen, könnte eine Zufahrt gewesen sein.

»Antonia?«, rief Rizzi.

Cirillo war verschwunden. Rizzi kletterte über einen Steinhaufen und betrat so etwas wie einen Hof. Ein einziges zur Ruine verfallenes Gebäude stand noch da, mit einem Tonnendach, wie man es früher gebaut hatte, um sich gegen Sonne und Wind zu schützen.

Das Gemäuer rund um den Eingang war größtenteils in sich zusammengestürzt. Doch ein wackliger Türrahmen stand noch da, an dem jemand eine alte Pferdedecke befestigt hatte.

Rizzi schob den Vorhang beiseite und gelangte auf eine sauber gefegte Fläche, an deren Rand Kisten zu einem provisorischen Küchentisch aufgebaut waren, an dem vier Klappstühle lehnten. Auf einem Mauervorsprung standen ein Campingkocher, Teller und Gläser und Körbe mit Knoblauchknollen und Zwiebeln. Ein dumpfer Schlag ertönte.

»Wo bist du?« Rizzi schaute sich suchend um.

»Hier!«

Er entdeckte einen weiteren Vorhang, schob das Ungetüm beiseite – und trat in eine dunkle Kammer. Durch die Ritzen im Gemäuer fiel etwas Sonnenlicht. Besen und Eimer und eine stabile Holztür waren zu erkennen. Rizzi öffnete sie.

Das Zimmer dahinter war mit einem Bett, Tisch und Schrank komplett eingerichtet. Durch ein Fenster drang etwas Tageslicht herein. Cirillo kauerte auf dem glatten Boden aus Terrazzo, der sandig war und bedeckt von losen, eng bedruckten Papieren.

Sie berichtete, ihr sei beim Stöbern oben im Regal diese Loseblattsammlung entgegengekommen. Es handele sich wohl um Gesetzestexte, also juristische Unterlagen.

Im Regal gegenüber stand eine schöne alte Stereoanlage, daneben lehnten Schallplatten. Im Kleiderschrank hingen weiße Hemden, dunkle Anzüge, drei Stück, und mehrere Krawatten.

Rizzi wollte die Schranktür wieder schließen, als er sah, dass auf dem Brett über der Kleiderstange etwas hervorlugte, das kein Kleidungsstück war. Er tastete, fühlte etwas Glattes, Kaltes, Metallisches.

Er zog eine Baumschere hervor, wie er sie auch selbst in seinen Gärten gebrauchte, nur dass diese nagelneu aussah und anscheinend noch nie benutzt worden war.

»Ein Jurist, der sich als Gärtner betätigt«, murmelte er, als sich sein Telefon in der Brusttasche bemerkbar machte.

Savio berichtete, die Kollegen aus Neapel hätten schon einen Teil des Geländes unterhalb des Sessellifts systematisch abgesucht, aber noch nichts gefunden. »Und wo seid ihr?«, fragte er.

»An der Via Pino«, antwortete Rizzi, während er seinen Blick über Cirillo, die Papiere und den Steinboden schweifen ließ. »Komm bitte rüber. Wir müssen absperren. Und sag den Kollegen von der Spurensicherung Bescheid. Wir haben wahrscheinlich den Wohnort des Opfers gefunden.«

6

Rizzi konnte sich nicht erinnern, die Trattoria der Schwestern Graziella und Claudia jemals durch die Hintertür betreten zu haben. Wenn er morgens mit seiner Lieferung kam, war hier unten noch zu und auch oben alles verrammelt und niemand im Haus.

»Graziella!«, rief er in den Flur.

Gefolgt von Cirillo, stieg er über ein Paar Gummistiefel. Zwischen Getränkekisten lehnte ein Vorschlaghammer, wie man ihn benutzt, um Pfähle in die Erde zu treiben. Gasflaschen standen zum Abholen bereit, oder sie waren gerade geliefert worden. Irgendwo dudelte ein Radio.

»Claudia?« Rizzi klopfte und schob die Tür zur Küche auf. »Ich bin's, Erri.«

In den Kochtöpfen auf dem Herd brodelte es, und das Radio im Regal darüber stand im Dampf. Auf dem Arbeitstisch lag das Gemüse bereit, das Rizzi heute Morgen gebracht hatte: Zucchini, Auberginen, Fenchel und Kartoffeln. Acht Stunden war es her, dass er die Kisten im Hof abgestellt hatte, aber es fühlte sich an, als wäre es in einem anderen Leben gewesen.

Er folgte Cirillo um den Arbeitstisch herum und berichtete, während er hinter ihr durch die Schwingtür in den Innenhof trat, dass er heute Morgen, kurz nachdem er hier im

Hof gewesen war, um das Gemüse abzustellen, eine Person im Olivenhain gesehen hatte, die vor ihm und seinem Hund Romeo davongerannt war, und dass er dieser Begebenheit jetzt, wo sich herausstellte, dass Alessandro, der Tote vom Monte Solaro, möglicherweise nebenan gewohnt hatte, vielleicht eine größere Bedeutung beimessen musste.

»Wann genau bist du hier gewesen?« Cirillo bückte sich nach der Katze, die um ihre Beine strich und davonhuschte, als sie sie streicheln wollte.

»Um kurz nach acht Uhr.«

»Dann kann es der Täter schon mal nicht gewesen sein«, stellte Cirillo fest.

Oben auf der Terrasse fegte ein Mann mit grauem Pferdeschwanz zwischen den Tischen und schaute überrascht hoch, als Rizzi die Treppe heraufkam.

»Ja, bitte?« Der Mann nahm seine Earplugs heraus. »Kann ich Ihnen helfen?«

Rizzi präsentierte seinen Dienstausweis und sagte: »Wir suchen Claudia und Graziella.«

»Graziella ist nicht da.« Der Mann studierte die Angaben auf Rizzis Dokument. »Und Claudia müsste in der Küche sein.«

»Unten war niemand.« Rizzi steckte sein Dokument wieder ein und erklärte, er sei mit seiner Kollegin über den Hintereingang durch die Küche hereingekommen.

Der Mann stellte den Besen beiseite und lehnte sich über die Brüstung. »Claudia!«, rief er. »Besuch für dich!«

Als keine Antwort kam, lächelte er hilflos. »Weit kann sie nicht sein.« Er holte die Stühle vom Tisch und fragte: »Wollen Sie sich setzen? Möchten Sie einen Kaffee?«

»Nein, danke.« Cirillo trat näher und präsentierte ebenfalls ihren Dienstausweis. »Darf ich fragen, wer Sie sind?«

»Federico.« Er strich sich eine Strähne hinters Ohr und warf einen flüchtigen Blick auf Cirillos Dokument. »Ich helfe hier ab und zu aus.«

»Haben Sie gehört, was passiert ist?«

»Geht es um die Autostellplätze?«

In diesem Moment war unten im Hof ein Scheppern zu hören, und eine Stimme rief verärgert: »Wir haben vor drei Monaten den Antrag für die Parkplätze gestellt und bis heute nichts gehört.« Claudia kam mit einem Korb die Treppe herauf, und bei jedem Schritt klirrte es leise.

»Erri«, rief sie erfreut, und ihr Gesicht hellte sich auf. Sie stellte den Korb mit vielen kleinen Flaschen ab und begrüßte Rizzi mit Küsschen.

»Tut mir leid, dass wir euch so überfallen.« Rizzi machte Claudia mit seiner Kollegin Antonia Cirillo bekannt und erklärte, dass sie eine Auskunft brauchten.

»Schieß los.« Claudia strich ihre Schürze glatt und versuchte mit einer Handbewegung ihre Frisur in Ordnung zu bringen. Ihr Dutt aus schwarzen Haaren war dabei, sich aufzulösen.

»Wir ermitteln in einem Mordfall«, ergriff Cirillo das Wort. »Ein Mann wurde heute Morgen auf dem Sessellift erschossen. Er war auf dem Weg hinauf zum Monte Solaro.«

Federico hörte auf zu fegen, und Claudia schloss ungläubig die Augen. »Im Sessellift wurde ein Mann erschossen?«, wiederholte sie. »Das ist ja grauenhaft.«

»Die Ermittlungen laufen auf Hochtouren«, sagte Rizzi,

als Cirillo ihr Telefon herausholte und das Display mit der Aufnahme des Toten präsentierte.

»Kennen Sie diesen Mann?«, fragte sie.

Claudia starrte sekundenlang auf das Bild. Auch Federico kam näher.

»Ist das der Tote?« Claudia tastete nach der Stuhllehne und setzte sich. »Der arme Mann. Wer tut so etwas?«

»Kennen Sie ihn?«, fragte Cirillo.

»Ich glaube, er heißt Alessandro.« Claudias Augen füllten sich mit Tränen.

»Kennen Sie seinen Nachnamen, und wissen Sie, wo er gewohnt hat?« Cirillo holte ihr Notizbuch hervor.

»Ihr werdet es nicht glauben.« Claudia schnäuzte sich. »Er hat sich drüben in der Ruine irgendetwas zurechtgemacht.« Mit dem Taschentuch vor der Nase schaute sie Rizzi fragend an. »Kennst du das verfallene Haus?«

Rizzi berichtete, dass sie sich ebendort umgesehen hatten, und fragte: »Gehörte ihm das Grundstück?«

»Das kann ich dir nicht sagen.« Claudia hob die Schultern. »Die Sache war total undurchsichtig. Manchmal war der Mann tagelang verschwunden, sodass wir schon dachten, er sei wieder weg, bis er dann plötzlich wieder auftauchte.«

»Habt ihr denn nicht mit ihm gesprochen?«, fragte Rizzi ungläubig.

»Er war kontaktscheu.« Claudia knüllte ihr Taschentuch. »Jeder normale Mensch wäre doch mal rübergekommen, hätte gesagt: Ciao, ragazzi, und sich vorgestellt. Aber er nicht.« Sie streckte das Kinn vor und wedelte arrogant mit der Hand. »Wenn ihm danach war, hat er gegrüßt, und wenn nicht, waren wir Luft für ihn.« Sie betrachtete seufzend ihre Fingernägel. »Graziella hat immer gesagt: Lass ihn. Er ist harmlos.«

»Wann ist er hier zum ersten Mal aufgetaucht?« Cirillo blätterte in ihrem Notizbuch eine Seite um.

Claudia legte einen Finger an ihre Lippen. »Ich glaube, es war im April, kurz nach Ostern, als wir bemerkt haben, dass sich da drüben jemand herumtreibt. Oder war es schon Mai?« Sie schaute zweifelnd in die Ferne. »Vielleicht kann Graziella euch eher weiterhelfen. Sie hat ein sehr gutes Erinnerungsvermögen und ein viel besseres Zeitgefühl.«

»Wo ist sie?« Cirillo machte sich eine Notiz.

»Beim Olivenpressen.«

»Adresse?«, fragte Cirillo.

Claudia wandte sich überrascht an Rizzi. »Du kennst doch unsere Ölmühle, Erri. In Materita.«

Rizzi bestätigte, dass er den Ort kenne und Cirillo die Adresse nicht aufschreiben müsse, und fragte: »Was wisst ihr sonst über Alessandro? Was hat er auf Capri gemacht? Womit hat er sich die Zeit vertrieben?«

»Ich habe wirklich keine Ahnung.« Claudia schnaufte. »Wie gesagt: Wir wissen im Grunde nichts über diesen Mann.« Sie machte ihre Augen zu kleinen Schlitzen. »Ich habe allerdings so meine Theorie.«

»Und die wäre?«

»Ich persönlich glaube, dass er irgendeinen schrecklichen Verlust erlitten hat, den er verarbeiten musste. Vielleicht ist seine Frau gestorben. Oder« – sie senkte ihre Stimme – »er hat Schulden gemacht. Musste Hals über Kopf fliehen und hat sich hier versteckt. Irgend so etwas.«

»Das sind mehrere Theorien«, stellte Cirillo fest. »Haben Sie einen konkreten Hinweis, der eine Ihrer Theorien stützt?«

»Es sind Gedanken. Mehr nicht.« Claudia erhob sich von ihrem Stuhl, trat an die Balustrade und schaute über den Olivenhain hinweg zum verwilderten Grundstück hinüber. Vögel zwitscherten, und in der Ferne war die Brandung zu hören. Sie rückte die Töpfe mit Salbei und Rosmarin auf dem Mäuerchen zurecht. »Nach meinem Gefühl war er bloß ein Sommergast, der im Winter wieder verschwindet.«

Cirillo legte geräuschvoll ihr Notizbuch auf den Tisch. »Kann es wirklich sein, dass in Ihrer direkten Nachbarschaft ein Mann in einer Ruine haust und Sie nichts über ihn wissen? Weder über seine Herkunft, noch was er hier wollte oder womit er sein Geld verdient hat?« Cirillo klopfte mit dem Stift auf die Seiten. »Wir sind auf Capri. Hier weiß doch immer jeder über alles und jeden Bescheid.«

»Im Prinzip haben Sie recht«, meldete sich Federico. »Aber dieser Mann war von außerhalb. Das ist der Unterschied.«

Cirillo drehte sich zu Federico um. »Haben Sie mal mit ihm gesprochen?«

»Nein. Ich habe ihn nur mal aus der Ferne gesehen.« Er zuckte die Schultern. »Ich bin allerdings auch nicht von hier.«

»Federico ist ein alter Schulfreund von Graziella und mir. Wir sind alle aus Bologna. Wenn er hier ist, hilft er uns. Ohne ihn hätten wir gar nicht gewusst, wie wir das Restaurant schmeißen sollen und gleichzeitig mit der Olivenernte anfangen können.« Claudia begann, die Flaschen aus dem Korb zu holen.

»Ist das schon die neue Pressung?« Rizzi nahm eine der schlanken grünen Flaschen in die Hand. *Oro verde* stand auf dem Etikett. Grünes Gold.

»Gestern abgefüllt«, erwiderte Claudia. »Willst du probieren? Deine Meinung würde mich interessieren.« Ohne seine Antwort abzuwarten, bat sie Federico, Brot zu bringen, rückte Stühle zurecht und sagte mit einem höflichen Seitenblick zu Cirillo: »Ihre Meinung interessiert mich natürlich auch, Agente.«

Während sie Platz nahmen und Federico Brot und Teller auf den Tisch stellte, erzählte Rizzi von der Person, die er im Olivenhain gesehen hatte. »So kurz nach acht Uhr«, sagte er. »Weißt du, wer das gewesen sein könnte?«

»Vielleicht ein Spaziergänger?« Claudia schraubte das Fläschchen auf. »Hier kommen öfter mal welche vorbei.«

»Könnte es sein, dass sich da drüben in der Ruine eine zweite Person eingenistet hat?«, fragte Rizzi.

»Das wäre mir neu.« Claudia goss Öl auf den Teller.

Auf dem weißen Porzellan bildete sich ein goldener Kreis mit einem leichten Grünstich. Rizzi tunkte sein Stück Brot hinein.

Der fruchtige Geschmack des Öls verband sich mit der frischen Luft, der Sonne und der leichten Brise vom Meer und erinnerte Rizzi daran, dass er schon lange nicht mehr im Gras gelegen und einfach nur in den Himmel geschaut hatte.

Claudia ließ ihn nicht aus den Augen, während er schmeckte und nach den richtigen Worten suchte.

»Artischocke«, sagte er.

»Was noch?«

»Basilikum.« Er schloss die Augen. »Aber da ist noch etwas. Tomatenblatt.«

Cirillo klappte ihr Notizbuch zu und schob geräuschvoll ihren Stuhl zurück, ohne vom Olivenöl gekostet zu haben. »Richten Sie Ihrer Schwester Graziella bitte aus, dass sie sich morgen zur Verfügung halten soll«, sagte sie, »falls sie nicht schon heute von der Kriminalpolizei vernommen wird.«

»Tut mir leid.« Claudia stand auf. »Ich hätte Ihnen ja gerne weitergeholfen.«

»Dir muss gar nichts leidtun.« Rizzi erhob sich ebenfalls, verabschiedete sich auch von Federico und machte sich bereit zum Gehen. »Alles, was du gesagt hast, war sehr aufschlussreich und hilft uns bei der Suche nach dem Täter weiter.« Er nahm seine Mütze. »Das Olivenöl ist übrigens fantastisch.«

7

Er hupte auf der kurzen schmalen Straße, wo rechts und links die Autotüren aufflogen, Mütter ausstiegen und ihm vors Motorrad stolperten. Es war eine Familienwohngegend, und Gina hatte erst neulich wieder gesagt, wenn sie nicht in Capri-Stadt, sondern in Anacapri leben würden, dann am liebsten hier, in der Traversa Damecuta, wo die Häuser weiß getüncht und umgeben von hohen alten Bäumen und Blumengärten waren. Rizzi fuhr mit gedrosselter Geschwindigkeit bis ans Ende und parkte neben dem Kiosk.

Obwohl Ginas Überlegung rein theoretisch war, glaubte er, aus ihrer Bemerkung einen geheimen Wunsch herausgehört zu haben, der ihm zu denken gab. Aber mit seinem Gehalt und den wenigen Rücklagen, die er hatte, würde er sich eine Immobilie in dieser Gegend niemals leisten können. Trotzdem ließ ihn der Gedanke seitdem nicht mehr los: wie es wäre, aus dem Elternhaus auszuziehen und sich mit Gina, fernab der Familie, an einem ganz anderen Ort auf Capri niederzulassen.

Er verstaute seinen Helm im Sattel und die Polizeimütze im Handschuhfach, grüßte Marino im Kiosk und rief ihm zu: »Ein Bier, bitte!« Kurz darauf betrat er mit einer eiskalten Flasche in der Hand die Sportanlage.

An einem Trainingstag wie heute war die Rasenfläche in

vier kleine Fußballfelder unterteilt, sodass acht Kindermannschaften gleichzeitig spielen und gegeneinander antreten konnten. Rizzi musste nicht lange suchen, bis er Francesca unten im Gewusel entdeckt hatte, während er auf der Tribüne Platz nahm.

Wie das Mädchen mit dem Ball über den Platz stürmte, war phänomenal. Sie ließ alle hinter sich. Es brauchte schon mindestens zwei Jungs der gegnerischen Mannschaft, die einen halben Kopf größer waren, um sie aufzuhalten. Sie stoppte, versuchte auszuweichen und schoss den Ball, bevor sie ihn an einen der beiden Verteidiger verlor, quer über den Platz zu ihrem Teamkollegen, der frei stand.

»Brava, Francesca!«, rief Rizzi. »Schön gesehen!«

Auch die Väter rechts und links auf der Tribüne machten anerkennende Kommentare und grüßten Rizzi freundlich, wenn auch distanziert. Das lag weniger an Rizzis Uniform oder daran, dass Francesca nicht seine leibliche Tochter und er nicht einmal mit ihrer Mutter verheiratet war. Es hatte wohl eher damit zu tun, dass er aus Capri-Stadt und in Anacapri ein Fremder war, wie umgekehrt auch jemand aus Anacapri in Capri-Stadt als fremd angesehen wurde.

Francesca, wieder im Ballbesitz, kämpfte sich durch die Mitte aufs Tor zu.

»Forza!«, brüllte Rizzi. »Schieß!«

Sie wurde durch ein Foul gestoppt und stürzte zu Boden, aber der Schiedsrichter ließ weiterspielen. Rizzi sprang auf und riss fragend die Arme hoch.

»Francesca ist eine echte Granate«, stellte der Mann fest, der sich neben Rizzi niederließ und ihm zum Anstoßen seine Bierflasche hinhielt.

»Ciao, Leonardo«, grüßte Rizzi den Vater von Francescas bestem Freund Stefano und nickte zustimmend: »Ja, das ist sie wirklich.«

»Was war eigentlich heute los auf dem Monte Solaro?«, fragte Leonardo, die Augen aufs Spielfeld gerichtet. »Dort soll ein Hubschrauber gelandet sein, und dann, hört man, wurde auch noch der Sessellift geschlossen.«

Die Väter und Großväter ringsum spitzten die Ohren, als Rizzi vage antwortete: »Ja, das stimmt. Da war einiges los.«

Leonardo zog scharf die Luft durch die Nase, als sein Sohn Stefano im Zweikampf den Ball verlor und sich – mit Blick zum Schiedsrichter – fallen ließ, während der Gegner Richtung Tor davonrannte, bis er von Francesca gestoppt wurde. Sie dribbelte, rannte, täuschte und stand plötzlich völlig frei vor dem Tor. Ohne zu zögern, schoss sie den Ball in die obere linke Ecke – unhaltbar für den Torwart.

Auch die anderen Männer sprangen auf und applaudierten, während Francesca sich von ihrem besten Freund Stefano und ihren Teamkollegen umarmen und abklatschen ließ. Dann kam der Abpfiff.

»Bravi!«, rief Rizzi, als Francesca und Stefano abgekämpft und verschwitzt an den Spielfeldrand trabten.

Francesca strahlte vor Freude.

Leonardo spendierte am Kiosk eine Limonade für alle, während Francesca und Stefano untereinander begannen, Spielzüge und Torsituationen zu analysieren. Wie Francesca imstande war, Stärken und Schwächen zu benennen und Tipps zu geben, imponierte Rizzi. Auf diesem Feld machte ihr niemand etwas vor. Das Einzige, was Rizzi tun konnte, um Francescas Talent zu fördern, war bereitzustehen und sie dienstagabends vom Sportplatz abzuholen, wenn Gina verhindert war.

»Was sagst du eigentlich zu unserem Plan?«, fragte Leonardo. »Ich glaube, Gina hat gute Chancen.«

»Gina hat gute Chancen?«, wiederholte Rizzi, während sich sein Telefon in der Brusttasche bemerkbar machte.

Es war seine Mutter. Er drückte den Anruf weg und fragte: »Was meinst du damit?«

»Ich würde es nicht sagen, wenn ich nicht überzeugt davon wäre.« Leonardo nahm einen Schluck aus der Flasche. Seine gebräunte Halbglatze war umkränzt von grau melierten Locken, und trotz des gemütlichen Bierbauchs, der ihm über den Gürtel seiner Freizeithose hing, machte er einen drahtigen und agilen Eindruck.

»Schau sie dir doch nur mal an.« Leonardo begann aufzuzählen. »Sie ist fachlich kompetent. Kann gut reden. Ist durchsetzungsstark. Hat ihren eigenen Kopf. Und dass sie verdammt gut aussieht, muss ich dir ja nicht erzählen.«

Rizzi wollte nicht zugeben, dass er keine Ahnung hatte, worauf Leonardo hinauswollte und wofür er Gina so gute Chancen einräumte. Aber der vertrauliche Ton, den Leonardo anschlug, der schwärmerische Ausdruck in seinen Augen und dass er Ginas Vorzüge an fünf Fingern aufzählte, behagte Rizzi nicht. Gleichzeitig fühlte er sich durch seine Unwissenheit unterlegen und auf unangenehme Weise ausgeschlossen.

Leonardo lachte. »Ich sehe es deinem Gesicht an«, sagte er. »Du bist nicht ganz überzeugt.« Er gab Rizzi einen Klaps auf die Schulter und rief seinem Sohn zu: »Auf geht's, Stefano. Du hast noch ein paar Hausaufgaben zu erledigen.«

Bevor er ging, gab er Rizzi die Hand. »Ich verspreche dir«, sagte Leonardo. »Ich tue alles, was in meiner Macht liegt, um Gina über die Zielgerade zu bringen. Ich meine es ehrlich«, beteuerte er, ohne Rizzis Hand loszulassen. »Für Gina würde ich Himmel und Hölle in Bewegung setzen.« Plötzlich senkte er mahnend seine Stimme. »Aber mein Engagement ist nichts wert, wenn du nicht mitziehst. Verstehst du?« Leonardo hob den Finger. »Gina braucht deine Unterstützung. Sonst wird es am Ende nicht funktionieren.« Er zwinkerte Rizzi zu. »Denk drüber nach, Kumpel. Man sieht sich.«

Er erinnerte seinen Sohn daran, die Thermoskanne nicht zu vergessen, und steuerte den Jungen mit der Hand auf der Schulter weg von Francesca und dem Fußballplatz, in Richtung der geparkten Autos.

»Man sieht sich«, murmelte Rizzi und beobachtete, wie Leonardo und sein Sohn nebeneinander die Straße entlang gingen, Stefano sich noch mal niederkauerte, um sich die Schnürsenkel zuzubinden, bevor sie hinter einer Biegung verschwanden.

»Kriege ich ein Eis?«, fragte Francesca.

»Tut mir leid.« Rizzi schaute auf die Uhr. »Ich glaube, wir müssen schleunigst nach Hause.«

»Bitte!«

»Was für eins willst du denn?«, fragte Rizzi mit Blick auf die Eiskarte am Kiosk.

»Ich will eins von Pietro. Es ist auch kein großer Umweg.«

Rizzi überlegte und betrachtete das Kind mit dem zerzausten Haar, das mit seiner Freundschaft zu Stefano dafür sorgte, dass Gina in ständigem Kontakt mit Leonardo war. Der Mann spielte womöglich eine größere Rolle in Ginas Leben, als es Rizzi recht sein konnte. Wenn jemand etwas darüber wusste, dann Francesca.

»Also gut«, sagte Rizzi. »Dann nichts wie los, zu Pietro.«

Zehn Minuten später fuhren sie an der Via Boffe vor, und Francesca sprang vom Rücksitz. Ohne ihren Helm abzunehmen, lief sie zur Gelateria, wo sie wie eine alte Bekannte begrüßt wurde. Der Laden bestand eigentlich nur aus einer Markise, einem Verkaufsfenster und einem Tresen, in dem es Eis in so vielen Geschmacksrichtungen gab, dass man Wochen gebraucht hätte, um alle Sorten einmal durchzuprobieren.

Rizzi gewährte zwei Kugeln, auf die Pietro großzügig eine dritte gab, nachdem Francesca ihm berichtet hatte, dass ihre Mannschaft beim Training knapp, aber verdient als Gewinnerin vom Platz gegangen war.

Sie setzten sich mit ihren Eiswaffeln auf die Bank gegenüber einer Galerie mit großen Fenstern, die wie ein Spiegel funktionierten. Zu sehen waren ein Mädchen im Fußballtrikot, das, noch ganz aufgedreht, über alles Mögliche plapperte, während es sein Eis schleckte, und ein Mann in Polizeiuniform, der schweigend zuhörte und erfuhr, dass Pietro nicht nur das beste Gelato der Welt hatte, sondern auch wie Francesca und Stefano Fan vom SSC Neapel war.

»Kennt Stefanos Vater sich mit Fußball aus?«, fragte Rizzi, so beiläufig wie möglich.

»Leonardo?« Francesca schnaufte verächtlich, als wäre die Vorstellung von Leonardo als Fußballexperte so ziemlich das Absurdeste, was sie je gehört hatte. »Der hat von

Fußball überhaupt keine Ahnung«, behauptete sie, bevor sie hinzufügte: »Aber eines kann er so gut wie kein anderer.« Francesca machte eine Kunstpause.

»Sag schon«, befahl Rizzi ungeduldig.

»Klug reden.«

»Klug reden?«, wiederholte Rizzi und rieb einen Tropfen Vanilleeis von seiner Hose. »Worüber?«

Francesca schien von der Frage überfordert zu sein oder zu faul, darüber nachzudenken, und erklärte knapp: »Wenn es dich so interessiert, frag Mamma.«

Eine knappe halbe Stunde später bog Rizzi mit dem Motorroller und Francesca hinter sich auf dem Rücksitz von der Via Marina Grande in die Via Marucella ab. Es war schon dunkel, die Felsen des Monte Solaro zeichneten sich schwarz vor dem Nachthimmel ab, während Francesca, ihren Kopf mit dem Helm an Rizzis Rücken gelehnt, ihre Arme um seinen Körper geschlungen hatte und das Lied trällerte, das auch Rizzi nicht mehr aus dem Kopf ging, seit sie es in der Eisdiele gehört hatten.

Er beschleunigte und drehte auf dem letzten geraden Stück voll auf, während sie gemeinsam den Refrain sangen:

Questa non è Ibiza
Festivalbar con la cassa dritta
Ti sto cercando, ma è nebbia fitta
Ti giuro se ti penso la mia testa suona
Suona Italodisco

Rizzi fuhr durchs Tor, bremste und parkte im Hof auf seinem angestammten Platz neben der Vespa von Gina. Der

Motor verstummte, und Francesca sang in voller Lautstärke weiter, während oben die energische Stimme von Rizzis Mutter zu hören war: »Enrico!«

Marta stand im ersten Stock auf der Außentreppe, hatte die Hände in die Hüften gestemmt und wirkte, obwohl sie klein war, in ihrer Empörung übergroß, als sie rief: »Wir haben uns Sorgen gemacht! Wo wart ihr? Was ist passiert?«

»Was soll passiert sein?« Rizzi nahm seinen Helm ab.

»Ich habe ein Tor geschossen«, berichtete Francesca, während sie die Stufen hinaufsprang, »und dann haben wir bei Pietro Eis gegessen.«

Marta trug ein bunt gemustertes T-Shirt und weinrote Frotteeschlappen und empfing Francesca mit weit ausgebreiteten Armen. Sie drückte das Kind an ihren Busen, als hätte sie das Mädchen wochenlang nicht gesehen, dabei konnte es nicht mehr als ein paar Stunden gewesen sein.

»Lauf schon mal hoch«, befahl Rizzi, als er Francesca die Sporttasche übergab. »Ich komme gleich.«

Er begriff, dass etwas passiert war und seine Mutter von etwas umgetrieben wurde, das sich, wenn er nicht aufpasste, schnell zu einer gigantischen Sache auswachsen würde. Was immer es war – er musste die Geschichte einfangen und auf der Stelle abräumen.

»Was ist los?«, fragte er, als er hinter Marta die Wohnung seiner Eltern betrat. Im selben Moment sah er durch die offene Küchentür, dass auf dem Regal vor der Heiligenfigur von Padre Pio die Kerze brannte. Sie wurde nur angezündet, wenn ein Todesfall zu beklagen oder eine Prüfung zu bestehen war. Als Nächstes entdeckte er Gina auf dem Sitzplatz in der Ecke.

Sie war blass, und ihre Stimme bebte, während sie sich zwang, in einem ruhigen Tonfall zu sagen: »In Anacapri läuft ein Verrückter herum und knallt Menschen ab, und du gehst nicht mal an dein Telefon. Wir sind fast durchgedreht vor Sorge.« Gina zitterte vor unterdrückter Wut. »Ich hatte keine Ahnung. Nur dank deiner Mutter weiß ich, was passiert ist. Und ich verstehe nicht« – sie suchte erregt nach Worten –, »warum bei einer solchen Gefahrenlage das Training nicht abgesagt wird.« Sie stand auf. »Warum hast du nicht veranlasst, dass der Fußballplatz geschlossen wird?«, rief sie. »Stattdessen lässt du zu, dass die Kinder draußen ungeschützt herumspringen!«

Ein Blick zu seiner Mutter sagte ihm, dass sie zur Abwechslung mit Gina vollkommen einer Meinung war und er sich von ihr in dieser Situation keine Unterstützung erwarten durfte. Im Gegenteil. Das Kinn herausfordernd in die Höhe gestreckt, schaute seine Mutter ihn so anklagend an, dass er wusste: Hier würde er mit einfachen Beschwichtigungen nicht weiterkommen.

»Es ist richtig«, begann er. »In Anacapri ist ein schreckliches Verbrechen passiert, und da draußen läuft jemand herum, der es begangen hat. Aber nach unserer Einschätzung besteht für Kinder, die Fußball spielen, keine Gefahr.«

»Und wer garantiert uns das?«, fragte Gina. »Sollen wir einfach so tun, als wäre nichts geschehen?«

»Und was ist«, eiferte sich seine Mutter, »wenn der Verrückte aus Anacapri über den Berg kommt und auch bei uns anfängt herumzuschießen? Was machen wir dann? Verstecken wir uns alle in unseren Häusern?«

»Jetzt beruhigt euch!«, befahl Rizzi. »Die Polizei aus

Neapel ist mit vierundzwanzig Leuten vor Ort. Und Agente Cirillo und ich haben eine erste Spur aufgetan. Sie wird in diesen Minuten ausgewertet. Und eins kann ich euch schon verraten: Der Mann, der getötet wurde, ist nicht von Capri. Versteht ihr? Er ist ein Fremder. Diese Sache hat nichts mit irgendjemandem von uns auf der Insel zu tun.«

»Und was ist, wenn es dem Täter völlig egal ist, wer fremd und wer von der Insel ist?«, rief Gina erregt.

Rizzi verlor langsam die Geduld. »Es war keine Amoktat, kriegt euch wieder ein.«

Marta und Gina wandten sich schroff von ihm ab. So standen sie eine Weile da, aufgebracht und jeder vor sich hin brütend, bis sie plötzlich alle drei einen unangenehmen Geruch wahrnahmen, der von draußen hereinzog. Irgendetwas war dabei anzubrennen.

Gina fluchte, verließ die Küche und rannte draußen am Fenster vorbei über die Außentreppe nach oben, einen Stock höher. Gleichzeitig war unten im Hof das Knattern der Ape zu hören. Rizzis Vater kam aus den Gärten.

»Du darfst dich nicht verrückt machen, Mamma«, mahnte Rizzi und ließ sich erschöpft auf den Küchenstuhl sinken. »Und vor allem darfst du nicht mit allem, was dir gerade durch den Kopf schießt, zu Gina rennen und sie mit deiner Angst anstecken. Hast du verstanden? Ich habe alles im Griff.«

Sein Vater pfiff unten im Hof nach Romeo und redete mit dem Hund, während das Tor krachend ins Schloss fiel. Rizzi hatte das Gefühl, dass seine Mutter aufatmete. Die Familie war komplett, das Tor zu.

»Ich habe Gina nur gefragt, ob Francesca zu Hause ist«,

verteidigte sich Marta. »Darauf hat sie gesagt, das Kind sei, wie immer dienstagabends, beim Training in Anacapri.« Sie rang die Hände. »Ich höre nur: Anacapri? – und denke: ausgerechnet heute?« Ihre Stimme wurde immer lauter. »Hast du überhaupt eine Ahnung, was ich mir für Sorgen gemacht habe und wie viel Kraft es mich kostet, meinen Sohn alle halbe Stunde anzurufen? Dir kann drüben in Anacapri doch wer weiß was zustoßen!«

»Ihm ist aber nichts zugestoßen«, verkündete Vito, während er auf Socken in die Küche kam. »Und Anacapri ist nicht der Wilde Westen. Sag mir lieber, warum es hier so stinkt.« Vito nickte Rizzi komplizenhaft zu.

Marta nahm Vito die Tasche ab. »So riecht es, wenn Gina kocht«, sagte sie, zog die leere Butterbrotdose heraus und schüttete den kalten Kaffee aus der zerbeulten Thermoskanne in den Ausguss. »Manchmal frage ich mich schon: Was kann Gina eigentlich? Und was geht in ihrem Kopf vor? Sie bemerkt nicht, wenn ihr Kind in Gefahr ist. Hat zwei linke Hände, ist nicht imstande, in den Gärten zu helfen. Und was ihre Kochkünste angeht …« Sie machte eine Handbewegung, die jedes weitere Wort überflüssig machte.

»Es reicht, Mamma.« Rizzi stand auf. Statt jetzt eine Grundsatzdiskussion vom Zaun zu brechen, beschränkte er sich auf das Nötigste: »Hör auf, ständig auf Gina herumzuhacken.« In der Tür drehte er sich um. »Sonst muss ich mir etwas überlegen. Und die Lösung wird sein, dass wir hier irgendwann ausziehen und weg sind.«

8

Als er ein Stockwerk höher seine Schuhe auszog und über Kindersandalen, Sneaker und Stiefeletten hinwegstieg, war in seiner Küche zu hören, wie auf dem Backblech gekratzt und gescheuert wurde. Gina stand an der Spüle, während Francesca mit dem Geschirrhandtuch Ventilator spielte und frische Luft in den verrauchten Raum wedelte.

»Liebling«, Gina pustete sich eine Strähne aus dem Gesicht, »verzeih. Es war eigentlich ganz anders geplant.«

Was sie meinte, war wohl die Pasta, die im Topf verkocht war, und das Fischfilet, das in der Pfanne vor sich hin kokelte, während Gina schwarze Zucchinischeiben vom Backblech in den Müll beförderte.

Er strich Gina liebevoll eine Strähne aus der Stirn, öffnete den Kühlschrank und sagte: »Wir haben Parmesan, Provolone und Mozzarella.« Er schaute auf die Anrichte. »Außerdem gibt es Tomaten, Olivenöl, und vom Brot, das Mamma gestern gebacken hat, ist auch noch etwas da.« Er schenkte Wein ein, gab Gina ein Glas und sagte zärtlich: »Alles halb so wild, Schatz.«

Unter der Dusche dachte er, dass Gina – auch wenn sie noch so gut kochen könnte und im Garten für zehn arbeiten würde – in den Augen seiner Mutter nie perfekt wäre oder überhaupt etwas richtig machen konnte, und an Matilda, seiner ersten Liebe und Ehefrau, würde sie sowieso nie heranreichen. Matilda war für seine Mutter die vollkommene Schwiegertochter gewesen, und mit all den Jahren, die ihre Trennung und Scheidung nun schon zurücklag, war Matilda für seine Mutter immer perfekter und schon fast eine Art Heilige geworden. Wahrscheinlich würde sie ihre Meinung ändern, wenn Gina und er heirateten und ihre Beziehung vor Gott und der Welt legalisierten, statt »in wilder Ehe« zusammenzuwohnen.

Er schloss die Augen, ließ Wasser über sein Gesicht laufen und versuchte die Erinnerung an das Mordopfer – den höflichen und seltsamen Alessandro – zu verdrängen, der in einer verfallenen Ruine wohnte und jeden Morgen auf den Monte Solaro fuhr. Hatten Graziella und Claudia eigentlich von diesen Ausflügen auf den Berg gewusst? Er hatte vergessen, sie danach zu fragen. Es war alles schwierig und undurchsichtig. Und was quatschte Leonardo über Gina? Welchen Plan meinte er, welche Chancen, und wofür brauchte sie seine Unterstützung? Warum wusste der Vater vom kleinen Stefano mehr über Gina als er selbst?

Er trocknete sich ab, streifte seine Jogginghose über, zog ein frisches T-Shirt an und ging in die Küche. Während er seinen Blick über das Chaos schweifen ließ, hörte er, wie auf der Terrasse Francesca zu Gina sagte: »Leonardo hat Enrico genauso zugetextet, wie er sonst immer dich zutextet.«

Geschirr klapperte, und Gina tadelte ihre Tochter: »Red nicht so über Stefanos Vater. Was würdest du sagen, wenn Stefano so über mich reden würde?«

»Buon appetito!« Rizzi betrat die Terrasse.

»Setz dich.« Gina schob ihm den Teller mit dem Käse zu. »Ich habe etwas bekannt zu geben«, erklärte sie feierlich und lächelte schief. »Auch ohne mein schönes Festessen.«

Rizzi schnitt sich ein Stück vom Provolone ab und fragte: »Hat es mit Leonardo zu tun?«

»Wie kommst du darauf?«, fragte Gina überrascht.

»Wie Francesca gesagt hat: Er hat mich zugetextet, und ich war zu feige zuzugeben, dass ich keine Ahnung hatte, worüber er redet.« Rizzi nahm sich ein Stück Brot. »Erzähl. Wofür räumt er dir so große Chancen ein?«

Gina holte tief Luft und sagte: »Ich überlege, für den Gemeinderat zu kandidieren.«

Rizzi lehnte sich überrascht zurück. »Du willst bei den Wahlen antreten?«

»Was ist ein Gemeinderat?«, fragte Francesca unbeeindruckt.

»Dort werden alle Entscheidungen getroffen, die für Capri wichtig sind«, erklärte Gina. »Zum Beispiel, ob der Fußballplatz neuen Rasen bekommt oder die Musikschule neue Instrumente.«

Wenn sie gewählt werden würde, sagte sie, könne sie, zum Beispiel, mit Stefanos Vater Leonardo eine Fraktion bilden und versuchen, die verkrusteten Strukturen im Gemeinderat aufzubrechen, gegen die Leonardo alleine nicht ankam.

»Was sind verkrustete Strukturen?«, fragte Francesca, während Rizzi ein wenig Öl über Tomaten und Mozzarella träufelte.

Gina seufzte: »Verkrustete Strukturen bedeuten, dass ein

kleiner Kreis von Leuten, die miteinander befreundet sind, Absprachen treffen und alles untereinander regeln, statt es in großer Runde zu diskutieren und auch die Interessen von denen zu berücksichtigen, die nicht zu ihrem Kreis gehören.«

»Und du und Leonardo – bildet ihr dann auch so einen Kreis?«, fragte Francesca.

Gina überlegte. »Ja«, sagte sie. »Genau genommen hast du recht.«

»Das nennt sich Politik«, ergänzte Rizzi.

Nachdem Gina mit Francesca im Kinderzimmer verschwunden war, um dafür zu sorgen, dass die Kleine sich langsam zum Schlafen bereit machte, räumte Rizzi das benutzte Geschirr ab, stellte es in die Spüle und kehrte mit Tabak und Blättchen auf die Terrasse zurück.

Das Blattwerk der Magnolie zeichnete sich schwarz vor dem Nachthimmel ab. Irgendwo heulte ein Motor auf, eine Katze schrie, und bei seinen Eltern unten wurde ein Fenster zugezogen. Rizzi häufte den Tabak aufs Blättchen und benetzte das Papier mit seiner Zungenspitze. Er konnte seine Gefühle schwer in Worte fassen, aber ihm war, als ob sich mit dem heutigen Tag etwas verändert hätte. Aber er wusste nicht: Hatte sein ungutes Gefühl nur mit dem Mord zu tun oder damit, dass Gina sich eine Aufgabe vornahm, an der sie möglicherweise scheitern würde?

Ganz weit weg spielte jemand Saxofon. Fetzen einer Melodie wehten herüber, und ein kühler Wind streifte Rizzis Wange. Gina trat aus der Terrassentür, blieb hinter ihm stehen und legte ihre Hände auf seine Schultern.

»Es tut mir leid«, sagte sie leise und begann, seinen Nacken zu massieren. »Das Tribunal bei deiner Mutter in der Küche. Aber ich war wirklich krank vor Sorge.«

»Es ist richtig, wachsam zu sein.« Rizzi schloss die Augen. »Und wenn es dich beruhigt: Commissario Serra hat persönlich die Ermittlungen übernommen.«

»Das ist gut«, murmelte Gina und klang überhaupt nicht beruhigt. »Hauptsache, du bist aus der Schusslinie.« Sie hörte auf, ihn zu massieren, seufzte und setzte sich neben ihn. »Ich weiß, du liebst deinen Beruf. Aber manchmal wünschte ich, du hättest einen anderen.«

Rizzi rückte näher an sie heran. »Bist du sicher, dass du das Richtige tust?«, fragte er.

Gina zupfte an seinen Locken. »Was meinst du?«

»Deine Kandidatur. Für den Gemeinderat.«

Sie nahm ihm die Zigarette aus der Hand. »Glaubst du, ich schaffe es nicht?« Sie tat einen Zug, während sie ihn prüfend anschaute.

»Ich glaube, du schaffst es«, beteuerte Rizzi. »Die Leute werden dich wählen.«

»Aber?«

Rizzi betrachtete ihr Gesicht, die Sommersprossen, die kleine Himmelfahrtsnase und ihre Augen, die in diesem Licht ganz unergründlich aussahen. »Ich bin nicht sicher, ob es richtig ist, ausgerechnet mit Leonardo eine Fraktion zu bilden. Oder ob der Weg am Ende in eine Sackgasse führt.«

»Ich kann dir nicht folgen.« Gina pustete den Rauch in die Luft.

Rizzi wägte seine Worte ab. »Wenn du im Gemeinderat

deine Ideen durchsetzen und hier wirklich etwas verändern willst«, sagte er, »darfst du nicht gegen Alessio sein, sondern musst einen Weg finden, mit ihm zusammenzuarbeiten. Seit wie vielen Jahren ist er nun schon Bürgermeister?«

»Seit einer halben Ewigkeit.« Gina schnaubte. »Sicher schon seit zehn Jahren. Und überall macht er seine Apotheken auf und mehrt seinen Reichtum.«

»Du übertreibst.« Rizzi trank einen Schluck Wein.

»Auf jeden Fall ist das Amt gut für sein Geschäft, und für die Geschäfte seiner Freunde ist es das auch.«

»Vielleicht hast du recht«, gab Rizzi zu. »Aber sich deshalb mit Alessio anzulegen und mit Leonardo zu verbünden, ist auch keine Lösung.«

»Wie kommst du darauf?« Gina streichelte nachdenklich seinen Arm.

»Schau ihn dir doch an: Leonardo malt seine Kacheln, die niemand haben will, während seine Frau in Neapel Karriere bei der Bank macht.«

»Sie hat's drauf, das war schon immer so, und er kommt rüber wie …« Rizzi suchte nach dem richtigen Wort.

»Du hältst ihn für einen Waschlappen«, stellte Gina fest.

»Auf jeden Fall kann ich mir nicht vorstellen, dass sie ihn im Gemeinderat für voll nehmen. Und falls doch, dann nur, weil sie sich über ihn günstige Kredite erhoffen.« Rizzi drückte seine Zigarette aus. »Ich rate dir: Pfeif auf Leonardo. Du brauchst ihn nicht.« Er zog Gina an sich, vergrub sein Gesicht an ihrem Hals und atmete ihren Duft ein. »Ich liebe dich«, flüsterte er.

»Ich muss noch die Wäsche aufhängen«, murmelte Gina und erwiderte seinen Kuss.

Rizzi zog Gina noch etwas näher an sich und hörte nicht auf, sie zu küssen, während sie ihm über Gesicht und Rücken streichelte, ihn irgendwann an den Händen nahm und hinüber ins Schlafzimmer zog, wo sie aufs Bett fielen, sich gegenseitig auszogen, um endlich ihre nackten warmen Körper aneinanderzuschmiegen und miteinander eins zu werden.

In der Nacht fuhr Rizzi hoch. Hatte er geträumt? Er lauschte in die Stille. Gina neben ihm atmete tief.

Er sank aufs Kissen zurück, starrte gegen die Decke, sah die Gardine, die sich vor dem offenen Fenster bewegte, und das Mondlicht, das ein schwarzes Muster darauf zeichnete. Er war hellwach und wurde das Bild nicht los. Ein unschuldiger Mensch sitzt an einem sonnigen Morgen ahnungslos und allein im Sessellift, schwebt über den Abhang, während ein paar Meter unter ihm ein Mann auf ihn wartet, die Waffe ansetzt, zielt, den perfekten Moment abpasst und abdrückt. Rizzi dachte an das tote Gesicht, die rotblonden Haare, das vorspringende Kinn und den kleinen Mund, der fast nur aus Unterlippe bestand.

Er drehte sich auf die Seite und versuchte sich Ginas Atem anzupassen, aber es gelang ihm nicht. Sein Rücken war klatschnass. Er überlegte. Es kam ihm vor, als ob der Tote ihn geweckt hätte, um ihm etwas mitzuteilen. Aber was war es?

Was wollte Alessandro auf Capri? Wer hasste ihn so sehr, dass er ihn getötet hat? Warum wohnte er in dieser Ruine? Und wozu war er morgens auf den Monte Solaro gefahren?

Rizzi hörte in der Ferne ein gleichmäßiges Rauschen, das Meer. Was wollte der Tote ihm mitteilen? Was hatte er übersehen?

9

Cirillo hörte ein Brummen und griff nach ihrem Smart-phone. Die Ziffern auf dem Display zeigten 02.21 Uhr. Sie ahnte, dass Rizzi heute Nacht ebenso wenig schlafen konnte wie sie und dass er ihr womöglich mitteilen wollte, was ihm durch den Kopf ging. Eine neue Erkenntnis? Hatte er vielleicht mit dieser Graziella von der Trattoria und der Ölmühle gesprochen?

Doch ihre Intuition hatte sie getäuscht. Die Nachricht war von Davide, ihrem Lover aus Neapel. Er schrieb: *Ich vermisse dich. Wann sehen wir uns?*

Cirillo seufzte. Sie vermisste ihn auch. Sie beschloss, sich dem Problem zu stellen und Davide sofort zurückzuschreiben. Aber wie sollte sie es ihm sagen? Ich komme nicht zu dir nach Neapel, weil mein Sohn nichts von dir weiß und ich dich vor ihm verheimliche, da du nur unwesentlich älter bist als er – und das muss ich ihm erst mal schonend beibringen?

Mit den Fingern am Tastenfeld, um die richtigen Worte ringend, hörte sie, wie jemand die Wohnungstür aufschloss. Kurz darauf vernahm sie ein sehr vertrautes Schlurfen und dass in der Küche das Licht angeschaltet wurde. Ein wohliges Gefühl durchströmte sie, und der Gedanke an Davide verblasste. Oscar war heimgekehrt. Ihr Kind war in ihrer

Nähe. Sie war nicht allein. In diesem Moment ertönte ein dumpfes Geräusch, ein Schlag, gefolgt von einem lauten Scheppern.

Cirillo schlug die Decke zurück. Die Matratze gab nach, und der Lattenrost quietschte, als sie hastig aus dem Bett aufstand.

Oscar stand in kurzen Hosen und Windjacke am offenen Kühlschrank und starrte schuldbewusst zu Boden, wo Scherben und Obstsalat eine riesige Pfütze bildeten.

»Pass doch auf!«, herrschte sie ihn an und machte einen großen Schritt über die Sauerei hinweg.

»Tut mir leid.« Oscar rührte sich nicht, als wäre er gelähmt oder wüsste nicht, was in einer solchen Situation zu tun sei.

»Was hast du vor?«, fragte Cirillo und dämpfte ihre Stimme – weil sie hier erstens nicht die verärgerte Mutter geben wollte und zweitens die Feriengäste in den beiden angrenzenden Zimmern schliefen. »Wie lange willst du da noch herumstehen?«

Oscar schaute sich hilfesuchend um. »Wo ist denn das Putzzeug?«, fragte er lahm.

»Setz dich«, antwortete sie gereizt.

Oscar ließ sich gehorsam auf dem Küchenstuhl nieder, während Cirillo unter der Spüle nach den passenden Utensilien suchte.

»Wo warst du so lange?«, fragte sie, während sie Wasser in den Eimer laufen ließ.

Oscar berichtete, er sei mit Freunden bei Punta Carena gewesen, und fügte hinzu, als er ihren kritischen Seitenblick bemerkte: »Ich habe aber nichts getrunken. Ehrlich.«

Cirillo pickte mit spitzen Fingern Obststücke und Scherben aus dem klebrigen Saft, warf sie in die Plastiktüte, die ihr Oscar versöhnlich hinhielt, und machte sich mit dem Lappen ans Aufwischen.

»Du weißt, was gestern passiert ist. Der Täter ist noch nicht gefasst.« Obwohl sie den Mörder eher nicht als Gefahr für die Allgemeinheit einschätzte, reizte Oscars unbeschwerte Art sie so sehr, dass sie ihm ein wenig Angst machen wollte.

»Keine Sorge, Mamma.« Oscar redete mit ihr wie mit einem Kind, das beruhigt werden musste. »Wir waren zu viert. Was soll da passieren? Außerdem ist der Typ doch längst runter von der Insel.«

Auf Knien rutschend, schaute Cirillo zu ihrem Sohn hoch, sah eine sorglose Gewissheit in seinem Blick und diese grenzenlose Selbstüberschätzung, die viele junge Menschen auszeichnete – und Oscar ganz besonders.

»Schön, dass du dir so sicher bist«, stellte sie ironisch fest und wischte unter dem Tisch. »Aber in Wahrheit ist alles möglich, und nichts kann ausgeschlossen werden. Deshalb: Sei vorsichtig.«

»Mal im Ernst.« Oscar lächelte nachsichtig. »Der Typ wäre doch schön blöd, wenn er nach einer solchen Tat hier weiter auf Capri herumhängen würde. Oder etwa nicht?«

»Ich rede über die Sache nur im Ernst. Der Täter kann noch auf der Insel sein, davon müssen wir immer ausgehen, bis wir ihn haben.« Cirillo wrang den Lappen aus.

Statt zu antworten, machte Oscar sie auf Melonen- und Ananasstücke aufmerksam, die von ihr aus gesehen – in ihrer Position, auf allen vieren, auf dem Boden – außerhalb ihres Blickfelds lagen, und Cirillo dachte, dass es eigentlich ein Unding war, den Dreck von Oscar zu beseitigen, als wäre er noch ein Kind.

Andererseits würde er – solange sie hier auf Knien vor ihm herumrutschte – es nicht wagen, einfach ins Bett zu verschwinden.

»Erzähl doch mal«, fragte sie. »Was treibst du so den ganzen Tag? Hast du einen neuen Job?«

Oscar hob die Füße. »Ich probiere zurzeit etwas aus.« Er zog die Beine an, lehnte sich zurück und unterdrückte ein Gähnen. »Ist aber noch nicht spruchreif«, fügte er vage hinzu und stellte fest: »Ich muss echt langsam ins Bett.«

»Gib mir wenigstens einen Tipp«, sagte Cirillo. »In welcher Branche probierst du etwas aus? Und was heißt das überhaupt: ausprobieren? Willst du dich selbstständig machen? Hier auf Capri? Oder planst du bereits für den Winter?«

»Mamma«, mahnte er. »Wir haben eine Abmachung.«

»Ich weiß.«

»Dann halt dich auch dran.«

Sie war versucht, ihm zu widersprechen und ihn daran zu erinnern, dass sie hier – wenn wohl auch nur vorübergehend – zusammenwohnten und dass zum Zusammenleben nun mal gehörte, am Leben des anderen Anteil zu nehmen.

Als hätte Oscar ihre Gedanken erraten, sagte er: »Du erzählst mir ja auch nicht alles. Triffst du zum Beispiel jemanden?« Er verschränkte die Arme vor der Brust. »Oder hast du gar kein Privatleben? Und wenn wir schon mal dabei sind« – er blickte sie herausfordernd an –, »könntest du mir ja auch endlich mal verraten, warum du eigentlich nach Capri versetzt worden bist. Und was genau damals passiert ist.«

Cirillo sah Oscars Augen, die er eindeutig von ihr hatte, seine ausgeprägten Kiefermuskeln, die in Bewegung waren, was sie an seinen Vater erinnerte, und musste sich eingestehen, dass hier kein Kind mehr vor ihr saß, sondern ein erwachsener Mann.

»Also gut.« Sie warf den Lappen ins Wasser. »Heute Abend reden wir.«

Oscar starrte sie mit offenem Mund an. Seine Augen hatten einen fast erschrockenen Ausdruck.

»Wir gehen zusammen essen«, sagte sie. »Was hältst du davon? Und dann erzähle ich dir alles.«

»Okay.« Er nickte. »Wann?«

»Um 20 Uhr?«

»Wo?«

»Du kannst das Restaurant auswählen.«

»Abgemacht. Ich überlege mir etwas.« Er zögerte, wollte anscheinend noch etwas sagen, beugte sich dann aber wortlos vor und gab ihr einen Kuss auf die Wange.

»Ich habe übrigens die Vespa vollgetankt«, sagte er – da war er schon in der Tür. »Du weißt ja.« Er grinste. »Du kannst dich immer auf mich verlassen.«

Seine Zimmertür klappte. Cirillo nahm den Lappen wieder auf und realisierte, dass sie und Oscar gerade einen großen Schritt nach vorne gemacht hatten. Und dass ihr Herz dabei wie verrückt klopfte. Noch nie hatte sie jemandem von jener Septembernacht erzählt, als bei ihr alles in die Luft flog, außer – notgedrungen – ihrem damaligen Vorgesetzten und den Kollegen ihrer inzwischen ehemaligen Dienststelle.

Als sie den Eimer anhob, um das schmutzige Wischwasser ins Bad zu bringen, bemerkte sie, dass dort, wo Oscar gesessen hatte, Schmutz war, der nichts mit dem Obstsalat zu tun hatte. Es war Sand, unregelmäßig verteilt, den er offenbar unter seinen Schuhsohlen gehabt und hereingetragen hatte.

Sie nahm ein letztes Mal den Lappen, ging wieder auf die Knie – und stutzte.

Sie legte den Lappen beiseite, trocknete ihre Hand am Morgenmantel ab und fuhr mit den Fingern über den Boden. Diese Sorte Sand kam ihr sehr bekannt vor. Sie überlegte – und erinnerte sich. Heute Nachmittag in der Ruine, am mutmaßlichen Wohnort von Alessandro, hatte sie in einer ähnlichen Haltung wie jetzt die losen Papiere zusammengesucht, die aus dem Ordner gefallen waren.

Sie ließ den Eimer stehen, den Lappen liegen und den Sand, wo er war. Sie ging nach nebenan in ihr Zimmer, zog ihre Uniform an, ihre Schuhe und nahm ihre Mütze. Wenn sie sich nicht täuschte, hatte sie heute Nachmittag eine Spur übersehen.

Eine halbe Stunde später bog sie mit ihrer Vespa von der kurvigen Via Nuova del Faro in die schmale Via Pino. Sie fuhr an der Trattoria vorbei, wo die Straße eine Biegung machte, und plötzlich kam es ihr vor, als würde sie in eine Wand aus Dunkelheit hineinfahren. Außerhalb des Lichtkegels, den ihr Scheinwerfer auf die abschüssige Straße warf, konnte sie nichts erkennen. Sie fuhr bei gedrosselter

Geschwindigkeit noch ein kleines Stück weiter, dann hielt sie am Straßenrand und schaltete den Motor ab. Der Scheinwerfer erlosch.

Der Wind wehte durch die Dunkelheit, das Meer toste in der Ferne. Es war kühl, viel kälter als in der Stadt, zwischen den Häusern. Sie bockte die Maschine auf, klappte den Sattel hoch und verstaute den Helm, als würde sie vor sich selbst simulieren, dass dies, abgesehen von der Uhrzeit, ein ganz normaler Einsatz war. Sie tastete im Handschuhfach zwischen alten Lappen und einer kalten, nassen Männerbadehose nach der Taschenlampe und knipste sie an.

Die Dunkelheit hier draußen war vollkommen und fast von einer schwarzen Stofflichkeit, wie Cirillo es selten erlebt hatte. Sie achtete bei jedem Schritt darauf, nicht in ein Loch zu treten oder über eine Wurzel zu stolpern, und verlor durch diese Behutsamkeit das Gefühl für die Strecke, die sie bereits zurückgelegt hatte. Es gab immer noch nichts, an dem sie sich orientieren konnte, und sie fragte sich, ob sie noch auf dem Pfad war, den sie am Nachmittag mit Rizzi eingeschlagen hatte, oder ob sie gleich am Anfang den falschen Eingang erwischt und sich verlaufen hatte. Zudem erinnerte sie sich jetzt an Rizzis Warnung, Wege würden in dieser Gegend abrupt vor Klippen enden – was nicht gerade zu ihrer Beruhigung beitrug.

Sie blieb stehen, hielt die Taschenlampe waagerecht vor ihrem Oberkörper und drehte sich einmal im Kreis. Oder eineinhalbmal? Der Lichtstrahl traf Blätter, die im Wind zitterten. Eine Flut von Schatten verdichtete sich zu einer unheimlichen Armee von Silhouetten und Figuren. Gesichter und Gestalten schienen zwischen Zweigen und Ästen aus den Sträuchern hindurchzulugen, setzten sich zu grotesken Fratzen zusammen und lösten sich schneller wieder auf, als sie gucken konnte.

Obwohl Cirillo sich sicher war, dass der Schütze vom Monte Solaro nicht hier war, kam ihr der Gedanke, dass er irgendwo hinter einem Busch mit einem Gewehr auf sie anlegen könnte wie ein Jäger auf ein Stück Wild. Der Täter hatte bewiesen, wie kaltblütig er war und dass er sich in der Natur nicht nur sicher und zu Hause fühlte, sondern es auch verstand, sie sich zur Komplizin zu machen und als Deckung zu nutzen. Alessandros Mörder konnte, wie Oscar sagte, längst von der Insel verschwunden und irgendwo auf dem Festland untergetaucht sein. Aber genauso gut konnte er sich noch hier auf Capri aufhalten, und er konnte auch ganz in der Nähe sein, weil er – wie sie – noch etwas an der Wohnstätte des Ermordeten zu erledigen hatte.

Ihr wurde heiß. Wie dumm war sie, sich in diese Situation zu begeben? Mit ihrer verdammten Taschenlampe war sie in der Dunkelheit schon von Weitem zu erkennen, während sie selbst kaum etwas sehen konnte. Sie leuchtete hektisch zu den Seiten, dann noch einmal nach vorn, prägte sich die Beschaffenheit des Weges ein – und schaltete die Taschenlampe aus.

Die Dunkelheit war gewaltig, die Brandung mit ihrem an- und abschwellenden Rauschen beängstigend nah und gegenwärtig. Sie hörte das Meer unterhalb des Olivenhains wütend an die Felsen schlagen und den nächtlichen Wind in den unsichtbaren Bäumen flüstern. Sie rührte sich nicht von der Stelle und zwang sich zu warten, bis ihre Augen sich an die Dunkelheit gewöhnt hatten und die Welt um sie herum sich wenigstens in Umrissen zeigen würde. Aber alles blieb finster und schwarz, als wäre sie von einer Sekunde auf die andere erblindet.

Nach einer Weile, in der ihr Daumen versucht war, den Knopf hochzuschieben und die Lampe wieder einzuschalten, tappte Cirillo langsam, Schritt für Schritt, in eine Richtung, von der sie hoffte, dass es die richtige war. Es kam ihr vor, als wären alle Geräusche viel deutlicher zu hören, als hätte jemand die Lautstärke aufgedreht. Dazu kam das Hintergrundrauschen von Wind und Meer, das Rascheln im Gebüsch und das Knacken der Äste, das wohl sie selbst verursachte, wenn sie auf einen Zweig trat. Sogar die abrupt einsetzende Stille, wenn sie reglos stehen blieb, war dröhnend.

Als sie plötzlich glaubte, Schritte zu hören, fuhr sie herum, stieß gegen etwas Hartes, verlor das Gleichgewicht, kippte und klammerte sich an etwas, das ihr keinen Halt gab. Äste schlugen ihr ins Gesicht. Sie versuchte sich abzustützen, irgendwo Halt zu finden, doch egal, was sie zu fassen bekam – alles gab nach. Sie konnte sich nicht halten, sackte seitlich zu Boden und landete mit dem Ellbogen auf etwas Weichem.

Als sie die Augen öffnete, leuchtete gnädig eine feine Mondsichel zwischen den Wolken hervor. Cirillo sah über sich einen Arm, der wie zum Schlag ausholte, schrie auf und hielt schützend ihre Hand vors Gesicht. Zwischen ihren Fingern sah sie schwankende Schatten. Bevor der Mond wieder hinter einer Wolke verschwand, war der Arm als Ast eines Olivenbaums zu erkennen.

Sie versuchte nicht darüber nachzudenken, ob es sich bei dem Nasskalten und Glitschigen unter ihrem Ellbogen um eine Kröte handelte. Sie musste sich mit ihrem ganzen Gewicht darauf stützen, um vom Boden hochzukommen, als sie bemerkte, wie etwas Warmes an ihrem Unterarm herunterlief. Sie wischte darüber, bemerkte einen Schmerz und etwas Klebriges und verstand, dass es Blut war, ihr eigenes, und dass sie sich beim Hinfallen eine Wunde zugezogen hatte. Die Äste der Büsche und Bäume waren spitz, und überall bedeckte Dorngestrüpp den Boden.

Sie rappelte sich auf und stellte fest, dass sie beim Sturz ihre Taschenlampe verloren hatte. Sie tastete mit dem Fuß, bis sie unter der Sohle einen Widerstand spürte, aber es war nur eine Wurzel. Sie war den Tränen nah, wollte schon aufgeben, als sie gegen einen rollenden Gegenstand stieß. Sie bückte sich, tastete, fühlte etwas Metallisches und hob die Taschenlampe auf. Es war ihr egal, wenn sie jetzt zu sehen war. Sie wollte nur noch vorankommen. Sie knipste das Ding an und stellte verblüfft fest, dass sie an der Ruine angekommen war.

Der Eingang mit der Pferdedecke am Türrahmen war mit einem rot-weißen Band abgesperrt. Sie zwängte sich daran vorbei, schob das schwere Stück Textil beiseite und dachte, dass ihr wenigstens niemand vorwerfen konnte, eine Versiegelung zerstört zu haben.

Innerhalb der alten Mauern war es dunkel und fast klösterlich still. Abgesehen von einem zarten Geräusch, das irgendwo zu hören war. Wie ein Fingernagel, der an einer Wand entlangkratzte.

»Hallo?«

Das Kratzen hörte auf.

»Ist da jemand?«

Alles blieb still. Sie ließ den Lichtstrahl ihrer Taschenlampe über Kisten und Stühle zum Mauervorsprung wandern und weiter über Teller und Gläser. Sie leuchtete in die Körbe, sah Knoblauch- und Zwiebelknollen und hörte es wieder, das Kratzen.

Sie drehte sich langsam um die eigene Achse. Sie konnte das Geräusch nicht orten und auch gar nicht recht beschreiben. War es eher ein Kratzen oder ein Rascheln? Vielleicht eine Eidechse? Waren diese Tiere überhaupt nachts aktiv? Wenn nicht, konnte es auch eine Maus oder Ratte sein.

Sie leuchtete in die Kammer und schob die Tür zum Wohnraum auf. Bevor sie eintrat, ließ sie den Lichtkegel über den Terrazzoboden wandern, das Regal mit der Stereoanlage und den Schallplatten und den Kleiderschrank an der gegenüberliegenden Wand.

Wo sie glaubte, vor ungefähr zwölf Stunden gekniet zu haben, ging sie in die Hocke und leuchtete senkrecht auf den Boden, ließ ihre Handflächen über den Terrazzo gleiten, fühlte die Kühle, den Schmutz und einen Luftzug, nur ganz kurz, als ob eine Tür geöffnet worden wäre. Irgendwo war ein leises Rütteln zu hören. Sie richtete sich auf.

Aber es war wohl nur der Wind gewesen.

Sie ging wieder auf die Knie und suchte mit der Lampe Quadratzentimeter für Quadratzentimeter ab, bis sie fast an der Wand angekommen war, fuhr auch hier mit der Handfläche über den Boden und fühlte endlich etwas Körniges. Sie hielt ihre Fingerkuppen ins Licht der Taschenlampe und sah den rötlichen Sand.

Zufrieden erhob sie sich, überlegte und öffnete den großen Schrank, dessen alte Scharniere quietschten. Sie leuchtete zuerst in den unteren Bereich des Möbels. Wenn es Schuhe gab, dann wohl hier. Doch da waren keine. In den Fächern darüber lagen Strümpfe, Unterwäsche. An der Stange hingen Anzüge, Hemden und Krawatten.

Sie überlegte, was es mit der Kleidung auf sich haben könnte, als sie aus den Augenwinkeln eine Bewegung draußen vor dem Fenster bemerkte. Es kam ihr vor, als wäre im Dunkeln für den Bruchteil einer Sekunde ein Licht aufgeblitzt.

Sie stellte sich so ans Fenster, dass sie von außen nicht zu sehen war. War da draußen jemand mit einer Taschenlampe unterwegs? Kam jemand auf die Ruine zugelaufen?

Cirillo zwang sich, nicht in Panik zu verfallen, sondern logisch zu denken. Wenn da draußen jemand herumstrich, konnte es eigentlich nur Alessandros Mörder sein, der sich im Schutze der Dunkelheit einen Weg zur Ruine bahnte. Was bedeutete, dass sie hier drinnen, wo es keinen Fluchtweg gab, in der Falle saß.

Sie versuchte ruhig zu atmen und überlegte: Was könnte der Täter hier wollen? Das Herz klopfte ihr bis zum Hals, und sie verfluchte sich. Wie hatte sie nur so dumm sein können, mitten in der Nacht, alleine, ohne Schusswaffe, am mutmaßlichen Wohnort des Mordopfers herumzuschnüffeln?

Um Hilfe rufen war sinnlos. Hier hörte sie niemand. Wie Alessandro im Sessellift wäre auch sie nun dem Täter ausgeliefert.

Wieder blitzte ein Licht auf – so kurz, dass sie nicht einschätzen konnte, ob die Person schon ganz nah oder noch weit weg war.

Sie griff nach oben in den Schrank. Kaltes, schweres Metall. Die Baumschere war riesig. Wenn es sein musste, würde sie den Angreifer damit fertigmachen, und sie würde es tun – egal, welche Konsequenzen es hätte.

Sie horchte in die Stille. Vorsichtig spähte sie in die Dunkelheit hinaus. Während sie wartete, wurde ihr Atem ruhiger.

Wieder leuchtete das Licht auf, und nun verstand Cirillo, was es war: Es kam aus einem Fenster, drüben im Ferienhaus, etwa fünfzig Meter entfernt. In diesem Moment ging ein zweites Licht an, und das erste erlosch. Cirillo starrte wie gebannt. Also war das Haus doch bewohnt und die Leute anwesend.

Wenige Minuten später drückte sie am schmiedeeisernen Gartentor des Ferienhauses die Klinke herunter. Die Tür ging quietschend auf. Sie machte einen Schritt, und plötzlich erstrahlten der gepflasterte Weg, Hibiskus und Blumenrabatten im hellen Licht halbhoher Gartenlaternen. Eine Palme raschelte im Wind.

Im Haus rührte sich nichts. Sie ging weiter. Der Buchsbaum war so künstlich wie ehrgeizig geschnitten, dass er aussah wie gedrechselt. Cirillo stieg die Stufen zur Haustür hinauf.

Der Klingelknopf befand sich in der Mitte einer Messingblume. Cirillo drückte, und ein lautes, altmodisches Ding-Dong ertönte.

Sie schaute an der Fassade entlang, sah die beleuchteten

Fenster – und klingelte noch einmal. Im nächsten Moment wurde ohne Vorwarnung die Tür aufgerissen.

Der bärtige Mann trug ein Sweatshirt, karierte Boxershorts und war barfuß. Er musterte Cirillo mit geröteten Augen und fragte eher verwundert als ängstlich: »Was gibt's?«

Cirillo präsentierte ihren Ausweis, stellte sich vor und sagte: »Ich habe Licht in Ihrem Haus gesehen und wollte nur sicherstellen, dass bei Ihnen alles in Ordnung ist.«

»Was sollte denn nicht in Ordnung sein?« Der Mann schaute demonstrativ auf seine Armbanduhr.

»Wenn nachts Einbrecher im Haus sind, sollte die Polizei ja wohl nicht warten, bis die Sonne scheint, um nach dem Rechten zu schauen«, erwiderte Cirillo.

Es sollte ein Scherz sein, aber der Mann sah sie ausdruckslos an, rührte sich nicht von der Stelle und hielt sich an der Tür fest.

Irgendetwas war seltsam mit seiner Hand, dachte Cirillo und erklärte, sie habe geglaubt, die Besitzer dieses Ferienhauses wären zurzeit nicht auf der Insel.

Während sie redete, verlagerte sie unauffällig ihr Gewicht von einem Bein aufs andere und schaute an dem Mann vorbei. Eine antike Kommode stand im Eingang, daneben ein Stuhl mit barock anmutender Holzlehne, und an der Wand hing ein großer Spiegel, in dem sie für einen Augenblick den Widerschein einer Gestalt zu sehen glaubte.

Der Mann setzte ein angestrengtes Lächeln auf. »Danke, dass Sie sich die Mühe gemacht haben. Aber wie gesagt: Hier ist alles in Ordnung.«

Bevor er die Tür zumachte, fragte Cirillo: »Dürfte ich Sie

trotzdem um Ihren Namen bitten?« Sie holte ihr Notizbuch hervor.

Sein Mundwinkel zuckte, als versuchte er zu lächeln, aber es gelang ihm nicht. »Bruno Ubaldi. War's das?«

Er wollte die Tür wieder schließen, als Cirillo hinterherschob: »Auch den übrigen Personen im Haus geht es gut?«

Seine Augenbrauen rückten misstrauisch zusammen. »Ich bin allein. Aber selbst wenn hier noch andere Leute wären – warum sollte es ihnen nicht gut gehen?«

»Sind Sie sicher?«

Er musterte sie grimmig. »Natürlich bin ich mir sicher.«

»Vielleicht wissen Sie gar nicht, dass es durchaus Grund zur Sorge gibt.« Sie räusperte sich. »Oder haben Sie schon gehört, was mit Ihrem Nachbarn passiert ist?«

Bruno Ubaldi kratzte sich nervös am Unterarm. »Von welchem Nachbarn sprechen Sie? Von dem Typen in der Ruine?«

»Kennen Sie ihn?«, frage Cirillo.

»Ich habe ihn ein paarmal gesehen. Was ist mit ihm?«

»Er ist tot.«

»Wie bitte?«

»Er wurde erschossen.«

Bruno Ubaldi trat erschrocken einen Schritt zurück und schaute ungläubig an ihr vorbei in die Dunkelheit und den Garten, in dem die Lampen wieder erloschen waren.

Sie wartete, ob er etwas sagen, rufen oder fragen wollte. Als er nichts von all dem tat, fuhr sie fort: »Wollen Sie wissen, wie es passiert ist?«

»Bitte.« Er stellte sich jetzt gerade hin, zog den Bauch ein und verschränkte die Arme vor der Brust. »Sagen Sie es mir.«

»Er saß im Sessellift, als ihn die Kugel traf.«

»Im Sessellift«, wiederholte er mechanisch.

»Wann haben Sie ihn zuletzt gesehen?«

Wieder schaute er an ihr vorbei in die Dunkelheit. »Vor ein paar Tagen. Er ging die Straße hoch.«

»Die Via Pino?«

»Exakt.«

»Wissen Sie, wohin er wollte?«

»Keine Ahnung.«

»Haben Sie irgendwann mal miteinander gesprochen?«

»Wir haben uns gegrüßt, wenn wir uns über den Weg gelaufen sind, mehr nicht.«

»Wissen Sie, wie er heißt?«

»Tut mir leid.«

»Ich danke Ihnen.« Cirillo steckte ihr Notizbuch ein. »Ich hoffe, Sie bekommen noch etwas Schlaf.«

Die Tür fiel augenblicklich ins Schloss. Cirillo starrte auf die braune Holzverkleidung und hörte, wie sich die Schritte des Mannes im Innern des Hauses entfernten.

Ein Vogel zwitscherte einsam gegen das Rauschen des Meeres an, und oben am Haus wurde verstohlen ein Fenster geschlossen. Vielleicht sollte auch sie langsam nach Hause und ins Bett, dachte Cirillo und wandte sich zum Gehen.

Der Bewegungsmelder setzte gerade die Lampen im Garten in Betrieb, als sie sich – einer plötzlichen Eingebung folgend – wieder umdrehte und noch einmal klingelte.

Als Bruno Ubaldi öffnete, schaute er Cirillo mit einer Miene an, als wollte er ihr den Hals umdrehen.

»Es ist mir entsetzlich peinlich.« Cirillo senkte verlegen die Stimme. »Aber dürfte ich einmal Ihre Toilette benutzen?«

Statt zu antworten, schaute er über seine Schulter – und trat einen Schritt zurück.

»Selbstverständlich, Agente«, rief er mit einer Stimme, die ihr etwas zu laut vorkam – und setzte noch eins drauf: »Sie können gerne das Gäste-wc benutzen.« Er zeigte mit der ausgestreckten Hand einen kleinen Flur hinunter, und sie erkannte, dass ihm ein Daumen fehlte.

»Letzte Tür«, rief er ihr hinterher.

Sie spürte seinen Blick im Rücken, während sie versuchte, auf dem kurzen Weg so viel wie möglich zu sehen: eine geschwungene Treppe in den ersten Stock, eine Schale mit künstlichem Obst auf einem Tischchen, eine halb geöffnete Tür, die – soweit sie es auf die Schnelle erkennen konnte – in ein Wohnzimmer führte.

Sie knipste das Licht im Gäste-wc an, zog die Tür hinter sich zu und überlegte fieberhaft, wie sie jetzt vorgehen sollte. Sie hatte es ins Haus geschafft, nun musste sie den Erfolg in brauchbare Ergebnisse ummünzen und beweisen, dass sie mit ihrem Gefühl richtig lag und hier etwas nicht mit rechten Dingen zuging – bevor der Mann sie wieder aus dem Haus komplimentierte, was der Fall sein würde, sobald sie diesen Raum verließ.

Sie starrte auf Seifenspender, Klopapier und eine Flasche Parfüm und hörte, wie über ihr der Fußboden knarrte. Bruno Ubaldi schien nach oben gegangen zu sein, die Luft war für eine Minute rein.

Ohne lange zu überlegen, machte Cirillo die Tür auf und

huschte über den kleinen Flur. Am Eingang zum Wohnzimmer blieb sie stehen, schaute kurz über ihre Schulter –
und trat ein.

Die Wände waren blutrot gestrichen, die beiden Sessel
und das Sofa weiß. Auf einem Glastisch lagen aufgefächert
großformatige Magazine und Kunstbände, und irgendwie
erinnerte Cirillo das Ambiente an den gedrechselten Buchsbaum im Vorgarten.

Zwei Tassen mit Untertassen standen auf einem Beistell-
tisch, die Rückstände von Tee oder Kaffee waren eingetrock-
net. Sie stellte die Tasse geräuschlos zurück und sah, dass
neben dem Sofa etwas glitzerte.

Es war ein Tuch, in das ein Faden, silber wie Lametta,
eingewebt war. Sie hielt den dünnen Stoff an ihre Nase.

Sie überlegte, wo sie diesen Duft schon einmal gero-
chen hatte, und sah in der dunklen Fensterfront ihr eigenes Spiegelbild. Während sie noch über den Duft nach-
dachte, sah sie in der schwarzen Scheibe eine zweite Person
auftauchen, die sich ihr von hinten näherte. Erschrocken
fuhr Cirillo herum. Der Mann hatte eine Hand auf dem Rücken.

»Kann ich Ihnen helfen?«, fragte Bruno Ubaldi, ohne die
Hand vom Rücken zu nehmen. Der Blick aus seinen Augen
war von einer Kälte, dass Cirillo unwillkürlich zurückwich.

»Ihre Terrassentür steht offen«, sagte sie.

»Ist das schlimm?« Er drehte den Kopf zur Seite.

»Darf ich Sie erinnern?« Cirillo ließ das Tuch dort fallen,
wo sie es aufgehoben hatte. »Der Täter ist noch nicht gefasst. Deshalb würde ich Ihnen raten, Fenster und Türen
geschlossen zu halten, vor allem nachts.«

Er ging zur Terrassentür, schob sie mit einem Ruck ran und legte geräuschvoll den Riegel vor.

»Zufrieden?«, fragte er.

»Mit wem haben Sie Kaffee getrunken?«, fragte Cirillo.

»Mit einer Angestellten.«

»Wie heißt sie?«

»Mit Verlaub, aber das geht Sie nichts an.« Der Gegenstand in seiner Hand war ein Anzünder. »Sie sind dabei, Ihre Kompetenzen ganz gewaltig zu überschreiten. Ist Ihnen das klar? Ich werde mich über Sie beschweren. Was Sie hier treiben, ist Hausfriedensbruch.«

»Sind Sie Jurist?«

»Nein.«

»Sondern?«

»Ich bin in Rente.«

»Und davor?«

Der Mann schüttelte langsam den Kopf. »Ich bin Ihnen keine Rechenschaft schuldig, Agente«, erklärte er laut. »Aber ich habe auch nichts zu verheimlichen: Ich habe für die Familie hier gearbeitet.«

»Als Hausangestellter?«

Er lächelte.

»Sie haben recht.« Cirillo hob beide Hände. »Ich überschreite ständig meine Kompetenzen. Danke, dass ich Ihr Bad benutzen durfte.«

Er folgte ihr auf dem Fuß und stieß fast in sie hinein, als sie an der Treppe stehen blieb, sich zu ihm umdrehte und sagte: »Ein letztes Mal: Sind Sie sicher, dass Sie alleine im Haus sind und sich hier niemand eingeschlichen hat?«

Sie konnte sein Duschgel riechen und spürte seinen

Atem, als er wortlos den Anzünder an beiden Enden hielt, als wolle er das Gerät in zwei Teile zerbrechen.

»Ich hatte vorhin das Gefühl, eine Person im Flur hinter Ihnen gesehen zu haben. Aber wenn Sie sagen, dass Sie allein hier sind …« – Sie hob ratlos die Schultern.

»Glauben Sie mir.« Bruno Ubaldi ließ den Anzünder in seiner Hosentasche verschwinden. »Ich wüsste, wenn noch jemand im Haus wäre.«

»Wo waren Sie gestern Morgen in der Zeit zwischen sieben und neun Uhr?«

»Ich war hier.« Der Mann ließ wie eine Marionette Kopf und Arme gleichzeitig hängen. »Zu Hause.«

»Haben Sie dafür Zeugen?«

Für den Bruchteil einer Sekunde wanderten seine Augen die Treppe hinauf in den ersten Stock. »Nein«, sagte er.

»Sie waren also allein?«

»Das sagte ich bereits.«

Cirillo zögerte. »Erlauben Sie, dass ich mich oben einmal umsehe? Ich weiß, ich habe keinen Durchsuchungsbeschluss. Aber ich bitte Sie trotzdem – zu Ihrer eigenen Sicherheit.«

Der Mann sah ihr stumm hinterher, während sie Stufe für Stufe die Treppe hinaufstieg.

Sie kontrollierte drei Schlafzimmer und zwei Badezimmer und stellte fest, dass im mittleren Schlafzimmer das Doppelbett benutzt war und im angrenzenden Bad das Waschbecken und die Dusche. Die anderen beiden Schlafzimmer und das zweite Bad waren unbenutzt. Bevor sie ging, schaute sie noch in die Kleiderschränke und unter die Betten.

»Danke«, sagte sie, als sie die Treppe wieder herunterkam und Bruno Ubaldi sie anstarrte, als wäre sie ein Geist.

Draußen passierte sie die Lichtschranke, und der Garten leuchtete auf. Die Palmenblätter hoben sich schwarz gegen den Himmel ab, der sich langsam in ein Grau verwandelte. Der Vogel, der vorhin noch ganz allein gezwitschert hatte, schien inzwischen von einem zweiten Unterstützung bekommen zu haben.

10

Als Rizzi an der Rampe parkte, stand Cirillos Motorroller schon dort. Sie war also wie gewohnt bereits an ihrem Schreibtisch. Nach dem Chaos und den Aufregungen des gestrigen Tages, als das nicht der Fall war, schien nun, an Tag eins nach dem Verbrechen, die Routine wieder einzuziehen. Rizzi musste sich eingestehen, dass er das ungemein beruhigend fand.

»Ciao«, rief er, als er seinen Helm im Sattel verstaute und Teresa Villa an ihm vorbeiging. Sie trug ein Kleid, Strickjäckchen, Sonnenhut und Sonnenbrille, und beinahe hätte er sie gar nicht erkannt.

»Ciao, Erri«, antwortete sie, als wäre es die normalste Sache der Welt, dass sie sich hier morgens an der Rampe zum Polizeiposten begegneten und sie nicht schon seit acht Uhr im Polizeiposten an Ort und Stelle war.

»Alles in Ordnung?«, fragte er – und rief ihr hinterher: »Ich mache mir Sorgen!«

Teresa verlangsamte ihren Schritt – und blieb stehen.

Er konnte ihre Augen hinter der großen dunklen Brille nicht sehen, als er sagte: »Du warst gestern nicht am Platz, und heute bist du schon wieder zu spät. Was ist los?«

Teresa kam zögernd näher. »Weißt du«, begann sie – und verstummte. Sie nahm ihre Brille ab. Die Wimperntusche konnte nicht darüber hinwegtäuschen, dass ihre Augen gerötet waren. »Es ist so viel passiert«, brach es aus ihr heraus, »und ich hab keine Ahnung, wie ich mich verhalten soll. Mir wächst alles über den Kopf.« Sie schaute in den Himmel und rang nach den richtigen Worten, als Giuseppe Ruffini von der Roxy Bar herüberrief: »Enrico!«

Als hätte der Zwischenruf Teresa zur Besinnung gebracht, setzte sie wieder ihre Brille auf und erklärte trocken: »Es ist wirklich nicht der Rede wert.« Sie schaute auf die Uhr. »Denk dran«, mahnte sie, »um neun Uhr habt ihr eine Besprechung beim Ispettore. Lass ihn nicht warten.«

Sie drehte sich um, ging den abschüssigen Weg hinunter und verschwand durch die Tür im Polizeiposten, wo sie, wie immer, zuerst ihre Strickjacke über den Bürostuhl hängen würde, um sich dann einen Obstteller herzurichten, was ihr wahrscheinlich dabei half, die Sache, die ihr über den Kopf wuchs, ein wenig zu vergessen.

Rizzi dachte, als er zur Roxy Bar hinüberging, dass es schon seltsam war. Wie lange kannte er Teresa jetzt? Sie war hier schon am Polizeiposten gewesen, als er vor gut zehn Jahren mit Anfang zwanzig frisch von der Polizeischule kam und seine Stelle antrat. Aber was wusste er eigentlich von Teresa? Dass sie mit Franco verheiratet war, der sie vergötterte, zwei tüchtige Söhne hatte, die mittlerweile auf dem Festland lebten, und dass vor einiger Zeit ihr Schwiegervater verstorben war. Teresa hatte immer alles im Griff. So war es ihm jedenfalls immer vorgekommen. Aber war es wirklich so?

Als Rizzi die Bar betrat und der Kaffeeduft ihn umfing, verstummten die Gespräche, und alle Anwesenden an der

Theke und den wenigen Tischen im kleinen Raum starrten ihn erwartungsvoll an.

Giuseppe Ruffini an der Tür legte ihm einen Arm um die Schulter und sagte: »Als du gestern nicht reingekommen bist, wusste ich sofort, dass etwas nicht stimmt. Ich habe gesagt« – rief er mit erhobener Stimme den Leuten zu –, »passt auf, Erri hat einen wichtigen Einsatz. Etwas ist passiert. Und? Hatte ich recht?«

Rizzis bester Freund Alberto in der langen Schürze des Barista begann, an der Espressomaschine zu hantieren. Edoardo Caruso im abgetragenen Sakko des pensionierten Finanzbeamten zupfte erwartungsvoll an seinen Manschetten. Marco Sasso, der Lebensmittelhändler mit den kurz geschorenen Haaren, und Fortunata Parisi auf dem Stuhl in der Ecke – sie alle wollten jetzt wissen, was passiert war, und erhofften sich von ihm Insiderinformationen.

Rizzi legte seine Mütze auf den Tresen. »Tut mir leid, Leute. Ihr wisst doch selbst, ich kann hier keine Dienstgeheimnisse ausplaudern.«

Giuseppe Ruffini schob Marco Sasso nach vorne: »Marco möchte eine Aussage machen.«

Der Lebensmittelhändler am anderen Ende der Theke war hochrot im Gesicht und knetete nervös seine Hände.

»Los, Marco«, rief Alberto. »Mach schon. Erzähl, was du gesehen hast.«

»Ich muss vorausschicken«, stammelte Marco, »dass wir uns hier alle zusammen das Bild vom Toten im Internet angesehen habe. Obwohl ich das eigentlich gruselig finde«, rief er in die Runde. »Aber wir alle hoffen, dass wir etwas beitragen können, damit du den Fall so schnell wie möglich aufklärst.« Er hob entschuldigend die Hände. »Der Mord ist zwar in Anacapri passiert und nicht bei uns, aber es geht schließlich um unsere Insel, nicht wahr?«

Ein zustimmendes Gemurmel erhob sich, während Alberto mit gespreiztem Ellbogen den duftenden Espresso servierte und vor Rizzi auf den Tresen stellte.

Rizzi riss ein Zuckertütchen auf und ließ den Zucker in die Crema rieseln. »Raus damit, Marco«, sagte er. »Was hast du beobachtet?«

»Ich habe den Toten gesehen«, berichtete Marco mit dumpfer Stimme. »Als er noch gelebt hat, meine ich.«

»Wo?«

»Bei mir im Laden.«

»Tatsächlich? An der Via Roma?«

»Nein, oben an der Via Sopradimonte.«

»Ist es nicht merkwürdig?«, warf Fortunata Parisi von ihrem Sitzplatz in der Ecke ein. »Warum kauft der Mann bei Marco an der Via Sopradimonte ein, wenn er doch, wie man inzwischen weiß, aus Anacapri kommt.«

Marco drehte sich verärgert zu Fortunata Parisi herum. »Bei mir bekommt man die besten Produkte.«

»Was hat er denn bei dir gekauft, was er woanders nicht bekommt?«, fragte Fortunata herausfordernd und legte skeptisch den Kopf schief.

Der Lebensmittelhändler zuckte die Achseln. »Kann mich nicht erinnern. Ist ja auch egal, oder?«

»Erri sagt immer: Jedes Detail ist wichtig und könnte für die Ermittlungen eine Rolle spielen, nicht wahr?« Alberto nickte Rizzi zu und legte ihm ein duftendes, mit Aprikosenmarmelade gefülltes Cornetto auf den Teller.

»Wann war er denn bei dir im Laden?«, fragte Rizzi.

»Vergangene Woche. Am Donnerstag oder Freitag.«

»Hast du gesehen, wo er danach hingegangen ist?«, fragte Rizzi und riss ein Stück vom Cornetto ab.

»Ich weiß es nur so ungefähr.« Marco fuhr sich aufgeregt mit der Hand über seine kurz geschorenen Haare. »Auf jeden Fall nicht zur Piazzetta, sondern in die entgegengesetzte Richtung. Nach Matermania.«

»Vielleicht hat er eine Wanderung zur Grotte gemacht«, mutmaßte Fortunata Parisi.

Die Espressomaschine zischte, und Giuseppe Ruffini fragte: »Warum sollte er eine Wanderung zur Grotte unternehmen?«

»Hast du ihn dort gesehen?« Rizzi drehte sich zu Fortunata herum.

»Nein, nein!« Sie wehrte erschrocken ab. »Ich kenne den Mann überhaupt nicht, und bei der Grotte war ich schon seit Ewigkeiten nicht mehr.«

»Aber das mit der Wanderung – da könnte etwas dran sein.« Marco hob den Zeigefinger. »Jetzt fällt es mir wieder ein: Er hat nämlich eine Flasche Wasser gekauft.«

»Nur das Wasser?«, fragte Rizzi.

»Die Tasche.« Edoardo Caruso stupste Marco in die Seite. »Warum erzählst du nicht endlich von der Tasche?«

»Richtig! Danke, dass du mich erinnerst.« Marco schlug sich mit der flachen Hand an die Stirn und rief vorwurfsvoll über seine Schulter: »Fortunata macht mich mit ihren blöden Bemerkungen ganz verrückt, sodass man das Wichtigste vergisst.«

Er berichtete, der Mann habe eine Tasche bei sich gehabt,

von länglicher Form, und ihm seien Ausbeulungen daran aufgefallen, die darauf schließen ließen, dass er einen länglichen, stockähnlichen Gegenstand in der Tasche transportiert haben musste.

»Jetzt denke ich die ganze Zeit«, fuhr Marco erregt fort, »was, wenn es ein Gewehr war? Mit Zielfernrohr? Genau so sah es nämlich aus!«

Rizzi zerknüllte seine Serviette. »Du weißt, wie ein Gewehr mit Zielfernrohr aussieht?«

»Ich kann es mir jedenfalls vorstellen.« Marco wurde rot. »Wir wissen doch alle, wie so etwas aussieht. Vom Fernsehen oder aus dem Kino.«

»Das ist doch merkwürdig«, meldete sich Giuseppe Ruffini. »Der Mann mit der Tasche ist doch selbst mit einem Gewehr umgebracht worden, oder? Aber er selbst hat nicht geschossen oder jemanden umgebracht. Oder verwechsele ich da jetzt etwas?«

»Okay, Leute.« Rizzi nahm seine Mütze. »Ich danke euch. Auch dir, Marco, dass du so aufmerksam warst. Du hast mir sehr geholfen.«

»Warte bitte, Erri.« Fortunata Parisi erhob sich von ihrem Stuhl in der Ecke und rückte entschlossen ihren Haarreifen zurecht. »Du musst mir sagen, was ich tun soll. Morgen kommt meine Nichte zu Besuch. Ich wollte mit ihr nach Anacapri und von dort auf den Monte Solaro hochfahren.«

»Der Sessellift ist gesperrt.« Rizzi setzte seine Mütze auf.

»Vergiss Anacapri«, mischte sich Edoardo Caruso ein. »Man sollte überhaupt alle Verbindungen nach Anacapri kappen. So wie es über Jahrhunderte war. Dann hätten wir hier bei uns in Capri-Stadt ein paar Probleme weniger.« Er schob die große Brille auf seiner kleinen Nase nach oben und schaute herausfordernd in die Runde.

»Red keinen Unsinn, Edoardo«, befahl Rizzi. »Und hör auf, schlechte Stimmung zu verbreiten. Hast du verstanden?«

Die Verbindungstür zwischen Empfangsbereich und Gemeinschaftsbüro war geschlossen, was sonst nur in den Wintermonaten vorkam und eine Maßnahme war, um die Wärme drinnen und die Kälte draußen zu lassen – was in dem schlecht isolierten Zweckbau eigentlich illusorisch war. Warum die Verbindungstür heute, an einem sonnigen und angenehm warmen Oktobertag, verschlossen war, war Rizzi ein Rätsel.

Er tippte den Sicherheitscode, eins-zwei-drei-vier, in den Nummernblock neben der Tür, aber der Summer blieb stumm.

Savio am Empfang telefonierte und gab Rizzi mimisch zu verstehen, dass im Moment die Hölle los war, während er dem Anrufer erklärte, es gebe für Capri natürlich keine Reisewarnung, und wenn, dann würde sie vom Innenministerium herausgegeben und über das Tourismusbüro verbreitet werden.

Rizzi probierte es noch einmal mit dem Code. Aber es funktionierte wieder nicht. Er klopfte an die Glastür.

Teresa erschien hinter der Scheibe, öffnete und erklärte, während sie die Tür gleich wieder hinter Rizzi schloss, sie habe sich erlaubt, den Code zu ändern. Statt eins-zwei-drei-vier laute die neue Zahlenfolge nun vier-drei-zwei-eins.

»Anweisung vom Ispettore«, erklärte sie achselzuckend.

Rizzi schenkte sich aus der Karaffe ein Glas Wasser ein, während Teresa mit der Gießkanne von Blumentopf zu Blumentopf ging und die Grünpflanzen goss, die sie überall aufgestellt hatte, um dem Raum mit dem vergitterten Fenster und Blick auf die Mülltonnen eine hübschere Note zu geben. Dabei berichtete sie, Ispettore Lombardi habe gerade angerufen. Er sei auf dem Weg und in zehn Minuten da.

Rizzi trank sein Glas in einem Zug aus und sagte: »Wenn du einmal in Ruhe reden willst – ich meine, wegen deiner Bemerkung vorhin, dass dir alles über den Kopf wächst: nur zu. Ich bin immer für dich da.«

»Danke, Erri.« Teresa machte eine Handbewegung, als wolle sie ihre Bemerkung von vorhin wegwedeln. »Aber mach bitte nicht aus einer Mücke einen Elefanten.« Sie stellte geräuschvoll die Gießkanne ab.

»Stattdessen solltest du lieber ein Auge auf Cirillo haben«, rief sie, als Rizzi die Treppe zu Lombardis Büro hinaufstieg. »Mir scheint, sie läuft gerade zu Hochform auf. Pass auf, dass sie dir bei den Ermittlungen nicht irgendwann davongaloppiert.«

Rizzi blieb stehen. »Wie kommst du darauf?«

»Ich sage nur, was ich so denke.« Sie zupfte die vertrockneten Blüten aus der Azalee. »Oder willst du, dass der Ispettore sie vorzieht und am Ende noch zu seiner Nachfolgerin macht?« Sie warf die braunen Blätter in den Mülleimer. »Du lässt ihr viel zu viel durchgehen und merkst gar nicht, wie du nach ihrer Pfeife tanzt.«

»Ich lasse ihr gar nichts durchgehen«, bemerkte Rizzi. »Und ich tanze auch nicht nach ihrer Pfeife.«

»Ich wäre an deiner Stelle jedenfalls wachsam«, rief Teresa ihm hinterher. »Bevor der Ispettore Entscheidungen fällt, die sich dann nicht mehr rückgängig machen lassen.«

Rizzi kannte diese Anfälle von Teresa, die Savio »ihre schlimmen fünf Minuten« nannte und die so plötzlich auftraten wie Hitzewallungen – und auch genauso schnell wieder verschwanden. Seit Cirillo ihren Dienst auf Capri angetreten hatte, witterte Teresa, dass sie nur zu gerne den Chefposten übernehmen würde, wenn der Ispettore in nicht allzu ferner Zukunft in den Ruhestand gehen würde. Rizzi machte sich darüber keine Gedanken und ging ohnehin davon aus, dass er der natürliche Nachfolger von Ispettore Lombardi war. Schließlich verfügte er mit mehr als zehn Dienstjahren am Polizeiposten über einen riesigen Erfahrungsschatz und kompensierte damit mehr als ausreichend die Tatsache, dass er über zehn Jahre jünger war als Cirillo, die – auch wenn es niemand laut aussprechen würde – als ortsfremde Norditalienerin für einen Chefposten auf Capri ohnehin nicht in Frage kam. Rizzis Problem war eher, dass er gar nicht wusste, ob er diesen Posten überhaupt haben wollte, wenn er an all die repräsentativen Verpflichtungen dachte, die diese Position mit sich brachte und die für Ispettore Lombardi das Schönste an seinem Job waren.

Andererseits: Jedes Mal, wenn er aus dem dämmrigen Gemeinschaftsbüro mit dem vergitterten Fenster in den ersten Stock hochkam und die Tür zum Büro des Ispettore öffnete, dachte er, dass es vermutlich auf der ganzen Welt keinen Arbeitsplatz mit einem schöneren Ausblick gab. Und dieser Ausblick, das hatte er schon oft beobachtet, war jeden Tag anders. Oft lagen die Dächer, Terrassen und Pinien, die sich über den Hang bis zum Hafen nach Marina Grande erstreckten, in der Sonne, die – je nach Jahreszeit – mal strahlend hell, mal bleich und mild herabschien. Manchmal zogen auch, wie heute, kleine Wolkenschatten über das gesamte Panorama, die Insel und das heute oktoberblaue Meer, während der Golf von Neapel mit dem Vesuv im Hintergrund im Winter auch mal bleigrau, schwer und düster daliegen konnte.

»Kann es sein, dass Teresa gerade alles über den Kopf wächst?«, fragte Cirillo.

Sie lehnte am Fenster, wie sie es eigentlich immer tat, wenn der Ispettore sie zu einer Besprechung rief. Unter ihren blauen Augen lagen dunkle Schatten, und ihre Falten um Mund und Nase herum schienen etwas ausgeprägter zu sein als sonst. Vielleicht lag es am indirekten Licht oder daran, dass sie zu wenig oder schlecht geschlafen hatte.

»Das darf man alles nicht so ernst nehmen.« Rizzi hängte seine Mütze an den Stuhl und trat zu Cirillo ans Fenster. Er hatte schon immer den Verdacht, dass man hier oben bei offener Tür jedes Wort verstand, das unten im Gemeinschaftsbüro gesprochen wurde, und der kleine Flur vor dem Büro wie ein Schallverstärker funktionierte – ein Umstand, den Ispettore Lombardi sich möglicherweise das eine oder andere Mal zunutze machte.

Der Chef der Capri-Polizei kam in schweren Schritten die Treppe herauf und rief – da war er noch nicht im Flur: »Agenti! Ich habe gute Nachrichten.«

Er betrat kurzatmig das Büro, legte seinen Aktenkoffer auf den Schreibtisch mit den wuchtigen Schnitzereien und ließ sich auf den gemütlich gepolsterten Chefsessel unter der italienischen Flagge und dem Wappen von Capri fallen. Mit seinem Lächeln verbreiterte sich sein pelziger schwarzer Oberlippenbart, der zusammen mit den gefärbten Augenbrauen einen starken Kontrast zum schütteren Haupthaar bildete. Dünne, fast durchsichtige Strähnen waren von Ohr zu Ohr über den Schädel gekämmt, ohne dass sich damit die Altersflecken hätten verdecken lassen. »Commissario Serra dankt Ihnen ausdrücklich für Ihren gestrigen Einsatz und Ihre hervorragende Arbeit. Wie Sie es geschafft haben, in kürzester Zeit den Wohnort des Mordopfers an der Via Pino zu ermitteln – das hat ihn beeindruckt.«

»Gibt es aus Neapel ein Protokoll vom gestrigen Einsatz am Monte Solaro?«, fragte Rizzi, während Cirillo ihr Notizbuch hervorholte. »Informationen zu Fundsachen, zum Beispiel dem Telefon des Opfers, oder Erkenntnisse zu seinem vollen Namen, seinem Beruf oder bisherigen Wohnort?«

»Haben Sie eigentlich gehört, was ich gesagt habe?« Lombardi breitete verblüfft die Arme aus, und seine Uniformjacke spannte über dem Bauch. »Commissario Serra hat Ihnen, Agenti, und damit letztlich uns allen am Polizeiposten ein Kompliment gemacht. Wir können stolz darauf sein, in einer derart angespannten und extremen Situation so professionell, ruhig und nervenstark gehandelt zu haben.« Er schlug mit der flachen Hand auf den Tisch, und vom Porzellandöschen sprang der Deckel hoch. »Und nein: Es gibt noch kein Protokoll.«

Cirillo blätterte in ihrem Notizbuch eine Seite vor und wieder zurück. »Ich war heute Morgen noch einmal am

Wohnsitz des Verstorbenen«, sagte sie. »In der Ruine unter dem Tonnendach.«

»Warum?« Lombardi knöpfte irritiert seine Jacke auf und lockerte seinen Hemdkragen.

»Ich wollte etwas verifizieren, und mein Verdacht hat sich bestätigt.« Cirillo legte ein kleines Plastiktütchen mit einer rötlich braunen Substanz auf den Tisch und berichtete, sie habe diesen Sand im Zimmer des Mordopfers auf dem Fußboden gefunden. »Ich bin mir ziemlich sicher«, sagte Cirillo, »Alessandro ist vor seinem Tod auf einem Tennisplatz gewesen.«

Lombardi fixierte die Tüte, ohne sie in die Hand zu nehmen, und sagte, als würde es sich um etwas besonders Überraschendes oder Verrücktes handeln: »Der Mann war Sportler?«

»Wir müssen herausfinden, was er auf Capri gemacht hat und mit wem er Umgang hatte«, fuhr Cirillo fort. »Das würde uns bei der Suche nach dem Motiv für die Tat helfen.«

Rizzi betrachtete den Inhalt des Tütchens. Bei dem Sand konnte es sich tatsächlich um den Bodenbelag von einem Tennisplatz handeln.

»Die Tasche«, murmelte er – und berichtete, der Lebensmittelhändler Marco Sasso habe Alessandro an der Via Sopradimonte mit einer Tasche in seinem Supermarkt gesehen. In der Tasche von länglichem Format habe sich ein Gegenstand abgezeichnet, bei dem Marco rückblickend glaubte, es könnte ein Gewehr mit Zielfernrohr gewesen sein.

»Vielleicht war in der Tasche ein Tennisschläger«, sagte Rizzi.

»Interessant.« Cirillo notierte.

»Stopp.« Lombardi hob die Hand. »Das geht mir alles zu schnell. Halten Sie bitte mal die Luft an.« Er schaute über Rizzi und Cirillo hinweg zur offenen Tür. »Was gibt's?«, bellte er.

»Entschuldigung.« Teresa Villa stand dort mit einem Zettel in der Hand. »Eben kam ein Anruf von einer gewissen« – sie setzte umständlich ihre Brille auf –, »Signora Mazzotta. Sie klang sehr aufgeregt.«

»Mazzotta«, wiederholte Lombardi ungeduldig. »Wer soll das sein?«

»Annamaria Mazzotta arbeitet im Café auf dem Monte Solaro«, schaltete sich Rizzi ein. »Was wollte sie?«

»Eine Aussage machen.« Teresa schaute Rizzi über den Rand ihrer Brille hinweg entschuldigend an. »Sie will allerdings nur mit Agente Cirillo sprechen. Sie besteht darauf.«

»Wo ist das Problem?«, fragte Lombardi. »Sie soll herkommen und ihre Aussage machen.«

»Genau das habe ich auch zu ihr gesagt«, berichtete Teresa. »Daraufhin meinte sie, sie arbeite den ganzen Tag auf dem Berg und komme dort nicht weg. Sie sagte« – Teresa rückte ihre Brille auf der Nase zurecht und schaute wieder auf ihren Zettel –, »ich zitiere wörtlich: Ich habe Angst.«

»Danke, Teresa«, sagte Cirillo. »Wir besprechen die Angelegenheit und kümmern uns darum.«

Teresa blieb unschlüssig stehen und wartete, ob Lombardi oder Rizzi noch etwas sagen oder hinzufügen wollten – was anscheinend nicht der Fall war.

»Du kannst die Tür hinter dir zumachen«, sagte Cirillo.

Teresa gehorchte und verschwand.

»Wenn Sie einverstanden sind, Ispettore« – Rizzi stand auf –, »schlage ich vor, dass Agente Cirillo sich sofort auf den Weg zu Annamaria Mazzotta auf den Monte Solaro macht. Ich kann derweil das soziale Umfeld von Alessandro ausforschen und der Tennisplatzspur nachgehen.«

»Langsam, Agenti«, mahnte Lombardi. »Wir haben aus Neapel keinen Ermittlungsauftrag.«

»Das dürfte reine Formsache sein.« Rizzi nahm seine Mütze.

»Trotzdem müssen die Aktionen mit Neapel abgestimmt werden.« Lombardi war hochrot im Gesicht. »Commissario Serra ist da sehr empfindlich.«

»Ispettore.« Rizzi stand schon in der Tür. »Der Täter läuft frei herum. Wir wissen nicht, ob und was er als Nächstes plant. Wir sollten keine Zeit verlieren.«

»Niemand unternimmt etwas, bevor ich nicht aus Neapel grünes Licht bekommen habe«, befahl Lombardi. »Verstanden? Und dann sehen wir weiter.«

Bevor Rizzi protestieren konnte, sagte Cirillo: »Wunderbar.« Sie klappte ihr Notizbuch zu. »Genauso machen wir es.«

Wieder unten im Büro schenkte sich Cirillo ein Glas Wasser ein und bot Rizzi auch eins an, aber er lehnte ab und fragte: »Was ist los mit dir? Warum fällst du mir in den Rücken?«

Cirillo stellte die Karaffe zurück an ihren Platz, trank ihr Glas in einem Zug aus und erklärte: »Gib ihm ein paar Minuten, und mach kein Drama. Er telefoniert jetzt mit dem

Commissario und klärt die Sachlage. Dann sind wir wenigstens auf der sicheren Seite.« Sie stellte das Glas auf den Tisch, schien ihren Gedanken nachzuhängen und sagte: »Das Ferienhaus an der Via Pino, neben der Ruine, ist übrigens bewohnt.«

»Natürlich ist es bewohnt.« Rizzi bediente sich vom Obstteller.

»Weil du sagtest, die Leute wären zuletzt an *ferragosto* da gewesen und würden erst zu Weihnachten wiederkommen. Das stimmt nicht.« Cirillo setzte sich an ihren Schreibtisch und berichtete ihm von ihrem spontanen, etwas unüberlegten nächtlichen Einsatz.

»Aber eine Sache kam mir wirklich seltsam vor«, sagte Cirillo. »Ich bin mir ziemlich sicher, dass neben diesem Signor Ubaldi noch eine zweite Person im Haus war. Das streitet er aber ab.«

»Was für eine Person könnte das gewesen sein?«, fragte Rizzi.

»Das weiß ich nicht. Aber offenbar ist es eine Person, von der Bruno Ubaldi nicht wollte, dass ich etwas über sie erfahre.« Ohne Vorwarnung drehte Cirillo sich zu Teresa herum und fragte: »Telefoniert der Ispettore immer noch?«

Teresa hatte ihre Hände im Schoß, als würde sie beten, während ihr Blick zur Anzeige an ihrem Festnetzapparat wanderte. »Er hat gerade aufgelegt«, teilte sie mit.

Im nächsten Moment dröhnte Lombardis Stimme durch die Gegensprechanlage. »Commissario Serra gibt uns freie Hand und sagt, wir sollen loslegen«, teilte er mit. »Also, Agenti. Sie wissen, was zu tun ist.«

Cirillo nahm ihre Mütze und übergab Rizzi das Tütchen

mit dem roten Sand. »Viel Erfolg«, sagte sie. »Ich mache mich auf den Weg zum Monte Solaro.«

»Gleichfalls«, sagte Rizzi und rief ihr hinterher: »Wenn du mich fragst, kommt bei Sand nur ein einziger Tennisplatz in Betracht.«

11

Die Flaneure auf der Via Vittorio Emanuele übersahen meist, dass neben dem Eckhaus mit den beiden kleinen leeren Schaufenstern ein enger Weg zwischen den Häusern abging: die Via Sella Orta. Ortsfremde und Tagesgäste mieden solche Abzweigungen aus Angst, sich im Labyrinth der Gässchen und Treppchen zu verirren.

Dabei führte die Via Sella Orta schon nach ungefähr achtzig Metern zum Eingangstor einer Grünanlage, des *Giardino della Flora Caprense*, die mit Sitzbänken, einem Blumenrondell und einem Wasserspiel gestaltet war. Was den weiteren Verlauf der Gasse anging, zeichnete sie sich allerdings durch eine große Eintönigkeit aus. Mit den halbhohen Mauern rechts und links war sie ein endloser Schlauch, der vor allem von den Fahrern der Elektrotransporter, den *carrelli* mit dem gelben Blinklicht auf dem Dach, als Abkürzung und Umgehung des Trubels auf der Via Vittorio Emanuele und der Piazzetta benutzt wurde. Zu Stoßzeiten sausten sie, beladen mit Wasserflaschen, Lebensmitteln und anderen Produkten, beinahe im Minutentakt durch die Gasse und zwangen die Passanten, sich flach an die Mauer zu pressen.

Jetzt, zur Mittagszeit, war alles still. Nur das träge Plätschern vom Wasser eines Swimmingpools war zu hören und

ein gedämpftes Plopp-Plopp. Hinter einer scharfen Links-
kurve war ein Eisengestänge mit Maschendraht auf die
Mauer gepflanzt, und im grauen Putz befand sich zwischen
zwei weiß gestrichenen Pfeilern eine grüne Gittertür.

»Kontaktpunkt immer schön locker!«, rief eine männliche Stimme auf der anderen Seite. »Und bleib bitte kon-
sequent hinter der Grundlinie. Denk an deine Beinarbeit!«

Am Gitter der Tür baumelte ein Vorhängeschloss, in
dem der Schlüssel steckte. Rizzi schob die Tür auf, trat
über eine eiserne Schwelle und stand erhöht auf einem steinernen Podest mit rundum verlaufendem Geländer und
freiem Blick auf eine Tennisanlage. Der Platz lag zur Hälfte
in der prallen Sonne und wurde an einem Ende von einem
lang gezogenen Vereinsgebäude begrenzt, hinter dem sich
die elegante cremefarbene Fassade des Hotels Quisisana erhob.

Auf der Fläche aus rotem Sand wippte eine Frau an der
Außenlinie auf der Stelle. Sie trug einen kurzen weißen
Tennisrock, ein flaschengrünes Shirt und einen dunklen
Zopf, der von mehreren Frotteebändern zusammengehalten wurde. Sie beugte sich vor, ging elastisch in die Knie
und nahm eine lauernde Position ein, wobei sie ungeduldig
den Schläger in den Händen drehte, als könnte sie es nicht
erwarten, den Aufschlag von der Gegenseite anzunehmen
und zurückzuschmettern.

»Lass dir Zeit!«, mahnte der junge Trainer im weißen
Polohemd auf der anderen Seite des Netzes. »Und schau
genau hin. Beobachte genau, wie der Ball auf dich zu-
kommt. Verstanden? Los geht's.«

Der Mann griff neben sich in die Tonne, warf den gelben

Tennisball in den blauen Himmel, holte mit dem Schläger weit aus und schlug so gefühlvoll gegen den Ball, dass er in einem hohen Bogen – nicht besonders schnell, fast gemächlich – übers Netz geflogen kam.

Die Frau parierte den Schlag schnell, flach und hart. Der Ball landete hinter dem Trainer im Aus.

»Nicht schlecht, Sara, aber noch zu weit!«

Rizzi stieg die Stufen zum Platz hinunter. Die Frau im Tennisdress warf ihm einen kurzen Blick zu und schien im selben Moment zu beschließen, ihn zu ignorieren. Sie stellte sich in Position. Das Gesicht mit der kleinen Nase wirkte zart, während ihr Mund vor Anspannung ganz verzerrt war.

»Longline«, rief der Trainer von der anderen Seite des Netzes herüber. »Konzentrier dich, Sara. Wir achten immer schön auf den Kontaktpunkt.«

Sie schlug den Ball entlang der Außenlinie zurück. Zweimal, dreimal, dann rief der Mann: »Und jetzt Crossline!«

Der Ball flog zur Seitenlinie, die Frau spurtete mit dem Schläger am ausgestreckten Arm, kam aber zu spät, traf nicht richtig, und der Ball sauste quer über den Platz zum Spielfeldrand, wo Rizzi geistesgegenwärtig die Hand ausstreckte und ihn auffing.

»Tut mir leid«, rief Rizzi dem Trainer zu. »Ich muss Sie bitten zu unterbrechen.«

»Achte immer auf deine Fußstellung«, rief der Mann der Frau zu, während er zu Rizzi an den Spielfeldrand kam und ohne Vorwurf, aber auch ohne falsche Freundlichkeit fragte: »Was gibt's denn?«

Rizzi kam ihm auf dem roten Sand entgegen und fragte:

»Wissen Sie, ob hier in der letzten Zeit jemand gespielt hat, der Alessandro heißt?«

Ohne sich zu bücken, lupfte der Mann mit dem Tennisschläger einen Ball hoch, fing ihn mit einer lässigen Handbewegung auf und steckte ihn in die Hosentasche seiner dunkelblauen Tennisshorts. »Wer soll das sein?«, fragte er.

Rizzi hatte sein Smartphone hervorgeholt und scrollte durch die Bilder. »Bitte erschrecken Sie nicht«, sagte er. »Ich habe leider kein anderes Foto. Der Mann ist tot.« Er hielt dem Trainer sein Smartphone mit dem Bild des Verstorbenen am Boden der Sessselliftstation entgegen.

»Es gibt Hinweise«, sagte Rizzi, »dass er hier bei euch auf der Anlage war und – ich nehme an – auch Tennis gespielt hat.«

Der Trainer – Rizzi schätzte ihn auf Anfang zwanzig – hatte ein gebräuntes Gesicht, hellblaue Augen, Dreitagebart und gelockte, kastanienbraune Haare, die er mit einem Stirnband bändigte. Etwas in seinem Gesicht oder seiner Physiognomie, wie er die Augenbrauen zusammenzog, während er das Bild betrachtete, und dabei die Unterlippe vorschob, kam Rizzi bekannt vor.

»Der Tote vom Monte Solaro«, murmelte er.

»Sie kennen ihn?«

»Das Foto. Ich habe es mir im Netz angeschaut.« Der Mann fuhr sich mit seinem Schweißband am Handgelenk über die Stirn. »Und der soll hier bei uns gespielt haben?«

»Was ist?«, rief die Frau. »Machen wir weiter?« Sie hatte den Schläger auf dem Boden abgelegt und hantierte an einer Kamera, die hinter ihr, an der Grundlinie, auf einem Stativ stand.

Trotz Sonnenbrille schirmte Rizzi mit der Hand seine Augen gegen das grelle Licht ab. »Sind Sie so nett«, rief er, »und schauen Sie sich bitte auch das Foto an?«

»Foto?« Sie schraubte am Stativ und korrigierte die Ausrichtung der Kamera. »Welches Foto?« Sie kam herüber und wippte bei jedem Schritt elastisch in den Knien, als würde sie auch diese Bewegungseinheit für ihr Training nutzen.

»Wie gesagt, es handelt sich um einen Mann, der uns unter dem Namen Alessandro bekannt ist«, erklärte Rizzi, während er ihr sein Smartphone entgegenhielt. »Seinen vollständigen Namen kennen wir leider nicht.«

»Alessandro? Habe ich hier nie gehört.« Die Frau schlug ungeduldig mit dem Schläger immer abwechselnd an die Sohlen ihrer Tennisschuhe.

»Ich muss Sie warnen«, fuhr Rizzi fort, »das Foto zeigt einen toten Mann.«

»Ich soll mir eine Leiche ansehen?« Die Frau machte einen Schritt rückwärts. »Sorry, aber das kann ich nicht.«

»Das verstehe ich«, sagte Rizzi. »Aber es ist sehr wichtig.« Der Trainer nahm Rizzi wortlos das Smartphone aus der Hand, legte beschützend einen Arm um die Frau und sagte: »Es ist nicht so schlimm, wie du denkst, Sara. Der Typ sieht ganz friedlich aus.«

Die junge Frau schlug verzagt ihre Augen nieder und rückte näher an ihren Trainer heran, bevor sie einen Blick auf das Display wagte. Während sie das Foto betrachtete, ging eine Veränderung mit ihr vor. Ihre großen Augen verengten sich zu Schlitzen, während sie verächtlich die Oberlippe hochzog. »Ist das nicht das Arschloch von letzter Woche?«, fragte sie. »Der mich so blöd angemeckert hat?«

Der Trainer schien nicht zu wissen, wovon sie redete, schüttelte den Kopf und zwinkerte gleichzeitig ratlos.

»Erkennst du ihn nicht?« Sie stieß ihm ungeduldig den Ellbogen in die Seite. »Stell ihn dir doch mal mit der bescheuerten Kappe vor, die er aufhatte. Dann sind die Haare weg, und du kannst dich voll auf sein Pfannkuchengesicht konzentrieren.«

»Ich weiß nicht.« Der junge Trainer pustete ratlos die Luft aus. »Meinst du?«

»Es gibt überhaupt keinen Zweifel, Agente«, sagte sie zu Rizzi. »Das ist der Typ, der hier herumgestänkert hat.«

»Was meinen Sie damit?«, fragte er. »Bitte beschreiben Sie die Situation.«

Sara erinnerte sich noch genau. »Die Unterrichtsstunde war eigentlich zu Ende, aber ich wollte noch ein letztes Mal den Slice probieren. Da kommt er an und sagt bloß ein Wort: Fegen.«

»Fegen?«, wiederholte Rizzi.

»Die Linien.« Die Frau deutete auf die Spielfeldmarkierungen. »Wie man es eben macht, bevor man den Platz verlässt und die Nächsten kommen.«

»Es war nicht böse gemeint«, erklärte der Lockenkopf beschwichtigend. »Er war nur ein bisschen undiplomatisch.«

»Doch, es war böse gemeint«, beharrte Sara und stampfte mit dem Fuß auf. »Er hat den Superboss markiert, er war ein richtiger Kotzbrocken.«

Rizzi nahm sein Smartphone zurück und fragte: »Sie bleiben also dabei? Alessandro war hier auf dem Platz?«

»Wenn der Typ so heißt: ja.« Sara nickte.

»Können Sie die Aussage bestätigen?«, wandte Rizzi sich an den Trainer.

Der Mann nickte. »Ja. Ich fürchte, der Typ war wirklich hier.«

»Sie fürchten?«, fragte Rizzi. »Warum?«

»Na ja.« Der Mann lächelte hilflos. »Er ist tot.«

Sara schauderte. »Was ist ihm denn eigentlich passiert?«

»Er wurde erschossen«, sagte Rizzi. »Im Sessellift auf dem Weg zum Monte Solaro. Die halbe Insel spricht davon.«

Der Lockenkopf nickte betroffen.

»Wann genau war Ihre Begegnung mit Alessandro?«, fragte Rizzi.

»Vergangene Woche, am Mittwoch«, antwortete er. »Nach Saras Training.«

»Mit wem hat er gespielt?« Rizzi steckte sein Telefon ein. »Wer war sein Tennispartner?«

»Ich glaube, ein Typ«, sagte der Trainer.

Sara nickte.

»Können Sie ihn beschreiben?«

»Bart?« Der Mann schaute Sara an, als wäre er sich nicht sicher.

»Vollbart«, bestätigte Sara. »Und stämmig war er.«

»Was heißt stämmig?«, fragte Rizzi.

»Klein und kräftig.«

»Klein?« Der Trainer schüttelte skeptisch den Kopf. »Mir kam er eher groß vor. Und sportlich.«

»Wissen Sie, wie der Tennispartner heißt?«, fragte Rizzi.

»Da muss ich passen.« Der junge Mann verzog bedauernd das Gesicht. »Aber ich kann nachschauen.« Er tippte mit seinem Schläger sachte an den Schläger von Sara und sagte: »Sorry. Wir holen die Stunde nach. Versprochen.«

»Kein Problem.« Sara lächelte bescheiden.

Auf dem Weg zum Vereinshaus sagte der Lockenkopf: »Meine Mamma ist auch bei der Polizei. Wahrscheinlich kennen Sie sie sogar.« Er holte einen Schlüssel aus seiner Hosentasche.

»Ihre Mamma ist bei der Polizei?«, wiederholte Rizzi überrascht. »Wie heißt sie denn?«

»Antonia Cirillo.«

Überrascht blieb Rizzi stehen. »Sie sind der Sohn von Agente Cirillo?«

Der junge Mann nickte und fragte: »Seid ihr in derselben Abteilung?«

»Wir sind alle in derselben Abteilung«, erklärte Rizzi. »Es gibt nämlich nur eine.« Er musterte ihn von der Seite und sah die Ähnlichkeit mit Cirillo nun ganz deutlich, auch im Profil.

»Oscar.« Er gab Rizzi die Hand, bevor er die Tür aufschloss, an der ein Schild hing mit der Aufschrift: *Accesso riservato ai membri* – Zutritt nur für Mitglieder.

»Ich bin Enrico«, antwortete Rizzi.

Der Raum lag im Halbdunkeln. Die Luft war stickig. Es roch nach Schweiß und Lavendel.

»Typisch.« Rizzi stieß gegen einen Stuhl.

»Was?«

»Dass sie mit keinem Wort erwähnt, dass ihr Sohn hier auf dem Tennisplatz arbeitet.«

»Sie weiß es gar nicht.« Oscar zog an einem Rollo, und Tageslicht fiel herein.

»Sie weiß es nicht? Und warum nicht?« Rizzi betrachtete ein Flipchart mit einem Bogen Papier, auf dem Grund-, Seiten- und Mittellinien eines Tennisplatzes skizziert waren und mit Pfeilen und Kreuzen anscheinend verschiedene Spielsituationen.

»Es ist kompliziert.« Oscar setzte sich an den Tisch. »Wie hieß der Mann?« Er schlug einen Kalender auf. »Alessandro?«

Rizzi trat neben Oscar und schaute auf die Wochenübersicht.

»Gibt's hier nicht.« Oscar blätterte eine Woche zurück.

»O steht für Oscar?«

»Exakt. Wir sind drei Trainer: Luigi, Massimo und ich. Jeder hat seine eigenen Termine. Bei mir sind es vergleichsweise wenig, weil ich erst seit Kurzem dabei bin und die Saison im Prinzip vorbei ist.«

Rizzi nahm Oscar den Kalender aus der Hand und blätterte. »Wenn ich es richtig sehe, trainierst du mit Sara immer mittwochs und freitags.«

»Richtig«, sagte Oscar.

»Letzte Woche hat am Mittwoch nach euch jemand gespielt, der Simone heißt. Und dieser Simone hat heute ebenfalls gebucht.« Rizzi schaute auf die Uhr. »Er müsste eigentlich seit einer Viertelstunde auf dem Platz sein.«

»Simone«, wiederholte Oscar und schaute auf den Staub, der in der Luft tanzte.

»Sagt dir der Name etwas?«

Oscar lehnte sich nachdenklich zurück, zog das Stirnband aus seinen Haaren, überlegte – und schüttelte den Kopf.

»Gib mir bitte die Kontaktdaten deiner Trainerkollegen«, bat Rizzi und trat ans Fenster, während Oscar den Computer hochfuhr.

Außer Sara war niemand auf dem Platz. Sie stand neben der Tonne mit den Tennisbällen und donnerte einen Ball nach dem anderen übers Netz – oder ins Netz. Hinter ihr stand das Stativ mit der Kamera.

»Zeichnet ihr eigentlich alle eure Trainingsstunden auf?«, fragte Rizzi.

Fünfundvierzig Minuten später setzte er sich im Polizeiposten an seinen Schreibtisch und tippte sein Passwort ein. Auf dem Bildschirm erschien eine graue Oberfläche mit den Ordnern der Polizeibürokratie.

»Gibt es etwas Neues?«, fragte Teresa von ihrem Arbeitsplatz herüber.

Rizzi öffnete seinen E-Mail-Account. »Was Alessandro betrifft, war es ein Volltreffer«, sagte er. »Und mir ist bei der Gelegenheit noch jemand anderes über den Weg gelaufen.« Er klickte in seinen Posteingang. »Du weißt doch, dass Cirillos Sohn zurzeit auf Capri ist.«

»Ich habe davon gehört.« Teresa stellte geräuschvoll zwei Teller ineinander. »Aber gesehen habe ich ihn noch nie. Aus irgendeinem Grund scheint sie ihn ja vor uns zu verstecken.«

»Halt dich fest.« Rizzi klickte in seinen Posteingang. »Er arbeitet als Trainer auf dem Tennisplatz an der Via Sella Orta.« Rizzi scrollte durch seine Nachrichten. »Und es kommt noch besser: Oscar und seine Tennisschülerin, eine gewisse Sara Palermo, sind dort vor genau einer Woche un-

serem Alessandro begegnet. Und jetzt wird es interessant.«
Er öffnete die Mail von Sara Palermo und zog den Anhang
auf die Bildschirmoberfläche, während Teresa sich von ihrem Schreibtischstuhl erhob und interessiert herüberkam.

Rizzi öffnete den Anhang, einen Film von fast siebzig
Minuten, und setzte den Cursor auf Minute fünfundfünf-
zig.

Sara war von hinten zu sehen und auf der anderen Seite
des Netzes Oscar, der ausholte und einen Ball herüber-
spielte. Sara sprintete nach vorn, retournierte, aber der Ball
flog aus dem Bild und landete im Aus. Während Sara vom
Netz an die Grundlinie zurückkehrte, wurde ihr Gesicht
für einen Moment von der Kamera erfasst. Sie sah verärgert
aus.

Als sie den nächsten Ball erwartete, tauchte am hinteren
oberen Bildrand eine Person auf dem steinernen Podest auf.
Dort hatte auch Rizzi gestanden, nachdem er die Tennis-
platzanlage durch die grüne Gittertür betreten hatte.

Der Mann kam die Treppe herunter, ging in gemächli-
chem Tempo an der Seitenlinie entlang und verschwand aus
dem Bild.

»War das Alessandro, unser Mordopfer?« Rizzi schob
den Abspielbutton um eine Minute zurück. Wieder tauchte
der Mann am Bildrand auf. Rizzi stoppte den Film und vergrößerte den Bildausschnitt.

Der Mann trug eine Tasche, wie sie Marco Sasso am Morgen in der Roxy Bar beschrieben hatte. Sie war länglich, und
ein Gegenstand zeichnete sich darin ab, wahrscheinlich ein
Tennisschläger. Der Mann trug eine Sonnenbrille und eine
Schirmmütze verkehrt herum auf dem Kopf.

»Rote Haare?« Rizzi vergrößerte den Ausschnitt.

»Könnte sein«, murmelte Teresa.

»Ich denke auch«, stimmte Rizzi zu. »Dann könnte es sich tatsächlich um Alessandro handeln.« Er ließ den Film weiterlaufen.

Sara auf dem Tennisplatz retournierte so stark, dass Oscar auf der anderen Seite vom Netz gezwungen war, aus dem Bild zu laufen. Der Ball kam nicht zurück. Sara ballte siegesgewiss die Faust. Ihr Gesicht, als es von der Kamera erfasst wurde, sah sehr zufrieden aus.

Plötzlich erschien am oberen Bildrand eine zweite Person. Rizzi stoppte den Film.

Der Mann war eher untersetzt als stämmig, trug Bart und hatte eine Haarfarbe, die schwer zu definieren war. Rizzi vergrößerte den Ausschnitt.

»Was ist das für eine helle Umrandung am Kopf?«, fragte er. »Trägt der Typ ein Stirnband?«

»Schwer zu sagen«, murmelte Teresa.

Während Rizzi ein Bildschirmfoto erstellte, machte sich sein Telefon in der Brusttasche bemerkbar. Auf dem Display war die Nummer von Cirillo zu sehen.

»Glückwunsch«, sagte er, als er das Gespräch annahm. »Du hattest den richtigen Riecher. Alessandro war tatsächlich auf dem Tennisplatz.«

Cirillo ging nicht darauf ein. »Hör zu«, sagte sie. »Es gibt Neuigkeiten, und wir müssen uns beeilen. Hast du etwas zu schreiben?«

12

Zwei Stunden zuvor war Cirillo mit dem Sessellift auf den Monte Solaro hochgefahren, um Annamaria Mazzotta zu treffen.

Müde von ihren nächtlichen Ermittlungen an der Ruine und dem Ferienhaus, driftete sie in Gedanken zurück zu ihrer Zeit als Ermittlerin bei der Sonderkommission in Bergamo und der Routine ihres damaligen Teams, Täter zu analysieren und zu typisieren. Sie teilten Täter grob in zwei Kategorien ein: solche, die eiskalt und perfekt planten, dafür bei der Ausführung, zum Beispiel in der Handhabung der Waffe, weniger geschickt waren und Fehler machten, und solche, die bei der Ausführung des Verbrechens die Nerven behielten, dafür bei der Planung und Vorbereitung zu Fehlern neigten, als würde ihnen die Fantasie dazu fehlen, sich alle Eventualitäten vorzustellen. Täter, die in beiden Kategorien – Vorbereitung und Ausführung – gleichermaßen gut waren und denen hier wie dort keine gravierenden Fehler unterliefen, waren nach Cirillos Erfahrung eine Seltenheit.

Mit den wenigen Infos, die bislang zur Verfügung standen, konnte es sich nach Cirillos Einschätzung beim »Mörder des Monte Solaro«, wie er im Internet genannt wurde, durchaus um diese Sorte Täter handeln.

Mit den Beinen in der Luft baumelnd, über kleine Straßen und Wege, Gärten und Terrassen hinwegschwebend, fühlte sie sich hier oben auf seltsame Weise dem irdischen Leben entrückt, wie ein Geist, der die Verbindung zum Leben und den Menschen dort unten nicht mehr hatte, und plötzlich dachte sie: Vielleicht würde es so nach dem Tod sein. Dass man hinter einer unsichtbaren Wand verschwand, nicht mehr gesehen oder wahrgenommen wurde, obwohl man eigentlich noch da war; nicht mehr teilnahm, aber alles sah.

Nach und nach wurden die Straßen, Terrassen und Gemüsegärten von der Natur abgelöst, von der sonnenverbrannten Macchia mit ihrem struppigen Wildwuchs aus halbhohen Bäumen, Büschen und Felsbrocken, die dazwischen lagen, als wären sie vom Himmel gefallen.

Sie hielt sich an der Stange fest und beugte sich etwas nach vorn. Der Wacholder da unten, auf den sie zusteuerte, war wie geschaffen, um sich in seinem Schatten auf die Lauer zu legen, den Gewehrlauf zu platzieren und in aller Ruhe abzuwarten, bis die Zielperson vorbeigeschwebt kam. Die Spitze eines Gewehrlaufs wäre vom Sessellift aus zwischen Blättern und Zweigen nicht zu erkennen.

Das galt auch für den ausladenden Rosmarinbusch, auf den sie sich langsam zubewegte und dessen würziger Duft sogar hier oben noch wahrzunehmen war. Und im dichten Laub der Myrte, da war sie sich sicher, wäre ein Mensch im Tarnanzug nahezu unsichtbar. Über den Berghang verteilt gab es so viele mögliche Verstecke, dass selbst vierundzwanzig Kollegen aus Neapel sicherlich nicht jedes identifizieren und überprüfen konnten.

Ob Alessandro seinen Mörder entdeckt, ihm noch ins Gesicht gesehen hatte? Hatte der Täter sich womöglich zu erkennen gegeben? Oder hatte Alessandro bis zum letzten Moment nichts von der Todesgefahr mitbekommen, in der er schwebte, und stattdessen in den blauen Himmel über dem Golf von Neapel geschaut, den Duft von Rosmarin und warmer Erde eingeatmet? Waren dies seine letzten Eindrücke von der Welt gewesen, bevor sein Leben plötzlich durch eine Kugel beendet wurde?

Cirillo spürte den letzten Sekunden im Leben von Alessandro nach, als sie glaubte, im Wacholderbusch unter ihr eine Bewegung zu sehen. Sie fragte sich, ob es wirklich der Wind war, der die Äste bewegte, fokussierte ihren Blick und kniff die Augen zusammen, um Details besser erkennen zu können. Dann blieb ihr fast das Herz stehen.

Zwischen den Ästen schien etwas auf, das aussah wie eine menschliche Gestalt. Cirillo zog sich reflexhaft auf ihrem Sitz zusammen, war wie gelähmt und sah, wie das Gestrüpp, Blätter und Äste sich teilten und eine Hand zum Vorschein kam. Sie wollte schreien, aber kein Laut kam über ihre Lippen. Sie konnte nichts tun, nur ihre Beine anziehen, wie Alessandro sie vielleicht auch angezogen hatte, bevor er in den Gewehrlauf blickte.

Ein Arm kam zum Vorschein, eine Schulter, ein Haarschopf. Sie schaute in ein braun gebranntes Kindergesicht. Der Junge starrte zu ihr hinauf und fixierte sie. Als ihre Blicke sich trafen, hob er eine bunte Plastikpistole und zielte.

»Peng!«, schrie er.

Während sie weiterschwebte, schoss er ihr noch mehrmals hinterher, bis er nicht mehr zu hören war und aus ihrem Blickfeld verschwand.

Annamaria Mazzotta trug Jeans, Turnschuhe und eine weiße Bluse mit leuchtend roten Punkten, die im Wind flatterte. Sie ging geschäftig von Sonnenschirm zu Sonnenschirm und richtete die gestreiften Dächer gegen die Sonne aus, ohne dass ersichtlich war, warum sie diese Aufgabe so ernst und wichtig nahm. Die Tische lagen allesamt im Schatten, und auf den Stühlen saß niemand. Auch am Geländer, wo sich sonst die Besucher drängelten, um Erinnerungsfotos zu schießen, war der Blick frei und unverstellt auf das Panorama.

»Tut mir sehr leid, Agente, dass Sie sich extra herbemüht haben«, rief Annamaria Mazzotta, während sie wie ein Feldwebel an den Stühlen entlangmarschierte und nacheinander die Sitzkissen aufklopfte. »Aber die Sache hat sich inzwischen erledigt.« Sie wich dabei Cirillos Blick aus, als fürchtete sie, ausgeschimpft zu werden.

»Welche Sache hat sich erledigt?«, fragte Cirillo überrascht und folgte Annamaria Mazzotta über die Terrasse. »Am Telefon hörte es sich dringend an. Ich habe sofort alles stehen und liegen lassen.«

»Ich weiß, und dafür danke ich Ihnen sehr. Es ist mir entsetzlich peinlich.« Die Frau strich sich die Haare nach hinten, die der Wind ihr immer wieder ins Gesicht wehte. »Ich entschuldige mich ausdrücklich für die Umstände, die ich Ihnen bereitet habe. Ich hoffe, ich kann es irgendwie wiedergutmachen.«

Cirillo trat näher. »Was ist denn los?«, fragte sie.

Annamaria Mazzotta betrachtete ratlos die bunten Sitzkissen und erklärte kopfschüttelnd: »Ich verstehe es selbst nicht. Nach allem, was gestern passiert ist, bin ich einfach nicht mehr ich selbst.« Sie lächelte tapfer. »Aber ich glaube, jetzt ist alles wieder in Ordnung. Ich komme zurecht.«

Gar nichts ist hier in Ordnung, dachte Cirillo und folgte Annamaria Mazzotta über die Terrasse. »So etwas kommt vor«, sagte sie, mehr Verständnis vortäuschend, als sie wirklich hatte, und fügte hinzu: »Es ist völlig normal. Wir befinden uns ja alle gewissermaßen in einer Ausnahmesituation. Ich würde Sie trotzdem bitten zu erzählen: Was hat Sie denn heute Morgen so aus der Fassung gebracht und sich dann plötzlich wieder erledigt?«

»Ich habe mich in etwas reingesteigert.« Annamaria Mazzotta wedelte mit den Händen, als könnte sie etwas verwischen oder ungeschehen machen. »Es ist wirklich nicht der Rede wert und rückblickend einfach nur lächerlich.«

»Jetzt hören Sie mir mal gut zu.« Cirillo nahm ihre Mütze ab. »Gestern wurde ein Mann ermordet, der regelmäßig auf den Monte Solaro kam. Niemand hat den Mann so oft gesehen wie Sie. Deshalb sind Sie eine wichtige Zeugin. Sie sind verpflichtet, der Polizei Auskunft zu geben. Haben Sie mich verstanden?«

Statt zu antworten, ballte die Frau ihre Hände zu Fäusten. Aber kein Wort kam über ihre Lippen.

»Deshalb verraten Sie mir jetzt«, befahl Cirillo, »warum Sie darauf bestanden haben, mit mir persönlich zu sprechen.« Sie schaute sich suchend um. »Wo ging Alessandro hin, wenn er morgens hier auftauchte? Was hat er gemacht?«

»Er stand immer dort drüben.« Annamaria Mazzotta

zeigte zum Geländer, als wäre sie erleichtert, eine Frage gestellt zu bekommen, die sie leicht beantworten konnte.

»Hier?«, fragte Cirillo, trat an eine Stelle, wo im Geländer eine Rundung war – und machte einen Schritt zur Seite. »Oder hier?«

»Ist das so wichtig?«

»Ja.«

Die Frau zögerte, streckte dann die Hand aus, wedelte und sagte: »Etwas weiter links. Nein, die andere Seite.«

»Also hier«, stellte Cirillo fest. »Das war also sein Platz?«

»Kann man so sagen.« Annamaria Mazzotta strich sich eine Strähne hinter das Ohr, die der Wind ihr immer wieder ins Gesicht wehte, und nickte eingeschüchtert.

»Und dann? Was hat er gemacht?«

»Er hat telefoniert. Sagte ich das gestern nicht bereits?«

»Nein.« Cirillo holte ihr Notizbuch hervor und blätterte ein paar Seiten zurück. »Sie haben ausgesagt, dass er die Aussicht genossen hätte.« Cirillo warf einen Blick über das Geländer in die Tiefe, wo das aufgewühlte Meer gegen die Felsen schlug.

»Dann war meine Aussage nicht ganz korrekt«, erwiderte Annamaria Mazzotta leise.

Cirillo machte sich einen Vermerk. »Wie sah es denn aus, wenn er telefoniert hat?«

Die Frau schaute Cirillo an, als wüsste sie nicht recht, ob die Polizistin sich einen Scherz mit ihr erlaubte. »Wie soll es schon ausgesehen haben?«, fragte sie verunsichert. »Er hat sich den Hörer ans Ohr gehalten.«

»Er hat also nicht geskypt oder über Lautsprecher gesprochen?«

»Nein.« Annamaria Mazzotta strich sich verlegen eine Strähne hinters Ohr, und ein Ohrclip kam zum Vorschein, der mit den roten Punkten auf ihrer Bluse korrespondierte.

»Haben Sie mitbekommen, um was es bei den Telefonaten ging?«

Annamaria Mazzotta zog unwohl die Schultern hoch und sagte: »Er sprach sehr leise, ich konnte nichts verstehen.«

»Und dabei hat er übers Meer geschaut oder wie?«

Die Frau war plötzlich den Tränen nahe. »Nein«, brach es aus ihr heraus. »Er hat die ganze Zeit mich angeschaut. Immer nur mich. Das Panorama war ihm vollkommen egal.«

»Für Alessandro waren also Sie die Attraktion des Monte Solaro«, sagte Cirillo und bemerkte, dass ihre Feststellung etwas zu ironisch geklungen hatte, weshalb sie Annamaria Mazzotta anlächelte. »Kann man das so sagen?«

»Ja.« Annamaria Mazzotta wischte sich wütend mit dem Handrücken über die Wange. »Er hat mich angeschaut, ob Sie es glauben oder nicht.«

Cirillo schwieg und wartete ab. Nur der Wind und das entfernte Schreien einer Möwe waren zu hören, bis Annamaria Mazzotta weitersprach: »Ich hatte mich schon daran gewöhnt, dass er jeden Morgen hier heraufkommt, und mich auf unsere Begegnung gefreut.« Sie putzte sich die Nase. »Und heute Morgen ist mir klar geworden, dass er nie wieder kommt. Dass er nie wieder dort drüben steht, telefoniert und mich dabei anschaut.«

»Haben Sie sich irgendwann einmal mit ihm unterhalten?«, fragte Cirillo. »Oder wenigstens ein paar Worte gewechselt?«

»Nein.« Annamaria Mazzotta schüttelte den Kopf.

»Sind Sie sicher?« Cirillo klopfte ungläubig mit dem Stift auf ihre Seiten. »Finden Sie es – wenigstens rückblickend – nicht ein wenig merkwürdig? Jeden Tag einfach nur ange-starrt zu werden?«

»Schon.« Annamaria Mazzotta nickte.

»Hat es Sie nicht beunruhigt? Ich meine, man könnte ja auch von Belästigung sprechen.«

»Das war es für mich nicht, nein, auf keinen Fall.« Die Frau schüttelte entschieden den Kopf. »Im Gegenteil. Er war schüchtern und zurückhaltend, und genau das war – wie soll ich sagen? – das Charmante an ihm.«

»Wissen Sie, mit wem er telefoniert hat? Oder haben Sie einen Verdacht oder eine Idee?«

Annamaria Mazzotta wich ihrem Blick aus. »Ich glau-be«, sagte sie zögernd, »er hat gar nicht telefoniert.«

Cirillo ließ überrascht ihr Notizbuch sinken. »Wie kom-men Sie darauf?«

»Mir ist irgendwann aufgefallen, dass er, trotz Telefon am Ohr, nie seine Lippen bewegt hat.« Annamaria Maz-zotta wurde rot und schaute zu Boden. »Ich weiß, es klingt furchtbar eingebildet, aber ich denke: Er war wirklich jeden Morgen nur wegen mir hier. Und ich gebe zu: Es hat mir gefallen. Sehr sogar.«

Cirillo legte den Stift zwischen die Seiten und klappte ihr Notizbuch zu. »Sie haben sich in Alessandro verliebt, nicht wahr?«

Annamaria Mazzotta hob die Schultern. »Welche Rolle spielt es jetzt noch?«, fragte sie und lächelte melancholisch. »Er lebt ja nicht mehr.«

»Ist es das, was Sie mir sagen wollten, als Sie heute Morgen angerufen haben?«

»Nein.«

»Was dann?«

Annamaria Mazzotta strich nervös über die Stuhllehne, während sich eine Wolke vor die Sonne schob, ein kühler Wind aufkam und die Zeugin plötzlich ganz bleich aussah.

»Ist Ihnen nicht gut?«, fragte Cirillo besorgt und legte ihr Notizbuch ab.

»Ich glaube, ich brauche einen Grappa.« Wie die Frau sich dabei an die Schläfen fasste, das hatte etwas zutiefst Verzweifeltes. Und dann sagte sie: »Ich weiß, wer Alessandro umgebracht hat.«

Im Innenraum des Cafés standen die Stühle ordentlich an den Tischen, der Boden glänzte, und es roch nach Reinigungsmitteln. Annamaria Mazzotta machte die Terrassentür hinter ihnen zu, drehte das Schild um und ging hinter die Theke. Ohne ein Wort zu sagen, streckte sie sich nach einer Flasche im Regal, holte den Grappa herunter und stellte zwei kleine Gläser auf den Tresen.

»Danke«, wehrte Cirillo ab, »für mich nicht.« Sie riss sich von der Vitrine und dem Anblick des dunklen, mit Puderzucker bestreuten Capreser Schokoladenkuchens los und sah zu, wie die Zeugin mit zitternden Fingern am Verschluss drehte und mehrere Versuche brauchte, um die Flasche aufzukriegen. Als sie das kleine Glas bis zum Rand mit der klaren Flüssigkeit vollgoss, stieß der Flaschenhals am Glas auf, und einiges ging daneben. Dann trank sie den

Grappa in zwei Schlucken aus, schloss für einen Moment die Augen, bevor sie mit einem verhangenen Blick an Cirillo vorbei in den leeren Gastraum schaute und mit belegter Stimme hervorstieß: »Er heißt Rado.«

»Rado«, wiederholte Cirillo.

»Radovan Kurti.«

Cirillo wiederholte den Namen, als würde sie die Überschrift zu einem Kapitel vorlesen, während sie ihn notierte, und Annamaria Mazzottas Aufgabe wäre es nun, seine Geschichte zu erzählen.

»Mein Ex«, erklärte die Frau knapp, griff nach einem Lappen und begann, gründlich und entschlossen über den Tresen zu wischen. »Ich habe tausendmal gesagt, dass er mich, verdammt noch mal, nicht auf der Arbeit besuchen soll. Und dass er mich in Ruhe lassen soll. Aber er kommt ständig mit seinem Mountainbike angefahren und denkt, ich falle ihm wieder um den Hals. Nach sechs Monaten! So lange sind wir schon getrennt.« Sie wusch den Lappen unter fließendem Wasser aus und rief wütend über ihre Schulter: »Er hat mich überhaupt nicht ernst genommen und mir irgendwelches Zeug erzählt und versucht, mich zu bequatschen. Ich habe immer wieder gesagt: Nein, Rado, hau ab! Manche Männer kapieren es einfach nicht.« Ihre Hände begannen, wie selbstständig auf der Theke nach etwas zu suchen. Sie nahm eine Packung Zigaretten und hielt Cirillo die geöffnete Schachtel hin.

Cirillo zog eine Zigarette heraus und ließ sich Feuer geben. Bevor sie inhalierte, pustete sie den Rauch leise aus.

Annamaria Mazzotta zog aufgebracht an ihrem Glimmstängel und schaute, den Rauch nervös ausstoßend, durchs

Fenster nach draußen, wo eine Möwe auf dem Tisch landete.

»Sehen Sie«, rief sie, »genau der Tisch ist Rados Lieblingsplatz. Auch letzte Woche wieder, am Montag. Ich habe ihm einen Kaffee hingestellt und gesagt, er soll austrinken und verschwinden. Und was tut er? Bleibt sitzen. Wie festgenagelt. Und ich kann nicht weg. Muss immer wieder an ihm vorbei.«

Cirillo blätterte mit der Zigarette zwischen den Fingern eine Seite in ihrem Notizbuch um. »Annamaria«, sagte sie und ließ bewusst den Nachnamen weg. »Was genau hat Rado mit Alessandro zu tun?«

»Als Rado hier war, stand Alessandro wieder an seinem Platz am Geländer. Rado hat ihn natürlich sofort bemerkt und mich gefragt, was der Typ hier schon wieder will. Mit diesem abfälligen Ton, mit dem er immer über andere Männer spricht. Und da habe ich einen Fehler gemacht.« Die Frau drehte ihre Zigarette zwischen den Fingern und starrte auf die Glut.

»Was haben Sie getan, Annamaria?«

»Ich habe Rado gesagt, dass der Typ mit mir flirtet – und ich mit ihm.«

»Warum haben Sie ihm das erzählt?«

Sie hob überfordert die Schultern. »Er sollte wissen, dass ich mich für andere Männer interessiere.« Sie schaute Cirillo verzweifelt an. »Ich weiß, das war sehr dumm von mir. Ein Riesenfehler.«

Ohne darauf einzugehen, fragte Cirillo: »Wie hat Rado reagiert?«

»Wütend. Er konnte sich kaum beherrschen. Ist aufgestanden, hat sich sein Mountainbike geschnappt und ist davongerast.«

Cirillo rauchte und musste ein Husten unterdrücken. »Sind Sie ihm danach noch mal begegnet?«

»Zweimal«, antwortete Annamaria ohne zu zögern. »Beide Male hat er sich furchtbar über Alessandro aufgeregt. Er meinte, das sei ein ganz unangenehmer Typ und ihm sei nicht zu trauen. Er hat ihn als Rivalen gesehen. Da habe ich aber noch nichts Böses gedacht.« Sie pustete den Rauch knapp an Cirillos Gesicht vorbei.

»Kann Rado mit einer Waffe umgehen?«, fragte Cirillo. »Kann er schießen?«

Die Frau drückte ihre Kippe aus und nickte dabei langsam, als hätte sie die Frage schon erwartet. »Er war Soldat. Er hat im Krieg gekämpft und wahrscheinlich auch Menschen getötet, und ja, er ist ein guter Schütze.«

Cirillo ließ sich Adresse und Telefonnummer von Radovan Kurti geben. Während sie die Daten in ihr Notizbuch schrieb, sah sie aus den Augenwinkeln, wie Annamaria Mazzotta um die Theke auf einen Stuhl zuging und darauf zusammensackte.

»Mein Gott«, schluchzte sie und presste ihre Hand vor den Mund. »Was habe ich getan?«

Cirillo klappte ihr Notizbuch zu und ging zu ihr.

»Jetzt habe ich Rado ans Messer geliefert.« Annamaria hob den Kopf und sah Cirillo fast vorwurfsvoll an. »Rado hat schon so viel in seinem Leben durchgemacht. Ich hätte ihn nicht verraten dürfen.«

Cirillo legte ihr eine Hand auf die Schulter. »Sie haben das Richtige getan«, sagte sie.

»Er kann so lieb sein«, schluchzte sie.

»Das glaube ich Ihnen«, sagte Cirillo und hoffte, dass es tröstend klang.

Als die Frau sich etwas beruhigt hatte, fragte Cirillo, ob sie wisse, wo Rado sich aufhalte.

Annamaria wischte sich mit dem Handrücken über die Wange, atmete tief ein und sagte mit fester Stimme: »Ja, das weiß ich. Er hilft bei der Olivenernte.«

13

Rizzi parkte an der Hintertür, stellte den Motor aus und nahm seinen Helm ab. In der Ferne war eine Motorsäge zu hören und das Quietschen einer Maschine, deren Lärm er keiner Funktion zuordnen konnte. Ganz in der Nähe war der vertraute Klang von klapperndem Geschirr und Töpfen, begleitet von Musik und Stimmen aus dem Radio. Ein feiner Duft nach geschmorten Tomaten und Knoblauch drang aus den Oberlichtern der Küche und obendrein eine würzige Nuance, die besagte, dass mit Graziella nicht nur die Produzentin des weltbesten Olivenöls am Herd stand, sondern auch die Köchin von Gerichten, die wahrscheinlich nicht zuletzt deshalb bei den Gästen so beliebt waren, weil Graziella darin die Zutaten aus Rizzis Gärten verarbeitete.

Von Cirillo war weit und breit nichts zu sehen. Keine Alleingänge, hatte sie ihm am Telefon eingeschärft. Und sie hatte gesagt, dass der Mann, den sie verdächtigte, den Mord an Alessandro verübt zu haben, Radovan Kurti hieß.

Rizzi hängte seinen Helm an den Lenker und ging zum Lastenfahrrad, das im Schatten an der Mauer lehnte und mit dem Elektromotor die umweltfreundliche Alternative zur dreirädrigen Ape war, allerdings mit – für Rizzis Zwecke – viel zu kleiner Ladefläche. Er schaute durch die geöffnete Hintertür in den Flur, wo Arbeitsschuhe standen, übereinandergestapelte Getränkekisten und Eimer. Die Küchentür war zu, der Blick ins Büro dagegen frei.

Weil er seine geschäftlichen Absprachen mit Graziella immer per Handschlag besiegelte, hatte Rizzi das Büro noch nie betreten. Der Raum war geradezu penibel aufgeräumt und die Schlafcouch um die Ecke sorgfältig mit einem Laken, einem Kopfkissen und einem Überwurf bedeckt, als würde hier jemand übernachten. Auf dem Schreibtisch lag ein einzelnes Blatt Papier.

Es waren nur drei Schritte, und Rizzi sah mehrere Namen auf dem Zettel, handschriftlich untereinander, dahinter verschiedene Zahlen. Vermutlich ein Stundenzettel. Von acht Namen sprang Rizzi der vorletzte ins Auge: Radovan Kurti. Dann stimmten die Angaben der Zeugin Annamaria Mazzotta, was ihre Glaubwürdigkeit unterstrich.

Draußen knatterte ein Motorroller, und gleichzeitig öffnete sich gegenüber im Flur die Küchentür. Der Duft nach gutem Essen verstärkte sich.

»Erri!«, rief Graziella überrascht, als sie zur Bürotür hereinblickte und ihn am Schreibtisch stehen sah. Sie trug eine lange Schürze, wirkte bleich und übernächtigt, und das dunkelblonde, verschwitzte Haar klebte ihr an der Stirn. In der Hand hielt sie eine Zigarette und ein Feuerzeug. »Ich habe dich gar nicht kommen hören«, sagte sie und kam verdutzt näher. »Kann ich dir irgendwie helfen?«

»Wo ist deine Schwester?« Rizzi legte den Zettel zurück auf den Tisch.

»Zu Hause. Ihr geht's nicht besonders.« Graziella runzelte die Stirn. »Kannst du mir bitte verraten, was los ist?«

»Wir suchen dringend einen Mann, der Radovan Kurti heißt.« Cirillos Stimme bewirkte, dass Graziella erschrocken herumfuhr.

Rizzis Kollegin war hinter Graziella in der Tür aufgetaucht, hatte ihre Polizeimütze unter dem Arm und registrierte mit tadelnd hochgezogenen Augenbrauen, dass Rizzi nun offensichtlich doch nicht auf sie gewartet hatte. »Wir haben den Tipp bekommen, dass der Mann hier bei Ihnen arbeitet«, sagte sie.

»Radovan Kurti?«, wiederholte Graziella und klemmte ihre Zigarette hinters Ohr. »Wer soll das sein?«

»Stell dich bitte nicht dumm. Er steht hier auf deiner Liste.« Rizzi hielt mit zwei Fingern das Blatt Papier in die Höhe. »Ich nehme an, es handelt sich um die Mitarbeiterliste?«

Graziella riss ihm den Zettel aus der Hand und starrte mit zusammengekniffenen Augen auf die Namen, als könne sie das Schriftbild nicht entziffern oder sich aus irgendwelchen anderen Gründen keinen Reim darauf machen.

»Seit wann habt ihr ihn unter Vertrag?«, fragte Rizzi.

»Ermittelst du im Auftrag der Steuerbehörde?« Graziella faltete verärgert das Blatt Papier zusammen.

»Bitte beantworte meine Frage«, forderte Rizzi sie auf.

»Die Leute, die auf dieser Liste stehen, helfen uns bei der Olivenernte.« Graziella trat neben Rizzi an den Schreibtisch und zog die Schublade auf. »Sie werden von uns sehr anständig bezahlt, und wir rechnen die Löhne ordnungsgemäß ab. Mehr gibt es dazu nicht zu sagen.«

»Dann würde ich jetzt gerne mal die Arbeits- und Aufenthaltserlaubnis von deinem Mitarbeiter Radovan Kurti sehen«, sagte Rizzi. »Hast du vielleicht auch eine Kopie von seinem Pass?«

»Was ist in dich gefahren?«, rief Graziella empört, während draußen wieder ein Motorrad zu hören war. »Jetzt mach mal halblang. Wie heißt bei euch noch mal dieser Wisch? Durchsuchungsbeschluss? Den würde ich jetzt gerne erst einmal von dir sehen! Oder hast du gar keinen?«

»Ich kann einen besorgen.« Rizzi verschränkte die Arme vor der Brust. »Überhaupt kein Problem.«

»Beruhigt euch.« Cirillo scrollte in ihrem Telefon. »Wir veranstalten keine Razzia, wir wollen nur diese Person überprüfen.« Sie präsentierte Graziella das Display mit einer Aufnahme, auf der Annamaria Mazzotta mit einem Mann zu sehen war, der eine Glatze und dunkle Augenbrauen hatte und breit und sympathisch lächelte. »Um ihn geht es«, sagte Cirillo. »Haben Sie den Mann schon einmal gesehen?«

Graziella rang verzweifelt die Hände. »Wir haben zurzeit acht Leute engagiert, und ich brauche jeden Einzelnen. Wir stecken mitten in der Olivenernte. Wie schwer Saisonkräfte zu kriegen sind, muss ich dir, Erri, wohl nicht erklären. Manche sind nur ein paar Tage bei uns, und ich kann mir beim besten Willen nicht zu jedem Namen das Gesicht merken. Tut mir leid.«

»Bitte schauen Sie genau hin«, bat Cirillo.

Graziella betrachtete widerwillig die Aufnahme, seufzte und sagte: »Ja, der Mann arbeitet bei uns.«

»Wo finden wir ihn?« Cirillo steckte ihr Telefon wieder ein.

Graziella hob die Schultern. »Ich weiß nicht, auf welchem Baum er gerade sitzt oder wo die Maschine steht, an der er arbeitet.«

»Dann rufen Sie ihn jetzt bitte an«, befahl Cirillo, »und sagen Sie ihm, er soll hierher ins Büro kommen. Aber erwähnen Sie nicht die Polizei, sondern nennen Sie ihm irgendeinen Grund, aber etwas, das möglichst glaubhaft ist.«

»Sag ihm, es geht um seinen Stundenzettel«, schlug Rizzi vor.

Graziella zückte ihr Smartphone, wischte, tippte und fragte, während sie den Hörer ans Ohr hielt: »Was hat er eigentlich verbrochen?«

»Wir wissen es nicht«, sagte Cirillo, bevor Rizzi etwas anderes behaupten konnte.

»Wie ich befürchtet habe.« Graziella zeigte Rizzi und Cirillo das Display ihres Telefons. »Er hat sein Telefon aus oder keinen Empfang.«

In diesem Moment tauchte Federico im Flur auf, nahm seine Sonnenbrille ab, grüßte Rizzi und Cirillo und sagte zu Graziella: »Ich wollte nur fragen: Soll ich heute Abend kommen?«

»Das wäre super.« Graziella steckte ihr Telefon wieder ein und schaute Rizzi und Cirillo fragend an. »War's das, oder kann ich noch etwas für euch tun?«

Nachdem Cirillo verneint hatte, verließ Graziella den Raum. »Wir sind fast ausgebucht«, sagte sie, als sie mit Federico in der Küche verschwand.

Rizzi rückte die Mütze auf seinem Kopf zurecht. »Worauf warten wir? Knöpfen wir uns den Kerl vor.«

»Wir müssen vorsichtig sein«, mahnte Cirillo. »Der Mann ist möglicherweise bewaffnet. Wir haben es außerdem mit acht Saisonarbeitern zu tun, die um ihn herum sind und mit ihm arbeiten.«

14

Der Olivenhain hinter der Trattoria war eine terrassenartige, unübersichtliche Anlage, die sich bis zum Meer erstreckte. Kreuz und quer verliefen kleine Mäuerchen und befestigten das Gebiet mit Felssteinen, die aussahen, als wären sie, zusammen mit den Olivenbäumen, schon vor Jahrhunderten gesetzt worden. Einzelne Bäume, die teilweise krumm und schief gewachsen waren, standen wie alte, knorrige Lebewesen in der Landschaft und ragten mit ihren Ästen eher in die Breite als in die Höhe. Unter den Bäumen bedeckten Netze den Boden und verbanden sich von Olivenbaum zu Olivenbaum zu einem grün schimmernden Teppich.

In einer Entfernung von etwa zwanzig Metern stand im Halbschatten ein Mann mit Schirmmütze, den Rizzi auf mindestens Mitte sechzig schätzte und der hier vielleicht am ehesten den Überblick hatte. Er hielt eine Teleskopstange, an deren Ende eine Halterung aufgepflanzt war, mit der er durch die Blätter kämmte, sodass die Zweige in Bewegung gerieten und die reifen Oliven einzeln herunterpurzelten, aber teilweise auch wie ein Prasselregen niedergingen. Ein herbwürziger Geruch lag in der Luft.

»Sieht nach einer guten Ernte aus«, bemerkte Rizzi.

»Was die Menge angeht – auf jeden Fall«, antwortete der

Mann, den Kopf in den Nacken gelegt, ohne den Blick von den Zweigen zu wenden oder seine Arbeit zu unterbrechen. »Die Qualität muss sich allerdings erst noch zeigen.«

Rizzi legte eine Hand über die Augen und sah, wie etwas weiter entfernt, unter einer Baumgruppe, zwei Männer Zweige über den Boden und die Netze zogen und außerhalb des abgedeckten Bereichs übereinanderschichteten.

»Ist einer von den beiden Männern dort drüben Radovan Kurti?«, fragte Rizzi.

»Rado?«, wiederholte der Mann und schaute kurz in die Ferne, bevor er Rizzi und Cirillo in ihren Uniformen musterte. Die Teleskopstange über seinem Kopf schwankte hin und her. »Er hat eben noch da drüben gearbeitet.« Er deutete mit dem Kinn auf Bäume, die abgeerntet und so radikal heruntergeschnitten worden waren, dass man nur von einem Baumgerippe sprechen konnte. »Wahrscheinlich ist er inzwischen weiter vorgerückt und bereitet die nächsten Bäume vor.«

Rizzi bedankte sich und ging zu Cirillo und den beiden Frauen hinüber, zwei Erntehelferinnen, die auf allen vieren zwischen abgesägten und heruntergefallenen Ästen herumkrochen. Eine strich von Hand die reifen Oliven von den Zweigen, während die andere mit einem Stock auf die Äste am Boden eindrosch und knapp erklärte, sie hätte den Mann, von dem sie annahm, dass er Rado hieß, heute noch gar nicht oder nur kurz zu Gesicht bekommen. Die andere schloss sich ihr murmelnd an.

Ohne Rizzi und Cirillo weiter zu beachten, hoben sie gemeinsam das Netz an und wedelten, sodass die Oliven mit Blättern und kleinen Zweigen in die Mitte kullerten, bevor sie anfingen, die Früchte mit den Händen zusammenzuklauben und in den Jutesack zu werfen, als irgendwo, nicht weit entfernt, eine Maschine in Gang gesetzt wurde. Das Quietschen und Rattern hörte sich an wie der Lärm eines Betonmischers.

Auf einer tiefer gelegenen Terrasse, hinter den Bäumen, stand ein Karren mit Jutesäcken, die prall gefüllt waren mit Oliven. Daneben parkte ein Gerät, das mit den Handgriffen und Rädern auf den ersten Blick aussah wie eine Schubkarre und von einem Mann bedient wurde, der Schutzbrille und Schirmmütze trug. Rizzi konnte kein Gesicht erkennen, doch Größe und Statur stimmten ungefähr mit dem überein, was er von Radovan Kurti auf dem Foto gesehen hatte.

»Buongiorno«, grüßte Rizzi.

Statt zu antworten oder seine Arbeit zu unterbrechen, griff der Mann in die Zweige, die neben ihm zu einem Haufen aufgeschichtet waren, bekam einen Ast zu fassen und hielt ihn mit Blättern und Oliven in die Maschine, wo er von einer rotierenden Walze mit Gumminoppen erfasst und die Früchte von den Zweigen gedroschen wurden. Entweder hatte er Rizzi nicht gehört, oder er tat nur so, weil nicht mit Fragen belästigt werden wollte. Die Oliven purzelten durch einen Rost in einen Trichter und fielen in den Jutesack, der unter der Maschine befestigt war.

»Signor Kurti?« Rizzi sprach so laut, dass er mit seiner Stimme den Lärm der rotierenden Walze übertönte, und trat ins Blickfeld des Mannes.

Statt das Gerät zu stoppen, machte der Mann eine Vierteldrehung und hatte plötzlich einen Knüppel in der Hand.

Rizzi wich zur Seite und fasste an sein Pistolenholster, als der Mann den Knüppel zur Seite ins Gestrüpp warf und sich die Schutzbrille in die Stirn schob. Rizzi schaute in das gutmütige Gesicht eines Fünfzigjährigen.

Nachdem er die Maschine ausgestellt hatte und der Lärm verstummt war, erklärte der Mann freundlich, er habe Rado vor ungefähr einer halben Stunde mit einer Netzrolle auf der Schulter vorbeigehen sehen.

Er machte eine Handbewegung, die die Bäume jenseits der niedrigen Hecke einbegriff, und kratzte sich verwundert am Kinn. »Wir hatten gesagt, dass die Bäume als Nächstes dran sind und er dort die Netze auslegt. Aber ich sehe kein Netz.«

Er bückte sich, sammelte unter der Maschine ein paar Zweige zusammen und murmelte: »Kaum ist die Chefin verschwunden, macht jeder, was er will. Faulpelze, wohin man nur schaut.«

»Seltsam«, bemerkte Cirillo. »Die einen wissen nicht, ob sie Rado überhaupt kennen oder jemals gesehen haben, und die anderen, die ihn gesehen haben, wundern sich, dass er sich in Luft aufgelöst hat.«

»Warum suchen Sie ihn überhaupt?« Der Mann zog sich die Schutzbrille wieder über die Augen. »Hat er geklaut? Oder jemanden verprügelt?«

»Was trauen Sie ihm denn eher zu?«, fragte Cirillo.

Der Mann brummelte, während er sich an den Zweigen zu schaffen machte, dass er keine Meinung zu diesem Mann habe, weil er ihn nicht genügend kenne.

Die Maschine sprang wieder an, und die Walze mit den Noppen begann sich zu drehen. Der Mann hielt einen Olivenzweig in die Dreschmaschine und zog dabei bereits den nächsten Ast aus dem Haufen neben sich.

Jenseits der Hecke standen die Olivenbäume so dicht, dass ihre Kronen ein silbrig grünes Dach bildeten und über die ganze Länge der Terrasse eine Art Tunnel entstand, in dem ein angenehmes, von Millionen Blättern gefiltertes Licht herrschte.

Der Lärm der Maschine hinter ihnen wurde mit jedem Schritt leiser und verebbte. Vom Meer fuhr ein leichter Wind durch die Bäume.

»Hörst du das?« Cirillo blieb stehen und fasste Rizzi am Arm.

Es war ein dumpfer Ton, der sich in einem schleppenden Rhythmus wiederholte und von großer Anstrengung, aber auch von großer Entschlossenheit zeugte.

Was Cirillo nicht einordnen konnte, war für Rizzi kein Rätsel und ganz normal. Es war das Geräusch von Metall auf Holz, wie er es von seiner eigenen Plackerei beim Holzhacken in den Gärten bestens kannte.

Sie folgten dem Geräusch, bis sich über ihnen das Blätterdach lichtete, der Himmel zu sehen war und im Gegenlicht eine Silhouette, die eine Spitzhacke über dem Kopf schwang. Der Mann war klein, kräftig, glatzköpfig und entsprach, wie Cirillo murmelnd bestätigte, eins zu eins dem Mann auf dem Foto von Annamaria Mazzotta. Es war Radovan Kurti.

Aber was machte er hier am Ende des Olivenhains mit einer Spitzhacke und dem Baum, anstatt den Kollegen bei der Ernte zu helfen?

Rizzi und Cirillo blieben stehen. Obwohl sie sich nicht

rührten und keinen Ton von sich gaben und die Bäume und das Gestrüpp einigen Sichtschutz boten, verharrte Radovan Kurti plötzlich mitten in der Bewegung, mit erhobener Spitzhacke, als hätte er etwas bemerkt.

Er ließ das Werkzeug sinken, drehte sich herum und schien seine Augen weit auf- und seine Brauen hochzureißen, als er Rizzi und Cirillo in ihren Uniformen sah. Für Rizzi war der Fall in diesem Moment klar. Die Mimik von Radovan Kurti kam einem Geständnis gleich.

Der Mann holte weit aus, stieß einen irren Schrei aus und schleuderte ihnen mit aller Kraft die Spitzhacke entgegen.

Sie fiel dort zu Boden, wo Rizzi und Cirillo gestanden hatten, bevor sie zur Seite sprangen.

Wie ein gehetztes Tier lief der Mann die Anhöhe hinauf, ohne zu wissen oder zu bedenken, dass hinter der nächsten Kuppe nichts anderes mehr kam als die abfallenden Klippen zum Meer.

»Bleiben Sie stehen!«, schrie Rizzi.

Sie setzten ihm nach, aber als sie oben ankamen und über zerklüftetes Gestein und dorniges Gestrüpp schauten, war der Mann verschwunden.

»Dort!« Cirillo zeigte den Abhang hinunter, wo zwischen Steinen, Ginster, Myrte und Rosmarin ein leuchtend weißes T-Shirt zu sehen war.

Radovan Kurti hatte seinen waghalsigen Abstieg zum Meer in einem so atemberaubenden Tempo bewältigt, als würde er hier jeden Stein und jede Klippe kennen. Fast leichtfüßig setzte er dort unten zwischen den Felsen seinen Weg am Wasser entlang fort.

Rizzi und Cirillo verfolgten ihn von oben. Es war schwer,

ihn nicht aus den Augen zu verlieren und gleichzeitig oberhalb der Felsen einen Weg durch die Macchia zu finden. Doch plötzlich schnitt ihnen die Cala di Mezzo den Weg ab, eine enge Bucht, die sich – rund zweihundert Meter lang und etwa zwanzig Meter breit – vom Meer in die Landschaft fraß.

Rizzi legte die Hand über die Augen, schaute nach unten in die Tiefe und entdeckte eine Holzkonstruktion. Wo die Schlucht sich auf weniger als zehn Meter verengte, hatte jemand aus Brettern einen provisorischen Steg gebaut, und der Verdacht, dass Radovan Kurti sich an der Küste Capris, zumindest auf diesem Abschnitt, tatsächlich besser auskannte als er selbst, verwirrte ihn. Seines Wissens war Rado kein Einheimischer, sondern jemand, der wie Annamaria Mazzotta vom Festland kam.

»Wenn er schon drüben auf der anderen Seite ist, hat er gewonnen.« Cirillo verschränkte ratlos die Hände am Hinterkopf. »Aber es kann eigentlich nicht sein. Dann hätten wir ihn doch sehen müssen.«

Ihnen blieb nichts anderes übrig, als das zu tun, was Rizzi hatte vermeiden wollen: den sicheren Pfad hier oben verlassen, die Übersicht aufgeben und ins Geröll hinabsteigen.

Cirillo verzichtete auf Rizzis helfende Hand, mit der er ihr über Klippen und größere Absätze helfen wollte, und orientierte sich stattdessen daran, wie er seine Schritte setzte. In wenigen Minuten waren sie am Steg, der nicht nur einen stabileren Eindruck machte, als es von oben den Anschein gemacht hatte, sondern vor einiger Zeit sogar ausgebessert worden war.

Die Wellen schlugen in regelmäßigem Rhythmus gegen

die Klippen, und im Schatten der hoch aufragenden Felsen war es plötzlich fast still. Doch kein verdächtiges Geräusch war zu hören. Radovan Kurti blieb verschwunden.

»Vielleicht ist er einfach wieder umgekehrt und schon wieder oben im Olivenhain«, mutmaßte Cirillo.

Doch Rizzi hatte das Gefühl, dass der Mann noch ganz in der Nähe war. Er suchte mit dem Blick das Gelände jenseits des Stegs ab und bemerkte in den Augenwinkeln, wie ein kleiner Stein von oben den Hang heruntergesprungen kam. Rizzi war sich sicher, dass Rado sich irgendwo in der Bucht versteckte, um zu beobachten, in welche Richtung sie gehen würden, um dann in die Gegenrichtung zu verschwinden.

Der zweite Stein, der etwas größer war, weitere Sprünge machte und über ihre Köpfe hinwegflog, war nicht zu übersehen. Dann ging alles sehr schnell. Ein Schatten tauchte über ihnen auf, und ein Poltern war zu hören. Rizzi packte seine Kollegin und riss sie in letzter Sekunde zur Seite, bevor der Felsbrocken dumpf neben ihnen aufschlug.

»Alles okay?«, keuchte er.

Statt zu antworten, rollte Cirillo zur Seite und setzte ihre Mütze wieder auf.

Der Stein neben ihnen hatte die Größe von einem Gymnastikball. Die Wucht des Aufpralls hätte ausgereicht, um mindestens einem von ihnen den Schädel einzuschlagen.

Während Rizzi sich sammelte und immer noch auf dem Rücken lag, sah er, wie sich über ihm etwas bewegte. Ein kleines Halbrund tauchte über dem Felsvorsprung auf, eine Glatze, dunkle Brauen und ein Augenpaar, in dem Hass und wilde Entschlossenheit zu sehen waren.

Rizzi sprang auf, zog sich in einem Klimmzug hoch und erwischte Radovan Kurti, von diesem Manöver überrascht, am Bein. Rizzi wollte ihn von dort oben herunterziehen, doch sein Gegner hielt stand und versuchte, sich freizustrampeln.

»Ich hab ihn!«, schrie Rizzi und rief Cirillo zu: »Lauf hoch! Die Handschellen!«

Während sie sich aufrappelte und versuchte, auf dem kürzesten Weg hinauf die Steine wie eine Treppe zu benutzen, spürte Rizzi bei Radovan Kurti von einem Moment auf den anderen keinen Widerstand mehr und keine Gegenwehr. Stattdessen rutschte ihm der Mann wie ein schwerer Sack entgegen.

Rizzi hörte auf zu ziehen und stemmte sich stattdessen gegen das Gewicht, das ihn zu erdrücken und zu Fall zu bringen drohte. Plötzlich nutzte Radovan Kurti wie ein Akrobat den Moment und machte eine Rolle vorwärts.

Er blieb kurz liegen, sprang dann auf und rannte über das Geröll der Cala di Mezzo einen steilen Pfad hinauf.

»Bleiben Sie stehen!«, schrie Rizzi und zog seine Pistole. »Stehen bleiben!«

Rado stoppte an der Klippe, schwankte vornüber, drohte das Gleichgewicht zu verlieren, fing sich jedoch in letzter Sekunde und stand stabil.

»Hände über den Kopf!«

Radovan Kurti gehorchte, nahm die Hände hoch und beugte gleichzeitig den Oberkörper nach vorne.

Dann ließ er sich fallen.

Rizzi fluchte laut, rappelte sich auf und stieg mit schmerzenden Gliedern, so schnell er konnte, hinauf zur Felskante.

Unten in der Tiefe schlug das Meer in großen Wellen gegen die Felswand. Im aufgewühlten Wasser war für einen kurzen Moment das weiße T-Shirt zu erkennen, das an die Oberfläche gehoben wurde, bevor es im Meer verschwand und nicht wieder zum Vorschein kam.

15

Der Gedanke, dass Radovan Kurti den Sturz in die Tiefe nicht überlebt haben könnte, war unerträglich. Womöglich war sein Körper von der Brandung erfasst, an den Felsen geworfen und zerschmettert worden. Die Chance, dass er vielleicht doch schwimmend davongekommen war, konnte in Anbetracht der Wucht, mit der die Wellen bei Cala di Mezzo an die Küste schlugen, als nicht besonders hoch eingestuft werden. Je länger die Suche der Kollegen von der Seenotrettung andauerte, umso unwahrscheinlicher war es, dass der Mann noch lebend geborgen wurde.

Rizzi barg sein Gesicht in den Händen und fragte sich, ob er etwas falsch gemacht hatte und Rados Sprung von den Klippen hätte verhindern können. Vielleicht, wenn er beruhigend auf ihn eingeredet hätte, statt Cirillo mit lauter Stimme anzuweisen, ihm die Handschellen anzulegen. Aber er war unter Druck gewesen und gestresst, nachdem Radovan Kurti zuerst mit der Spitzhacke, dann mit dem Steinbrocken auf sie losgegangen war. Der Mann war wahnsinnig gewesen, zu allem entschlossen.

»Irgendwann kommen auch wieder bessere Zeiten«, seufzte Teresa in die Stille hinein, und es hörte sich an, als spräche sie zu sich selbst.

Cirillo kam aus dem Waschraum und zog die Tür hinter sich zu. Wie es aussah, hatte sie sich Wasser ins Gesicht gespritzt und sich die Haare gekämmt.

»Gehen wir?«, fragte sie.

Vielleicht täuschte der Eindruck, oder es lag daran, dass Cirillo müde und geschafft aussah, aber Rizzi hatte das Gefühl, dass der missglückte Einsatz ihr näherging, als sie es selbst wahrhaben wollte. Es war reine Spekulation, und er würde sich hüten, sie danach zu fragen – jedenfalls nicht jetzt. Er ging davon aus, dass Lombardi nach ihrem Einsatz und der verpatzten Festnahme außer sich sein würde. Cirillo und er würden sich und ihre Vorgehensweise rechtfertigen müssen, möglicherweise nicht nur vor Lombardi, sondern auch vor Commissario Serra in Neapel.

Als Rizzi, gefolgt von Cirillo, die Treppe zum Büro von Ispettore Lombardi hinaufstieg, fragte er: »Alles okay?«

»Alles okay«, antwortete Cirillo kurz angebunden.

»Wir haben uns nichts vorzuwerfen«, sagte Rizzi auf dem Weg über den kleinen Flur.

»Nein«, stimmte Cirillo hinter ihm zerstreut zu und wiederholte: »Wir haben uns nichts vorzuwerfen.«

Die Hand auf der Klinke, drehte Rizzi sich zu ihr herum und sagte eindringlich: »Noch mal: Wir haben alles richtig gemacht.«

Cirillo nickte stumm. Rizzi öffnete die Tür zu Lombardis Chefzimmer mit dem Panoramablick.

Der Raum war so lichtdurchflutet, dass Rizzi, aus dem dunklen Gemeinschaftsbüro und Flur kommend, erst einmal geblendet stehen blieb. Dann sah er den Schreibtisch von Ispettore Lombardi und den Sessel dahinter, der ihnen den Rücken zukehrte. Vom Ispettore selbst waren nur die Ellbogen auf den Armlehnen zu sehen und der Hinterkopf über der Rückenlehne. Dass Lombardi zum Fenster hinaus auf den Golf von Neapel und den Vesuv starrte, bedeutete, dass er seine Gedanken schweifen ließ und in Gefilde abdriftete, die mit dem Büro, der Arbeit und dem Alltag nichts zu tun hatten, wie es seit geraumer Zeit immer wieder passierte, ohne dass Rizzi den genauen Grund dafür kannte.

Auf dem wuchtigen Schreibtisch und der ledernen Unterlage stand mittig das kleine Porzellandöschen, das sonst immer seinen Platz beim Telefon hatte und den Besucher möglicherweise daran erinnern sollte, dass der Ispettore Kreisen angehörte, in denen man wusste, was Geschmack war. Der Deckel lag nicht auf dem Döschen, sondern daneben, und viele kleine Pillen gruppierten sich drum herum, als hätte der Ispettore hektisch nach ihnen gegriffen.

»Ispettore?« Rizzi drehte betroffen seine Mütze in der Hand. »Ich kann alles erklären.«

Statt einer Antwort bewegte sich nur sachte der Sessel hin und her.

»Erstens« – Rizzi schlug den Verteidigungston an – »war keine Zeit gewesen, um Neapel ordnungsgemäß über den Einsatz zu informieren. Es musste alles ganz schnell gehen. Deshalb haben wir auch mit Ihnen, Ispettore, keine Rücksprache halten können.« Er warf Cirillo einen kurzen Seitenblick zu. Sie nickte aufmunternd. »Und zweitens«, fuhr er fort, »bitte ich zu berücksichtigen, dass niemand ahnen konnte, wie irrational der Mann reagiert.«

Der Sessel kam stärker in Bewegung und machte eine

halbe Drehung. Lombardi hatte die Fingerspitzen aneinandergelegt, schaute zwinkernd über Rizzi und Cirillo hinweg in eine imaginäre Ferne und sagte: »Bitte schließen Sie die Tür.«

Rizzi gehorchte. Cirillo machte einen Schritt hin zu ihrem Stehplatz am Fenster, als Lombardi in scharfem Ton befahl: »Setzen Sie sich, Agenti. Alle beide.«

Er wartete, bis sie seiner Aufforderung nachgekommen waren. »Lassen Sie es mich so ausdrücken«, begann er, »und ich sage gleich vorweg: Commissario Serra ist derselben Ansicht. Die Sache hat ein Gutes. Wenn der Mann, dieser Radovan Kurti, tatsächlich tot sein sollte und sich seiner Verhaftung durch Suizid entzogen hätte, können wir die Aktion als Schuldeingeständnis werten und den Fall ruhigen Gewissens zu den Akten legen. So gesehen« – Lombardi hob beide Hände – »kann man nur sagen: Gut gemacht, Agenti.«

»Aber was ist, wenn Radovan Kurti gar nicht der Täter war?«, wandte Rizzi ein. »Und wenn unser Einsatz ihn aus einem ganz anderen Grund in Panik versetzt hat?«

»Glaubst du das wirklich?«, fragte Cirillo überrascht, als wäre ihr der Gedanke noch gar nicht gekommen.

»Vielleicht hat er eine kriminelle Vergangenheit. Wir werden es wahrscheinlich nie erfahren. Aber es würde bedeuten, dass der wahre Mörder weiter frei herumläuft.«

»Haben Sie irgendwelche Anhaltspunkte für diese Hirngespinste?«, fragte Lombardi scharf und trommelte nervös mit den Fingerspitzen. »Nein? Dann wäre das Thema damit erledigt. Denn mit Hirngespinsten kommen wir nicht weiter.«

Rizzi warf Cirillo einen hilfesuchenden Blick zu. Er hätte sich von ihr etwas Beistand erhofft, aber sie schaute nur starr auf die Tabletten. Er wusste nicht, was sie dachte, und ihrer Miene war nichts abzulesen. Konnte sie seinen Gedankengang nicht nachvollziehen, oder wollte sie keine Diskussion anzetteln, die am Ende zu nichts führte? Sie wusste doch genauso Bescheid über Radovan Kurti wie er. Rizzi rückte unzufrieden mit seinem Stuhl näher an den Schreibtisch heran und fragte: »Wie geht es jetzt weiter?«

»Nach aktuellem Stand der Dinge wird Commissario Serra für morgen früh, um zehn Uhr, in Neapel eine Pressekonferenz ansetzen«, erklärte Ispettore Lombardi, »zu der auch meine Wenigkeit geladen ist.« Beflügelt von der Aussicht auf den Auftritt, zupfte er an seinen Manschetten und begann, Details zur Veranstaltung, seiner Redezeit und dem bekannt zu geben, was er gedachte, dort zu verkünden – als es klopfte.

Teresa Villa stand in der Tür. Die Brille hing an einer Kette über ihrem Busen, und an ihrem Hals waren rote Flecken zu sehen. »Verzeihen Sie, Ispettore.« Sie versuchte mühsam, ihre Erregung unter Kontrolle zu behalten. »Signora Mazzotta steht unten bei mir und lässt sich nicht abweisen. Sie will unbedingt noch einmal mit Agente Cirillo sprechen. Allerdings« – Teresa vermied es, Cirillo anzusehen – »habe ich nicht verstanden, worum es geht, und Signora Mazzotta scheint es auch nicht für nötig zu halten, mich darüber aufzuklären.«

»Signora Mazzotta?«, fragte Lombardi verständnislos. »Wer ist das?«

»Die Zeugin vom Monte Solaro.« Cirillo erhob sich. »Sie hat uns auf die Spur von Radovan Kurti gebracht.«

»Bleiben Sie sitzen, Agente Cirillo«, befahl Lombardi und wandte sich wieder an Teresa. »Wir sind mitten in einer Besprechung. Die Dame soll warten oder später wiederkommen.«

»Ich fürchte, sie wird sich nicht abwimmeln lassen«, erklärte Teresa und setzte wie zur Bestätigung einen vielsagenden Blick auf, als hinter ihr im Flur eine laute Stimme zu hören war, die sich fast überschlug. »Agente Cirillo? Sind Sie da?«

Annamaria Mazzotta erschien neben Teresa im Türrahmen und sah ganz aufgelöst aus. Das Haar fiel ihr in Strähnen ins Gesicht, und in der Hand hielt sie ein Taschentuch, das sie nervös zerknüllte.

»Ich weiß nicht, ob es stimmt«, rief sie, verstummte und schaute erschrocken auf Ispettore Lombardi, dessen Uniform und die respekteinflößenden goldenen Epauletten. »Ich will wirklich nicht stören«, stammelte sie, »aber die Sache kommt mir seltsam vor.«

»Beruhigen Sie sich.« Rizzi war aufgestanden und bot Annamaria Mazzotta seinen Stuhl an, während Ispettore Lombardi die Arme ausbreitete und sagte: »Agente Rizzi hat recht. Wir sind die Polizei von Capri. Sie sind bei uns in den besten Händen.«

»Danke«, hauchte die Frau. »Sie sind sehr freundlich. Ich habe nur gar nicht viel Zeit. In einer halben Stunde geht mein Boot.« Sie nahm auf der Stuhlkante Platz, lächelte beschämt und nahm das frische Taschentuch, das Ispettore Lombardi ihr über seinen Schreibtisch hinweg reichte.

»Ich bin sonst nicht so. Das müssen Sie mir glauben. Es ist nur«, stotterte Annamaria Mazzotta und atmete tief durch. »Die Leute sagen, es gäbe an der Cala di Mezzo einen Polizeieinsatz.«

Während Annamaria Mazzotta sich schnäuzte, legte Cirillo ihr eine Hand auf die Schulter und sagte: »Kommen Sie bitte. Ich muss mit Ihnen sprechen. Unter vier Augen.«

16

Annamaria Mazzotta stand am Hafen von Marina Grande, im Schatten der Kaimauer, und schaute mit leerem Blick den Leuten hinterher, die mit ihren Koffern über die Mole zogen.

»Es tut mir unendlich leid, was passiert ist«, sagte Cirillo.

»Ich kann nicht glauben, dass er tot sein soll«, flüsterte Annamaria Mazzotta. »Ich kann es einfach nicht glauben.«

»Wir wissen es nicht und müssen abwarten«, mahnte Cirillo und hoffte, dass sie dabei zuversichtlich klang und man ihr nicht anmerkte, dass sie in Wahrheit glaubte, dass es wohl nur eine Frage der Zeit war, bis die Leiche von Radovan Kurti irgendwo an der Küste von Capri angeschwemmt würde.

Eine Schiffssirene ertönte, und Leute mit Kindern rannten, von der *funicolare* kommend, zu den *aliscafi,* die zur Abfahrt nach Neapel, Ischia und Sorrent bereitlagen.

»Ich will nur noch nach Hause«, murmelte Annamaria Mazzotta. Ohne Cirillo anzugucken, rückte sie die Tasche auf ihrer Schulter zurecht, ging nach einem knappen »Auf Wiedersehen« zielstrebig los und verschwand in der Menge.

Vielleicht war es ihr schlechtes Gewissen, weil die Verfolgung von Radovan Kurti außer Kontrolle geraten war, aber Cirillo hatte kein gutes Gefühl bei der Vorstellung, ihre Zeugin allein auf das *aliscafo* gehen und die Heimfahrt nach Neapel antreten zu lassen.

»Warten Sie!«, rief sie.

Kurz vor der Gangway holte sie die Frau ein und erklärte, dass sie sie auf der Überfahrt begleiten wolle.

Als fühlte sie sich nicht angesprochen oder als würde sie Cirillo nicht kennen, reihte sie sich vor der Gangway in die Warteschlange der Passagiere ein, rückte Schritt für Schritt vor und präsentierte ihr Smartphone mit dem Ticket, das von einem der beiden Männer im geringelten T-Shirt gescannt wurde, während direkt hinter ihr Cirillo dem Mann ein Zeichen gab, respektvoll gegrüßt wurde und passieren durfte.

Die Kabine mit vielen Sitzreihen wurde – wie im Flugzeug – durch zwei Gänge in einen Mittelbereich und zwei Fensterbereiche geteilt. Fast alle Plätze waren besetzt. Wo noch etwas frei war, lagen übereinandergetürmt Taschen, Tüten und Jacken. Leute lachten, riefen einander in fremden Sprachen Kommentare zu und schoben Annamaria Mazzotta beiseite, um Koffer und Pakete in freie Fußräume zu zwängen.

»Kommen Sie«, sagte Cirillo und fasste die Frau sanft, aber bestimmt am Arm und dirigierte sie den Gang hinunter.

Die Jugendlichen, die in der letzten Reihe gemütlich die Füße hochgelegt hatten, guckten überrascht, als Cirillo sie freundlich aufforderte, die drei Plätze in der Fensterreihe frei zu machen, und zwar bitte sofort. Wortlos standen sie auf, nahmen ihre Sachen und verschwanden, nicht ohne Annamaria Mazzotta ein mitfühlendes Lächeln zu schenken.

Cirillo überließ der Frau den Fensterplatz und nahm selbst den Sitz am Gang, während der Steward die Kabinentür schloss, die Motoren zu dröhnen begannen und das Ablegemanöver begann. Der Mittelplatz war frei und gab Annamaria hoffentlich das Gefühl, Raum für sich zu haben, während Cirillo auf dem Gangplatz die Kontrolle behielt.

Hinter den Fenstern trübte eine Dieselwolke den Blick auf Yachten, Segelboote und Häuser, die wie Klötze aneinandergereiht am Hang klebten. Die Mole entfernte sich, die korinthische Säule an der Hafenausfahrt zog vorbei, und der Himmel wurde wieder blau.

Annamaria Mazzotta saß vornübergebeugt, starrte auf den Vordersitz und das Gepäcknetz, in dem ein zusammengeknautschter Pappbecher steckte, und schien leise vor sich hin zu flüstern. Cirillo konnte kaum ein Wort verstehen, aber sie glaubte zu hören, dass es immer wieder derselbe Satz war.

Cirillo lehnte sich über den freien Sitz. »Ist alles in Ordnung?«, fragte sie gedämpft. »Brauchen Sie etwas?«

»Ich bin schuld«, flüsterte Annamaria, ohne den Blick vom Pappbecher zu nehmen. »Ich bin schuld.«

»So etwas dürfen Sie nicht einmal denken«, sagte Cirillo eindringlich und legte, ohne die Frau zu berühren, eine Hand auf ihre Armlehne. »Sie sind an überhaupt nichts schuld.«

»Ich hätte nicht bei der Polizei anrufen dürfen. Aber ich habe es getan. Ich habe ihn verraten.«

»Sie haben alles richtig gemacht.« Cirillo sprach ruhig und bestimmt. »Sie sind eine mutige Frau. Und was passiert

ist, ist eine Verkettung von vielen unglücklichen Umständen.«

»Verkettung von vielen unglücklichen Umständen?« Annamaria drehte ihren Kopf zur Seite und schaute Cirillo
feindselig an.

»So ist es«, bestätigte Cirillo.

»Finden Sie nicht, dass Sie es sich ein bisschen zu einfach machen?«, rief Annamaria laut. »Sie und Ihr sauberer
Kollege waren es doch, die Rado in den Tod gehetzt haben.«

Die Leute in den umliegenden Reihen drehten ihre Köpfe
und tuschelten.

»Beruhigen Sie sich«, bat Cirillo. »Wir haben uns ihm
genähert, und er hat uns angegriffen und lief sofort weg.
Wir konnten nichts anderes tun, als ihm zu folgen.«

Annamaria Mazzotta wandte sich wortlos ab und schaute zum Fenster hinaus aufs Meer, wo ein kleines Motor-
boot von den Bugwellen erfasst und in die Höhe gehoben
wurde.

»Noch einmal«, begann Cirillo, »und es ist wichtig, dass
Sie es verstehen. Sie persönlich haben alles richtig gemacht.
Sie trifft keine Schuld.«

»Ich brauche Luft!«, brach es aus der Frau heraus, und
sie stand so plötzlich auf, dass Cirillo sich gerade noch
erheben und Platz machen konnte, sonst wäre Annamaria
wohl über sie rübergeklettert.

Sie stürzte zur Eisentür, riss sie auf, als wäre sie aus
Pappe, und verschwand hinaus aufs Deck.

Cirillo folgte ihr. Auf dem Oberdeck standen nur wenige Menschen im kühlen Fahrtwind. Annamaria Mazzotta

beugte sich über die Reling und schien – von den übrigen Passagieren unbemerkt – einen stummen Schrei auszustoßen. Cirillo zögerte, trat schließlich zu ihr und legte ihr vorsichtig einen Arm um die Schulter.

Als hätte sie mit der Berührung eine Schleuse geöffnet, begann Annamaria zu schluchzen. Ihre Schultern bewegten sich auf und nieder, sie bebte am ganzen Körper, lehnte sich schluchzend an Cirillo und ließ sich von ihr festhalten.

»Sie haben nichts falsch gemacht«, wiederholte Cirillo, während die Sonne hinter den Wolken verschwand und das Meer sich von einem Moment auf den anderen in ein dunkles, undefinierbares Grau verwandelte. Erst als die Farben wieder zurückkamen, Wasser und Himmel wieder strahlten, hatte Annamaria sich so weit beruhigt, dass Cirillo sie losließ.

Schweigend standen sie nebeneinander und betrachteten die Felsen der Sorrentiner Halbinsel, die im Licht der Abendsonne roséfarben schimmerten.

Den Blick starr aufs Wasser gerichtet, sagte Annamaria: »Vielleicht ist es gut, dass Rado nicht mehr lebt.«

»Wie kommen Sie darauf?«, fragte Cirillo verblüfft.

»Weil er sonst vielleicht noch mehr Unheil angerichtet hätte.«

»Unheil?«, fragte Cirillo. »Welches Unheil?«

»Auch wenn er mit mir meistens sehr liebevoll war, wusste ich nicht immer, was in ihm vorging.« Annamaria umklammerte die Eisenstange. »Dann hatte er etwas Unheimliches. Ich weiß nicht, wie ich es anders beschreiben soll. Da war etwas Dunkles, irgendwelche Abgründe.«

Annamaria beobachtete die Bugwellen, die einen v-förmigen schaumigen Teppich bildeten, der an seinen Enden ausfranste, als leise das Klingeln eines Telefons zu hören war.

Annamaria öffnete ihre Tasche, kramte darin und entfernte sich. Cirillo behielt sie im Blick.

Die Frau starrte auf den Apparat in ihrer Hand, als hätte sie ein solches Gerät noch nie zuvor gesehen und schien nicht zu wissen, was sie tun sollte, während die Klingelmelodie immer lauter wurde. Hilfesuchend schaute sie zu Cirillo herüber und hob das Telefon hoch. »Ich kenne ihn nicht«, rief sie.

Cirillo ging zu ihr und wiederholte: »Sie kennen ihn nicht?«

»Den Anrufer. Die Nummer.« Das Klingeln verstummte. Annamaria Mazzotta machte plötzlich eine wütende Bewegung mit dem Arm, als wollte sie das Gerät in hohem Bogen von sich weg ins Wasser schleudern. »Ich verstehe das nicht«, schrie sie. »Lasst mich doch alle in Ruhe!«

»Wären Sie bereit, die Nummer zurückzurufen?« Ohne eine Antwort abzuwarten, nahm Cirillo den Apparat an sich und ging damit in eine windstille Ecke.

Annamaria folgte ihr und starrte auf das Telefon in Cirillos Hand. Sie wirkte unentschieden.

»Wenn Sie einverstanden sind, höre ich mit«, sagte Cirillo. »Ihnen wird nichts passieren.« Sie drückte auf den Rückruf-Button und stellte den Lautsprecher an.

Das Freizeichen ertönte. Dann meldete sich am anderen Ende eine weibliche Stimme: »Ja, bitte?«

Cirillo bedeutete Annamaria Mazzotta mit einem Nicken, etwas zu sagen.

»Hallo?«, rief die unbekannte Stimme noch einmal. »Wer ist da?«

Statt zu antworten, ballte Annamaria Mazzotta ihre Hand zur Faust, presste sie vor den Mund und schaute mit weit aufgerissenen Augen auf das Display.

»Buonasera«, grüßte Cirillo. »Das ist der Apparat von Annamaria Mazzotta. Mit wem spreche ich?«

»Wie bitte?«

Im Hintergrund glaubte Cirillo Stimmen zu hören und Autos, die hupten.

»Ah!«, kam es aus dem Lautsprecher. »Ich glaube, jetzt verstehe ich«, rief die Frau am anderen Ende. »Sie wollen den Mann sprechen, der Sie eben angerufen hat. Richtig? Das war nicht ich. Er hat sein Telefon verloren. Warten Sie.«

»Ist er noch in Ihrer Nähe?«, fragte Cirillo.

Im Hintergrund war ein Stimmengewirr zu hören, ein Kind, das schrie, und jemand lachte.

»Scusi!«, rief die fremde Stimme am anderen Ende, und es war zu hören, dass sie nicht ins Telefon sprach. »Signore! Scusi! Ein Anruf! Ja, für Sie!«

Annamaria und Cirillo starrten beide wie gebannt auf das Telefon, aus dem jetzt eine Männerstimme kam, die atemlos klang. »Annamaria? Hallo? – Danke, Signora! – Hörst du mich? Du glaubst nicht, was mir passiert ist. Annamaria? Bist du dran?«

Sie machte eine Miene, als würde eine Stimme aus dem Jenseits zu ihr sprechen. Endlich nahm sie das Telefon, das Cirillo ihr hinhielt, und sagte zögernd: »Rado? Bist du es? Rado? Du lebst?«

Aus dem Telefon kam keine Antwort. Nur das Stampfen

der Maschinen um sie herum war zu hören und das dumpfe Klappen einer Tür.

»Ob ich lebe?«, meldete sich der Mann am anderen Ende ungläubig. »Warum sollte ich nicht leben?« Er lachte auf, aber es klang nicht fröhlich. »Ich verstehe«, rief er höhnisch. »Jetzt wird mir alles klar. Du hast mir die Polizei auf den Hals gehetzt, stimmt's?«

»Rado, bitte verzeih mir«, flüsterte Annamaria mit tränenerstickter Stimme. »Ich weiß nicht, was in mich gefahren ist. Ich war so durcheinander –«

»Du Schlampe!«, unterbrach Radovan Kurti mit schneidender Stimme. »Das wirst du bereuen.«

»Wo sind Sie?«, schaltete Cirillo sich ins Gespräch ein und nahm das Telefon an sich.

»Hallo?« Die fremde Frau war wieder am Apparat. »Ich lege jetzt auf.«

»Warten Sie bitte!«, rief Cirillo. »Sie sprechen mit der Polizei. Bitte sagen Sie uns, wo Sie sind.«

»Wo ich bin? Keine Ahnung. Ich weiß nicht, wie die Straße heißt. Was ist das hier?«

»Sind Sie auf Capri oder in Neapel?«

»Wie bitte?«

»Ob Sie auf Capri sind!«

»Auf Capri? Ich hasse Capri! Wer sind Sie?«

»Wo ist der Mann, mit dem wir eben gesprochen haben?«

»Ich kenne ihn nicht. Ich habe ihm nur mein Telefon geborgt. Weil er mich darum gebeten hat. Und jetzt lege ich auf.«

Die Verbindung brach ab. Cirillo fluchte leise, und Annamaria Mazzotta murmelte erschüttert: »Rado lebt!«

Cirillo probierte es noch einmal, aber der Teilnehmer war nicht erreichbar, das Telefon abgestellt.

Das *aliscafo* passierte das Denkmal von San Gennaro, dem Schutzheiligen der Seefahrer, und Männer, die auf Hockern an der Mole saßen und angelten. In der Ferne waren die Kräne des Containerhafens zu sehen und das Bankenviertel mit silbernen Wolkenkratzerfassaden, in denen sich der Himmel spiegelte. Cirillo holte ihr Notizbuch hervor, schrieb die Nummer des eingegangenen Anrufs vom Display ab, gab Annamaria den Apparat zurück und scrollte auf ihrem eigenen Smartphone durch die Telefonliste.

Als Teresa sich am Polizeiposten meldete, schilderte Cirillo in knappen Worten die Situation: dass der tot geglaubte und tatverdächtige Radovan Kurti sich telefonisch und höchst lebendig bei der Zeugin Annamaria Mazzotta gemeldet und ihr gedroht habe.

»Hör zu«, fuhr Cirillo fort. »Ich gebe dir jetzt eine Nummer, und du versuchst, den Standort des Teilnehmers herauszufinden. Am besten, du wendest dich bei der Questura in Neapel direkt an Commissario Serra oder seinen Mitarbeiter, Andrea Scotto. Mach ihnen klar, dass es eilt. Und informiere Rizzi. Ich kümmere mich so lange um Signora Mazzotta und lasse sie nicht aus den Augen.«

»Ich versuche es, aber ich kann dir nichts versprechen«, erwiderte Teresa und legte auf.

Es roch nach Hafen und Salzwasser, während das *aliscafo* das Wendemanöver begann, um am Kai von Molo Beverello anzulegen. Das Castello Nuovo schob sich ins Bild, dann ein Kreuzfahrtschiff, das so hoch war, dass der Vesuv mit seinen beiden Höckern dahinter verschwand. Die Gangway wurde scheppernd bereitgestellt, und Cirillo auf dem Oberdeck ließ nervös ihren Blick über all die Menschen schweifen, die da unten am Kai mit Koffern, Rucksäcken und heulenden Kindern kreuz und quer durcheinanderliefen und ein unübersichtliches Getümmel ergaben.

Die Hintergrundgeräusche bei dem Gespräch mit Radovan Kurti gaben es nicht hundertprozentig her, aber es war aus Cirillos Sicht nicht auszuschließen, dass Radovan Kurti sich hier in der Stadt aufhielt.

»Sehen Sie ihn?«, fragte Cirillo in möglichst beiläufigem Ton, der hoffentlich nichts von ihrer Nervosität und Anspannung durchscheinen ließ, während die ersten Reisenden von Bord gingen und ihre Koffer über die Gangway an Land zogen.

Annamaria schob sich ihre Sonnenbrille in die Stirn. »Sie meinen: Rado?«, fragte sie und klang so überrascht, als wäre sie selbst noch gar nicht auf den Gedanken gekommen. »Sie meinen, er ist hier in Neapel?« Prompt glaubte Cirillo, in ihrer Stimme ein Zittern zu hören.

»Es besteht die Möglichkeit, auch wenn es nicht sehr wahrscheinlich ist«, versuchte Cirillo zu relativieren und kontrollierte den Nachrichteneingang auf ihrem Telefon. »Ich will gegen alles gewappnet sein.«

Für eine Rückmeldung von Teresa oder den Beamtenkollegen in der Questura in Neapel war es zu früh – natürlich. Aber je länger die Ortung des Handys dauerte, umso weniger Sinn ergab die Aktion. Radovan Kurti war dann längst über alle Berge.

Cirillo überlegte, selbst in der Questura anzurufen, als

sie spürte, wie Annamaria neben ihr an der Reling sich erst kerzengerade aufrichtete – und dann erstarrte.

Cirillo folgte ihrem Blick und schaute an den Drängelgittern entlang über Reisende und Matrosen und eine Espressobar hinweg, bis sie einen glatzköpfigen Mann entdeckte, der klein und kräftig war, mitten im Getümmel stand und zu ihnen aufs *aliscafo* und das Oberdeck zu gucken schien.

»Ist er das?«, fragte Cirillo.

Annamaria schüttelte den Kopf. »Nein«, sagte sie. »Ich dachte es zuerst. Aber ich habe mich geirrt. Das ist nicht Rado.«

»Sind Sie sicher?«

Annamaria nickte so entschieden, dass Cirillo die Aussage nun erst recht anzweifelte. Sie selbst konnte es auf die Entfernung nicht einschätzen. Dafür hatte sie den Mann auf seiner Flucht durch den Olivenhain und unten in der Cala di Mezzo zu undeutlich gesehen. Und um ihn mit dem Foto zu vergleichen, das Annamaria ihr oben auf dem Monte Solaro gezeigt hatte, war er zu weit weg.

»Bitte beeilen Sie sich, Signore!«, rief der Steward an der Gangway und schaute zu ihnen herauf. Er wedelte ungeduldig mit der Hand.

Cirillo spürte, wie sie plötzlich wütend wurde. Nicht auf den Steward, der tat nur seine Arbeit. Sondern auf die Faulpelze und Sesselfurzer in der Questura. War denn schon die Ortung eines Handys zu viel verlangt? Es ging schließlich darum, eine Zeugin zu schützen, die es gewagt hatte, gegen einen mutmaßlichen Mörder auszusagen, einen möglicherweise schwer traumatisierten Mann, der nachweislich unberechenbar war und in blinder Wut eine Spitzhacke nach zwei Polizeibeamten geworfen hatte, und nicht nur das!

Cirillo packte Annamaria am Arm und sagte: »Ich weiß, was wir jetzt tun. Kommen Sie.«

17

Der Pförtner hinter der Glasscheibe schaltete die Gegensprechanlage an. Cirillo grüßte, zeigte ihren Dienstausweis und erklärte, dass sie mit Commissario Serra sprechen müsse – und zwar möglichst schnell.

Es knisterte im Lautsprecher, als der Pförtner desinteressiert ins Mikrofon nuschelte: »Ich glaube nicht, dass der Commissario noch im Hause ist.« Mit diesen Worten wandte er sich zur Seite, wo neben einem Rätselheft ein Tablet lag.

Als Cirillo schon befürchtete, der Fall sei für ihn damit erledigt, begann er, auf dem Telefonapparat eine Tastenkombination zu drücken. Mit dem Hörer am Ohr kratzte er sich am Hinterkopf, sagte etwas, legte auf und bestätigte über die Sprechanlage, dass er mit seiner Vermutung richtig gelegen hatte: der Commissario sei außer Haus und komme heute auch nicht mehr herein.

Annamaria schaute verstohlen auf ihre Uhr, und Cirillo bat den Pförtner, es beim Mitarbeiter Andrea Scotto zu versuchen.

Die Prozedur hinter der Scheibe wiederholte sich, und Annamaria sagte leise: »Ich weiß wirklich nicht, was das bringen soll, Agente.«

Bevor Cirillo etwas entgegnen konnte, ertönte ein Summer. Sie durften passieren und gingen durch die Sperre, ohne dass ihre Taschen kontrolliert wurden.

Der Aufzug in der hohen Halle war wie immer außer Betrieb, sodass Cirillo und Annamaria die ausladende, breite Treppe nehmen mussten.

»Es geht darum«, sagte Cirillo, »dass wir kein Risiko eingehen. Es ist alles zu Ihrer eigenen Sicherheit.«

Die Leute, die ihnen entgegenkamen, trugen größtenteils Zivil, grüßten freundlich, und Cirillo fühlte sich mit jeder Stufe, die sie erklomm, an ihr früheres Leben in Bergamo erinnert, als sie noch als kleines Rädchen im Getriebe mit Kolleginnen und Kollegen an Lösungen arbeitete und dabei alle Mittel zur Verfügung hatte – was nicht unbedingt sofort zum Erfolg führte, aber meistens dann doch, wenn man einen langen Atem hatte und alle an einem Strang zogen.

Im dritten Stockwerk blieb Cirillo stehen. Stimmen hallten, Türen klappten, und eine sportliche junge Frau mit einem Schnellhefter unter dem Arm zeigte ihnen die Richtung: »Zimmer dreihundertzwei.«

»Danke.« Cirillo erinnerte sich jetzt wieder.

Sie klopfte und öffnete, noch bevor ein knappes »Herein« ertönte.

Scotto saß bequem zurückgelehnt im Sessel hinter dem Schreibtisch. Über dem weißen Hemd trug er einen Pistolengürtel, was ihm zwischen den alten Regalen, einer Büropflanze und einem roten Spielzeug-Ferrari auf dem Aktenschrank eine Aura verlieh, als ob er gerade von einem lebensgefährlichen Einsatz kommen oder gleich dahin aufbrechen würde.

Den Telefonhörer zwischen Ohr und Schulter geklemmt,

nickte er Cirillo zu und sagte im Befehlston: »Jetzt hören Sie mir mal gut zu, Kollege. Sie machen es genau so, wie ich es sage. Schritt für Schritt.« Er hieb zweimal mit der Faust in die Luft wie auf einen unsichtbaren Tisch. »Das wollte ich hören«, sagte er und verdrehte die Augen. »Also, Sie wissen, was zu tun ist. Melden Sie sich, sobald Sie etwas Neues haben.« Er knallte den Hörer in die Station, rückte ihn dann darauf zurecht und schaute mit finster zusammengezogenen Brauen auf den Stadtplan an der Wand, als würde er noch etwas Wichtiges bedenken.

Im nächsten Moment hob er das Kinn und sagte in einem Ton, als käme an diesem verhexten Tag wirklich eines zum anderen und das noch obendrauf: »Agente Cirillo.« Er lächelte müde. »Was führt Sie zu mir?«

»Die Sache eilt.« Cirillo rückte den zweiten Stuhl zurecht, setzte sich und sagte, während sie Annamaria mit knapper Geste zu verstehen gab, das Gleiche zu tun: »Wir müssen eine Fahndung rausgeben.«

»Eine Fahndung rausgeben«, wiederholte Scotto und lehnte sich ruckartig zurück. »Sonst noch etwas?«

»Sie wissen, dass Commissario Serra uns heute Morgen mehrere Ermittlungsaufträge erteilt hat«, begann Cirillo, »einen davon auf dem Monte Solaro. Signora Mazzotta« – sie zeigte auf Annamaria, die sich verlegen eine Strähne aus dem Gesicht strich – »hat uns dabei auf die Spur eines gewissen Radovan Kurti gebracht, ein Erntehelfer im Olivenhain an der Via Pino.«

Während sie berichtete, dass der Mann nach der Trennung von Annamaria Mazzotta eine krankhafte Eifersucht auf Alessandro entwickelt habe und daher im Verdacht stand, ihn erschossen zu haben, taxierte Scotto die fremde Frau an Cirillos Seite. Starrte auf die Bluse, als würde er die Anzahl der roten Punkte darauf zählen. Wanderte an ihren runden Hüften und Schenkeln entlang zurück zu ihrem Busen, wobei sich seine Augen zu schmalen Sehschlitzen verengten.

»Die Zeit drängt«, sagte Cirillo. »Radovan Kurti hat sich unserer Befragung gewaltsam entzogen, ist geflüchtet und bedroht nun unsere Zeugin.« Sie wandte sich an Annamaria. »Bitte zeigen Sie ihm das Foto.«

Die Frau holte hastig ihr Telefon hervor und wischte nervös über das Display, während Scotto interessiert auf seinem Stuhl nach vorne an die Tischkante rollte.

Cirillo hielt ihm das Selfie mit Radovan Kurti unter die Nase und erklärte: »Es kann gut sein, dass der Mann sich zurzeit in Neapel aufhält oder auf dem Weg hierher ist.« Sie legte den Apparat auf den Tisch. »Auf unsere Anfrage, die Nummer zu lokalisieren, von der aus der Verdächtige unsere Zeugin kontaktiert und massiv bedroht hat, haben Sie nicht reagiert. Und jetzt ist es zu spät.« Cirillo machte eine bedeutungsvolle Kunstpause, bevor sie fortfuhr: »Fakt ist: Radovan Kurti kennt den Wohnort von Signora Mazzotta. Er weiß, wo sie arbeitet, und seit unserer Begegnung im Olivenhain schätze ich ihn als hoch gefährlich ein.«

»Können wir unter vier Augen reden?«, fragte Scotto.

»Natürlich«, erwiderte Cirillo überrascht – und wandte sich an Annamaria, die keine Anstalten machte aufzustehen: »Würde es Ihnen etwas ausmachen, draußen zu warten?«

Als hätte die Frau erst jetzt verstanden, erhob sie sich.

»Kein Problem«, sagte sie hastig und nahm ihr Telefon vom Tisch.

Scotto wartete, bis die Tür hinter ihr zufiel. Dann sagte er: »Sie wollen also, dass wir eine Fahndung herausgeben. In Ordnung. Und was wollen Sie noch? Vielleicht Zeugenschutzprogramm?«

Cirillo beschloss, die Ironie in seiner Stimme zu überhören und das Herablassende in seinem Lächeln zu übersehen. »In der Tat schwebt mir so etwas Ähnliches vor«, sagte sie und taxierte Scotto, wie er vorhin Annamaria taxiert hatte, betrachtete seinen sorgfältig gestutzten Backenbart, sein Hemd, das etwas zu eng war und über seinen Brustmuskeln spannte, und die hochgekrempelten Ärmel, die bis zur Naht von seinem Bizeps ausgefüllt wurden.

»Wäre es machbar«, fragte sie und schlug dabei bescheiden die Augen nieder, »für Signora Mazzotta Personenschutz zu organisieren? Wenigstens für ein, zwei Tage?«

»Wie viele Leute brauchen Sie denn?«, fragte Scotto, während er sich breitbeinig zurücksetzte. »Einen Beamten an ihrem Wohnort, einen am Arbeitsplatz und vielleicht noch einen, der ihr unterwegs das Händchen hält?« Er beugte sich vor. »Agente Cirillo, wo leben Sie eigentlich? Wir sind hier weder auf Capri noch im Wolkenkuckucksheim. Und überhaupt: Sie können hier nicht einfach hereinplatzen und mir mit Ihren Wunschvorstellungen meine wertvolle Zeit stehlen.«

»Unsere Zeugin hat für ihre Aussage viel riskiert«, unterbrach Cirillo. »Sie befindet sich, nach meiner Einschätzung, in akuter Gefahr. Wenn wir sie jetzt alleinlassen, ist sie diesem Verrückten schutzlos ausgeliefert.«

»Ist das etwa mein Problem?« Scotto verschränkte die Hände am Hinterkopf. Dabei rutschte ihm das Hemd aus der Hose und ließ ein kleines Stück von seinem behaarten Bauch erkennen.

»Radovan Kurti hat sie am Telefon bedroht.«

»Was hat er denn gesagt?«

»Wortwörtlich« – Cirillo schlug ihr Notizbuch auf –, *»Du hast mir die Polizei auf den Hals gehetzt, du Schlampe, das wirst du bereuen.«*

Scotto strich sich nachdenklich über seinen Backenbart. »Für mich hört es sich an wie eine normale Streiterei zwischen Ex-Partnern.«

»Er ist wütend und zu allem entschlossen.« Cirillo knallte ihr Notizbuch auf den Tisch.

Scotto erhob sich, ging zum Fenster und starrte in den dunklen Lichthof, in dem Tauben gurrten. »Was glauben Sie, was hier los ist, wenn wir jedem, der eine Beziehungskrise hat, Polizeischutz geben?«

»Radovan Kurti steht im Verdacht, einen Menschen getötet zu haben«, erwiderte Cirillo gereizt. »Fakt ist – und das wissen Sie genau, es steht in unserem Rapport –, dass er meinen Kollegen und mich tätlich angegriffen hat, bevor er vor uns geflohen ist. Und jetzt macht er unsere Zeugin dafür verantwortlich, dass wir ihm auf die Spur gekommen sind – was uns, verdammt noch mal, verpflichtet, Signora Mazzotta vor diesem Mann zu schützen.«

»Sagten Sie gerade: uns?« Scotto drehte sich zu Cirillo herum.

»Sie und mich. Jawohl.« Cirillo war wütend und angewidert von Scottos belehrendem und höhnischem Ton und witterte, dass er – bewusst oder unbewusst – mit einem Mann solidarisch war, der von seiner Frau abserviert worden war. Die Gefahr, die von einem solchen Kerl ausging, ignorierte er oder nahm sie jedenfalls nicht ernst. Cirillo klopfte energisch mit dem Finger auf dem Tisch. »Wenn unserer Zeugin etwas zustößt, wird man uns Fahrlässigkeit vorwerfen«, prophezeite sie. »Weil wir Bescheid wussten und trotzdem nicht handelten.«

Mit Genugtuung registrierte sie, dass in seinen Augen für Sekunden ein neuer Gedanke aufflackerte. Es war vielleicht keine Angst, aber immerhin ein kleiner Schreck, verbunden mit der Ahnung, dass sie recht haben könnte.

Sie beschloss, ihm Zeit zu geben, damit er einlenken konnte, ohne sein Gesicht zu verlieren, klappte ihr Notizbuch zu und fragte versöhnlich: »Gibt es schon Erkenntnisse zur Identität des Toten?«

Scotto ging zum Computer, bewegte die Maus, und der Bildschirmschoner – ebenfalls ein Ferrari, aber gelb – verschwand. »Das Mordopfer heißt Alessandro Nardi«, sagte er. »Er war zuletzt in Bassano del Grappa gemeldet.«

»Und das erfahren wir nebenbei? Haben Sie seine Ausweise und das Handy gefunden?«

»So ist es. Unsere Leute sind unter dem Sessellift fündig geworden. Da lag sein Handy, und in der Hülle steckten Personalausweis und Kreditkarten. Die Daten auf dem Telefon werden zurzeit ausgewertet.« Scotto scrollte, ohne sich dabei hinzusetzen. Auf dem Gang draußen klappten Türen, und Stimmen waren zu hören. »Das hier wird Sie interessieren«, sagte er. »Der Eintrittswinkel der Kugel beträgt weniger als fünfundvierzig Grad. Das heißt –«

»Dass der Schuss vom Hang, nicht weit entfernt von der Seilbahn, abgegeben wurde«, stellte Cirillo fest.

»Genau so ist es.«

»Um welche Waffe handelt es sich?«

»Um ein Gewehr. Neueres Modell.«

»Haben Sie sonst noch Informationen, die wichtig sind?«

»Nein.« Scotto stopfte verärgert sein Hemd in die Hose. »Alle Ermittlungsergebnisse gehen gebündelt an Ispettore Lombardi. Ich bin Ihnen keine Rechenschaft schuldig.« Er nahm wieder auf seinem Sessel Platz und verschränkte unzufrieden die Arme vor der Brust. »Ich weiß, ihr auf Capri denkt, wir haben hier nichts zu tun und drehen den ganzen Tag nur Däumchen.« Er schaute Cirillo feindselig an. »Aber wenn ihr da drüben nicht imstande seid, korrekt eure Arbeit zu machen und die Sache einfach so im Vorbeigehen verpatzt, kann ich den Karren nicht für euch aus dem Dreck ziehen. Selbst wenn ich wollte. Tut mir leid.« Er hob beide Hände. »Ich kann Ihnen nicht weiterhelfen.«

»Ist das Ihr letztes Wort?«, fragte Cirillo.

Scotto schaukelte auf seinem Sessel hin und her und schaute zum Fenster. »Vorerst.«

Cirillo steckte wortlos ihr Notizbuch ein, stand auf und ging zur Tür.

»Sind Sie jetzt beleidigt?«, rief er ihr hinterher.

Cirillo blieb stehen, überlegte – und drehte sich noch einmal um. »Sie hatten doch mal vorgeschlagen, dass wir zusammen einen Kaffee trinken könnten. Das wäre heute vielleicht möglich gewesen.«

»Heute Abend?« Scotto schnellte überrascht nach vorne. »Wir könnten ein Glas Wein trinken«, sagte er. »Und zusammen einen Happen essen. Ich kenne ein sehr gutes Restaurant im Spagnoli-Viertel.«

Cirillo verzog bedauernd das Gesicht. »Ich habe leider keine Zeit.«

»Warum?« Scotto schaute verwirrt auf seine Uhr. »Das *aliscafo* nach Capri kriegen Sie jetzt sowieso nicht mehr.«

»Ich habe einen Einsatz verpatzt, wie Sie ganz richtig gesagt haben, und noch einen Job zu erledigen.« Ohne sich noch einmal umzudrehen, verließ sie das Büro und zog die Tür sachte hinter sich zu.

Annamaria Mazzotta lief Slalom um die Motorräder, die unter den Platanen vor der Questura parkten, überquerte, ohne nach rechts und links zu gucken, die Via Armando Diaz und legte dabei ein Tempo vor, dass Cirillo kaum hinterherkam.

»Warten Sie bitte!«, rief Cirillo, während sie der Frau entlang der Baustelle auf dem Fußgängerweg folgte, der mit wackligen Barrieren gegen den lauten und chaotischen Verkehr abgegrenzt worden war. Motorräder, PKW und Lieferwagen machten auf der kaputten, notdürftig mit Asphalt geflickten Via Montreoliveto einen solchen Krach, dass Annamaria Cirillos Rufe nicht hören konnte – oder wollte.

Erst auf der Via Toledo konnten sie nebeneinanderher gehen, und Cirillo erklärte, noch etwas außer Atem, dass sie sich bisher eigentlich immer als Großstadtmenschen bezeichnet habe, aber seit sie auf Capri lebe, sei sie die Stadt und einen solchen Lärm einfach nicht mehr gewohnt.

»Schön, wenn man es sich aussuchen kann«, bemerkte Annamaria und machte immer wieder Schritte zur Seite, um Passanten auszuweichen, die mit Einkaufstüten Schaufenster anguckten oder am Stand des Schuhputzers warteten.

Cirillo beschloss, sich von Annamarias abweisendem Verhalten nicht beirren zu lassen, und berichtete, sie habe hier irgendwo einmal mit ihrem Kollegen die besten Arancini ihres Lebens gegessen. Wenn sie sich richtig erinnere, sei die Rosticceria eigentlich nur ein kleines Verkaufsfenster irgendwo in der Nähe der Piazza Dante gewesen.

Solche Rosticcerie gebe es an jeder zweiten Ecke, murrte Annamaria, und Arancini seien in Neapel prinzipiell sehr gut – vorausgesetzt, man mochte dieses fettige, schwere Essen.

»Wir können auch irgendwo anders hingehen«, schlug Cirillo vor. »Oder haben Sie keinen Hunger?«

Abrupt blieb Annamaria stehen, nahm ihre Sonnenbrille ab und sagte: »Was wollen Sie eigentlich?«

In der Nähe waren ein Saxofon und ein Kontrabass zu hören. Die Musiker standen in einer Einfahrt unter einem hohen Torbogen, der wie ein Verstärker funktionierte. »Ich möchte mich in Ruhe mit Ihnen unterhalten und sehen, wie es weitergeht«, erklärte Cirillo.

»Wie soll es schon weitergehen?« Annamaria zeigte ungeduldig in die Richtung, aus der sie gekommen waren. »Sie gehen jetzt am besten Ihrer Wege und ich meiner. Fertig.«

»Ich verstehe, dass Sie sauer sind, und ich gebe zu: Ich habe ein schlechtes Gewissen.« Cirillo nahm Annamaria am Arm und zog sie zur Seite, damit die Passanten nicht alle um sie herumgehen mussten. »Wenn wir es nicht vermasselt und Rado festgenommen hätten, wären wir jetzt nicht in dieser Lage. Aber es ist, wie es ist. Wir müssen nach vorne schauen und sehen, dass wir das Beste daraus machen.«

»Tun Sie, was Sie für richtig halten, aber lassen Sie mich dabei raus.«

»Das wird leider nicht möglich sein«, widersprach Cirillo, während sie wieder neben der Frau herging. »Wir haben ein massives Sicherheitsproblem, und ich werde dafür sorgen, dass Ihnen nichts zustößt, ob es Ihnen passt oder nicht.«

Annamaria schaute grimmig über Palmen, parkende Autos und Mülltonnen. »Ich kann mir vorstellen, dass Sie wegen Rado jetzt viel Ärger haben. Deshalb bin ich Ihnen zuliebe auch mit auf die Questura gegangen.« Sie lächelte müde. »Und was hat es gebracht?«

»Ich gebe zu: Personenschutz konnte ich nicht für Sie erwirken. Aber immerhin wird es eine Fahndung nach Rado geben.«

»Um mich müssen Sie sich keine übertriebenen Sorgen machen.« Annamaria setzte ihre Sonnenbrille auf. »Wenn Rado auftaucht, werde ich schon mit ihm fertig. Ich habe keine Angst.«

Cirillo folgte ihr zwischen hupenden Autos hindurch auf die andere Straßenseite. »Falls Rado bei Ihnen auftaucht, müssen Sie es uns sofort melden, er ist dringend verdächtig, Alessandro umgebracht zu haben, das haben Sie ja sogar selbst gesagt.«

»Ich hätte einfach meine Klappe halten sollen.« Annamaria bog in die Seitenstraße ab, die Vico Mastellone, wo Kinder zwischen parkenden Motorrädern und E-Bikes Fußball spielten und eine alte Frau sich einen Stuhl auf die

Straße gestellt hatte und häkelte. »Wie ich schon gesagt habe: Rado hat viel durchgemacht und Dinge erlebt, über die er nicht sprechen will – oder nicht kann. Deshalb reagiert er manchmal stärker als andere. Auch seine Eifersucht lässt sich so erklären.«

Ein Motorroller knatterte vorbei und hupte. Annamaria hob grüßend die Hand. Der Fahrer trug keinen Helm, hatte eine Zigarette im Mundwinkel und sah aus, als wäre er höchstens zwölf.

Cirillo trat einen Schritt zurück. »Warum nehmen Sie eigentlich plötzlich einen Mann in Schutz, der Sie als Schlampe beschimpft?«

Annamaria rückte trotzig ihre Tasche auf der Schulter zurecht. »Weil ich mich verrannt habe. Rado schlägt um sich, wenn er sich in die Enge gedrängt fühlt. Aber eigentlich ist er ein sehr lieber Mensch und tut keiner Fliege etwas zuleide.« Sie holte einen Schlüssel aus ihrer Tasche. »Mehr habe ich dazu nicht zu sagen.«

»Hier wohnen Sie?« Cirillo schaute überrascht auf das Straßenschild an der Ecke: Via Brombeis. »Wohnen Sie allein?«

»Meine Mutter ist zurzeit bei meiner Schwester in Caserta, kommt aber morgen Abend zurück, wenn Sie es genau wissen wollen.«

»Also sind Sie heute Nacht alleine?«

»So ist es, und ich bin froh, wenn ich endlich meine Ruhe habe.«

»In welchem Stock wohnen Sie?«

»Im zweiten.«

Cirillo schaute an der Fassade, an Kästen für Klimaanlagen und Satellitenschüsseln entlang nach oben in den zweiten Stock, wo ein schmaler Balkon mit leeren Wäscheleinen zu sehen war.

»Sie können jetzt gehen.« Annamaria zwang sich zu lächeln. »Vielen Dank. Auf Wiedersehen.«

»Bitte tun Sie mir einen Gefallen«, bat Cirillo, »und schicken Sie mir zwischendurch eine Nachricht, damit ich weiß, dass alles in Ordnung ist. Und wenn Ihnen etwas seltsam vorkommt, bin ich sofort da. Ich bin ganz in der Nähe.«

»Sie sind wirklich unglaublich.« Annamaria Mazzotta öffnete kopfschüttelnd die Tür. »Einen schönen Abend.« Sie verschwand im Hausflur. Ihre Gestalt wurde von der Dunkelheit geschluckt. Dann klappte die Tür zu.

»Wünsche ich Ihnen auch«, murmelte Cirillo und schaute die schmale Gasse hinunter, auf der kein einziger Mensch zu sehen war.

18

Rizzi lehnte am Küchenschrank und schaute zu, wie das Messer im schnellen Rhythmus auf das Schneidebrett niederging und Graziella eine Stange Lauch zerkleinerte. Die Pfanne auf dem Herd war so groß, dass Pancetta mit fein gehackter Zwiebel und Steinpilze mit Knoblauch getrennt voneinander vor sich hin brutzelten.

Graziella löschte Steinpilze und Pancetta mit Weißwein und sagte: »Ich kann es immer noch nicht glauben, dass wir hier bei der Olivenernte einen Mörder beschäftigt haben sollen. Wenn ich darüber nachdenke, bekomme ich jetzt noch weiche Knie.«

»Er hat den Sprung von den Klippen überlebt.« Rizzi ließ sein Smartphone in der Hosentasche verschwinden. »Das wissen wir inzwischen.«

»Er wird es doch nicht wagen, hier wieder aufzutauchen, oder?« Graziella trocknete sich mit gerunzelter Stirn die Hände an einem Geschirrtuch ab. »Und wenn«, sagte sie, »rufe ich dich sofort an.« Sie lächelte tapfer.

»Attenzione!« Claudia kam mit leeren Tellern von der Restaurantterrasse und der Treppe und hastete an Rizzi vorbei. »Eine Extraportion Spinaci für Tisch sieben!« Sie stellte scheppernd das benutzte Geschirr beim Waschbecken ab. »Und zweimal Spaghetti alla puttanesca.«

»Wir brauchen dringend alle Informationen zu Radovan Kurti«, fuhr Rizzi fort. »Geburtsdatum, Herkunft und vor allem seine Wohn- und Meldeadresse sowie seine sonstigen Kontaktdaten.«

»Dafür ist jetzt nicht der richtige Zeitpunkt, Erri.« Claudia durchquerte wie eine Lokomotive den Raum und holte vier Dessertschalen vom Regal. »Außerdem hat dir meine Schwester schon gesagt, dass wir keine Personalakten führen und zeitlich dazu auch gar nicht in der Lage wären.«

»Dreimal Tiramisu für Tisch eins!« Federico stellte weitere Teller auf der Spüle ab und schob die Essensreste in einen Müllsack. Besteck fiel klirrend zu Boden. Er bückte sich. Seinen grauen Pferdeschwanz hatte er zusammengerollt und am Hinterkopf befestigt, und auf seinem T-Shirt stand *Buongiorno*.

»Wir sind froh, wenn wir überhaupt jemanden kriegen.« Claudia pustete sich eine Strähne aus der Stirn und begann, quadratische Stücke aus dem Tiramisu herauszuschneiden. »Ohne Federico, zum Beispiel, wären wir heute Abend komplett aufgeschmissen.«

»Sie übertreibt mal wieder«, sagte Federico und langte nach dem Besteck, das aufgeschichtet, in Papierservietten gewickelt, im Regal hinter Rizzi lag.

Er machte einen Schritt zur Seite, während Federico das Besteck und einen Brotkorb aufs Tablett zum Tiramisu stellte und damit verschwand.

»Ich weiß, es geht euch auf die Nerven, aber ich sage es noch mal.« Rizzi schob das Brotmesser von der Tischkante weg. »Radovan Kurti ist auf der Flucht, und er ist gefährlich. Darum bitte ich euch: Denkt noch einmal in Ruhe nach, ob ihr nicht doch irgendwelche Informationen habt. Aussagen, die er gemacht hat, oder nebenbei irgendwelche Bemerkungen. Jede Kleinigkeit kann für uns total wertvoll sein.«

»Was Claudia sagt, stimmt leider. Bei den Erntehelfern führen wir überhaupt keine Liste mit Personalien.« Graziella streute Minzblätter über die Pilze. »Die Leute kommen, arbeiten, kriegen ihr Geld bar auf die Hand und verschwinden wieder. Manche von ihnen sehen wir im nächsten Jahr wieder, aber nur die wenigsten.« Sie wälzte den zerkleinerten Mangold in Semmelbröseln und formte daraus Kugeln, die sie in Eigelb tunkte und dann ins zischende Olivenöl legte. »Wie soll es auch sonst funktionieren?«, fragte sie. »Wenn wir die Saisonkräfte anmelden und all die Abgaben zahlen würden, wie der Staat es verlangt, wären wir längst pleite und könnten dichtmachen. Nicht nur das Restaurant, sondern überhaupt den ganzen Betrieb.« Sie hob einen der vier Einsätze aus dem großen Topf mit dem brodelnden Wasser, ließ ihn abtropfen und gab die Pasta in die Pfanne zu den Pilzen. »Ich weiß, dass du die Angelegenheit eigentlich zur Anzeige bringen musst.« Sie warf Rizzi einen Seitenblick zu. »Aber ich bitte dich trotzdem, es nicht zu tun.«

Rizzi winkte ab. »Wir haben im Moment wirklich andere Sorgen«, sagte er und nahm sich ein Stück Gurke. »Und danach denkt über diese Dinge kein Mensch mehr nach.«

»Danke, Erri.« Claudia sah aus, als hätte sie Tränen in den Augen, aber vielleicht waren es auch die Zwiebeln, oder es lag am Dunst in der Küche und an der Hitze. Sie wischte sich die Hände ab und tätschelte Rizzis Wange. »Du musst jetzt erst einmal etwas in den Magen kriegen«, mahnte sie, zupfte am Basilikum, garnierte zwei Teller und überreichte ihm die Pasta mit den Steinpilzen. »Abmarsch«, sagte sie mit einer Handbewegung. »Beeil dich. Gina hat Hunger.«

Als Rizzi aus dem Küchendunst zurück auf die Terrasse kam, wehte ein leichter Wind, der die Flammen der Kerzen auf den Tischen zum Flackern brachte. Es war ein milder Oktoberabend. Die Lichterkette über den Töpfen mit Salbei und Rosmarin schaukelte sanft und verströmte ein warmes Licht, das von Wein- und Wassergläsern auf den Tischen hundertfach reflektiert wurde. Ins halblaute Geplauder, Gelächter und Geklapper von Besteck und Geschirr mischte sich, wenn man die Ohren spitzte und in den dunklen Olivenhain hinunterhorchte, ein Rauschen – das Meer in der Ferne, das in seinem ewigen Rhythmus an die Felsen von Capris Küste schlug. Rizzi servierte die Pasta mit einer Hand auf dem Rücken, als wäre er ein Kellner, und Gina setzte sich gerade auf und schaute neugierig auf ihren dampfenden Teller.

Er schenkte Wein nach, nahm seine Serviette vom Stuhl und setzte sich. Als er anhob sich zu entschuldigen, weil seine Unterredung mit Graziella nun doch etwas länger gedauert hatte, begann die Tischkerze nervös zu flackern.

»Schon gut, Schatz«, unterbrach Gina und lächelte nachsichtig. »Aber jetzt ist Feierabend, oder?«

»Jetzt ist Feierabend«, beteuerte Rizzi.

Sie aßen, lobten das Aroma der Steinpilze, und Rizzi rief

sich ins Gedächtnis, worüber er mit Gina gesprochen hatte, bevor er in die Küche verschwunden und ihr eine Antwort schuldig geblieben war.

Es ging um ihre Kandidatur für den Gemeinderat und um sein Versprechen, sie dabei nach Kräften zu unterstützen. Die Vorstellung, dass sie die Truppe im Rathaus – allen voran Alessio, der Bürgermeister und Apotheker – mal etwas aufmischte und vielleicht dafür sorgte, dass sie es sich weniger gemütlich machten, gefiel Rizzi, und er war überzeugt, dass Gina genau die Richtige für diesen Job war. Sie war unabhängig, schuldete niemandem etwas, und auf den Mund gefallen war sie auch nicht. Andererseits wäre ihr Mandat für vier lange Jahre. Vier Jahre Versammlungen, abendliche Sitzungen und vermutlich ständig irgendwelche öffentlichen Auftritte.

Was Rizzi keine Ruhe ließ und wofür er nach den richtigen Worten suchte, damit Gina nicht gleich an die Decke ging, war die Frage nach ihrer Zukunftsplanung. Wo würden sie als Paar nach vier Jahren stehen, und was wäre mit ihrer Familie? Wann würden sie zusammen ein Kind bekommen? Oder anders ausgedrückt: Wie lange sollte er noch warten?

»Ich habe nachgedacht«, begann Rizzi – und nickte lächelnd, als Federico im Vorbeigehen den leeren Brotkorb mitnahm. Er drehte bedeutsam an seinem Weinglas, als Gina ihm plötzlich eine Hand auf den Arm legte und mit gedämpfter Stimme sagte: »Da hinten sitzt ein Typ und starrt die ganze Zeit herüber.«

Rizzi schaute über seine Schulter. Der Mann hatte gelockte, kastanienbraune Haare und zog im Moment, als ihre

Blicke sich trafen, prüfend seine Augenbrauen zusammen, wie Rizzi es von seiner Kollegin Antonia Cirillo kannte.

»Oscar?«, rief Rizzi über die Terrasse. »Was tust du denn hier?«

Oscar breitete fragend seine Arme aus. »Ich bin mit meiner Mamma verabredet«, sagte er. »Weißt du, wo sie steckt?«

»Komm zu uns. Setz dich.« Rizzi rückte ihm einen Stuhl zurecht und machte ihn mit Gina bekannt. »Deine Mutter ist auf einem Einsatz in Neapel«, erklärte er, als Oscar Platz nahm. »Hat sie dir das gar nicht gesagt?«

Er schüttelte wortlos den Kopf.

»Es hat sich alles ganz kurzfristig ergeben.« Rizzi winkte und machte Claudia ein Zeichen. »Sie hatte gar keine Zeit, dir Bescheid zu geben.«

Er bestellte für Oscar eine Portion Bucatini mit Steinpilzen und Tiramisu für alle, während Federico frisches Brot für Oscar brachte und das Besteck bereitlegte. Als Claudia mit der Bestellung wieder gegangen war, fuhr Rizzi fort: »Wahrscheinlich ist deine Mutter noch auf der Questura und schlägt sich mit den Betonköpfen dort herum.«

»Statt mich kurz anzurufen und einfach mal Bescheid zu sagen«, ergänzte Oscar.

»Ich verstehe, dass du sauer bist, und will sie auch gar nicht verteidigen«, sagte Rizzi. »Aber die Sache war wirklich dringend und der Einsatz wichtig.«

»Du kannst ihm glauben«, wandte sich Gina an Oscar. »Und so etwas wie Feierabend oder mal Abschalten kennt Enrico genauso wenig wie anscheinend deine Mutter.« Sie lehnte sich mit dem Weinglas in der Hand zurück und fuhr neckend fort: »Das erklärt auch, warum wir beide – du von deiner Mutter und ich von Erri – ausgerechnet hierher zum Essen ausgeführt werden. Hier laufen teilweise ihre Ermittlungen, und da lässt sich das Angenehme mit dem Nützlichen fantastisch verbinden.« Gina tippte mit ihrem Finger in die kleine Kerbe in Rizzis Kinn, hob ihr Glas und sagte zu dem jungen Mann: »Nett, dich kennenzulernen, Oscar.«

Nachdem sie alle miteinander angestoßen hatten, fragte Oscar, ob der Einsatz seiner Mutter drüben in Neapel irgendwie mit den Fragen verbunden war, die Rizzi ihm gestern auf dem Tennisplatz gestellt hatte.

Rizzi überlegte – und schüttelte den Kopf. »Nein«, sagte er. »Es geht hier um eine ganz andere Spur. Kurzzeitig drohte da etwas aus dem Ruder zu laufen, aber jetzt haben wir die Sache wieder im Griff.«

Claudia servierte das Essen, schenkte Wein nach, und Gina fragte in die Stille hinein, indem sie Oscar einen Seitenblick zuwarf: »Du spielst Tennis?«

Oscar nickte und berichtete, er habe in seiner Kindheit fast jedes Wochenende auf dem Tennisplatz verbracht und noch in seiner Jugend alle möglichen Turniere bestritten, bis er irgendwann auf Basketball umgestiegen sei. Da habe sein Vater ihn dann nicht mehr drangsalieren können. »Er hat eine Zeit lang gehofft, aus mir einen zweiten Björn Borg zu machen.« Oscar grinste schief. »Dumm gelaufen, kann ich da nur sagen.«

»Dein Vater ist bestimmt sehr stolz auf dich«, sagte Rizzi und hob sein Glas.

»Da kennst du aber meinen Vater schlecht.«

Bevor Rizzi etwas erwidern konnte, erkundigte sich Gina versöhnlich: »Wie gefällt es dir auf Capri?«

Oscars Augen bekamen einen schwärmerischen Ausdruck, während er erzählte, Capri sei toll und viel schöner, als er erwartet hätte – nach allem, was seine Mutter so berichtet hatte. Und die Leute seien extrem nett und viel freundlicher als in Schweden. Er verstummte und schaute über das Mäuerchen in den dunklen Olivenhain hinunter. Rizzi folgte seinem Blick, und in einem Moment kam es ihm vor, als blitze da unten kurz ein Licht auf.

Oscar beugte sich wieder über seinen Teller, kämpfte mit den Bucatini und fragte: »Wie ist meine Mutter eigentlich so als Kollegin?«

Rizzi pustete langsam die Luft aus, während er überlegte. »Ich würde sagen: sehr professionell«, antwortete er und erwiderte fragend den warnenden Blick von Gina, den er nicht deuten konnte. »Wir haben natürlich alle unsere Eigenarten und Macken – ich genauso wie sie.«

In diesem Moment begann sein Telefon zu leuchten. Er schaute aufs Display, sah prompt Cirillos Namen, entschuldigte sich und stand auf.

»Rate mal, mit wem ich hier an einem Tisch sitze«, sagte er, nachdem er sich vom Tisch entfernt und das Gespräch angenommen hatte.

Am anderen Ende hörte er ein unterdrücktes Fluchen, dann Stille.

»Hallo?«, fragte er. »Bist du noch dran?«

»Sag nicht, dass du in der Trattoria bist.« Cirillo seufzte. »Mist. Ich habe den Jungen total vergessen.«

»Es ist alles in Ordnung«, beruhigte Rizzi. »Gina und ich haben mit ihm gegessen, und jetzt schicken wir ihn bald nach Hause. Kein Grund zur Sorge.«

»Richte ihm aus, dass ich ihn anrufe«, sagte Cirillo –
bevor sie beinahe panisch widerrief: »Nein, lieber nicht.«
Sie schien hektisch ihre Optionen durchzugehen. »Sag
nichts«, rief sie. »Hörst du? Sag ihm einfach überhaupt
nichts.«

»Wie bitte?«

»Und erzähl ihm auf keinen Fall, dass wir telefoniert haben.« Cirillo bemühte sich um einen sachlichen Ton, als sie
hinzufügte: »Ich wollte mich ohnehin gleich bei ihm melden.«

Rizzi schaute über seine Schulter und sah, wie Gina und
Oscar gemeinsam über etwas lachten. »Wie ist es in Neapel
gelaufen?«, fragte er in den Hörer.

»Annamaria Mazzotta ist jetzt zu Hause«, berichtete Cirillo am anderen Ende. »Aber die werten Kollegen hier
fühlten sich mal wieder nicht zuständig. Und das letzte
Schiff nach Capri war dann natürlich auch weg.« Im Hintergrund war Lärm zu hören, als wäre sie auf der Straße
oder in einer Bar. »Den Rest erzähle ich dir morgen.«

Bevor Rizzi noch etwas fragen oder sagen konnte, hatte
Cirillo aufgelegt.

Als Rizzi die Trattoria verließ und hinter Gina und Oscar
die Treppe von der Terrasse hinunterstieg, waren ihre drei
Roller vor dem Haus die letzten, die noch auf der Schotter-
fläche an der Via Pino standen. Nur ein Motorrad parkte am
Hintereingang bei der Küche, und ein Mann im Anorak,
mit Helm auf dem Kopf, verstaute eine Tüte, als hätte er
kurz vor Schluss noch Essen bestellt, das er nun abholte.

Rizzi holte seinen Schlüssel für die Vespa aus der Hosentasche, als der Mann seinen Helm abnahm und ein grauer Pferdeschwanz sichtbar wurde.

Federico rief: »Darf ich Sie etwas fragen, Agente?«

»Was gibt's?«, antwortete Rizzi.

Federico kam herübergeschlendert und zog die Schultern hoch, als wäre er verlegen. »Ich mache mir ein bisschen Sorgen«, begann er. »Wegen der schrecklichen Geschichte, Sie wissen schon.« Er schaute angestrengt zur Trattoria, wo oben auf der Terrasse die Lichterkette ausging. »Glauben Sie, die beiden bekommen Schwierigkeiten, weil sie einen Mörder beschäftigt haben, noch dazu illegal?«

»Erst einmal wissen wir nicht, ob Radovan Kurti wirklich der Täter ist«, korrigierte Rizzi. »Aber was Claudia und Graziella angeht« – Rizzi machte eine Handbewegung, als würde er etwas über seine Schulter werfen. »Außerdem sind wir im Moment mit anderen Dingen beschäftigt.«

»Danke, Agente. Das ist sehr freundlich.« Der Mann schaute nachdenklich die Via Pino hinunter, als hätte er noch etwas auf dem Herzen und würde das Gespräch gerne fortsetzen. »Früher, als wir noch Teenager waren und unsere Ferien zusammen hier verbracht haben«, sagte er, »war alles immer ganz friedlich.« Er zuckte die Schultern. »Oder es kam uns nur so vor.«

»Falls Sie etwas zu Alessandro wissen oder Ihnen noch etwas zu seinem Aufenthalt in der Ruine einfällt, melden Sie sich bitte.« Rizzi überreichte ihm seine Karte.

Federico betrachtete das Wappen von Capri, das Emblem der Polizei und las feierlich: »Enrico Rizzi.« Dann setzte er seinen Helm auf. »Das werde ich natürlich tun«, sagte er. »Versprochen.«

Er startete sein Motorrad und fuhr davon, während an der Trattoria nun auch die Laternen erloschen.

Rizzi ging hinüber zu Gina und Oscar, die bei den Vespas standen und über die Tennisweltrangliste und das Potenzial eines italienischen Spielers fachsimpelten, dem Oscar eine große Zukunft prophezeite. Als er Rizzis Blick bemerkte, mit dem dieser den kaputten Blinker an seinem Roller musterte, erklärte er grinsend: »Ist nicht meine Maschine. Sie gehört meinem Kumpel.«

Ein Seitenblech fehlte, und der Motor brauchte dringend Öl, wie am Rasseln deutlich zu hören war, nachdem Oscar den Anlasser betätigt hatte. Er kuppelte und hob – halb grüßend, halb entschuldigend – die Hand.

»Man sieht sich«, rief er und fuhr los, ohne den Riemen vom Helm unter seinem Kinn geschlossen zu haben.

»Licht an!«, rief Rizzi ihm hinterher.

Mit der Rückleuchte flammte vorne der Scheinwerfer auf. Der Lichtkegel beleuchtete die Fahrbahn, und Oscar und die Vespa entfernten sich.

Rizzi starrte in die Dunkelheit. Das Wohnhaus am Ende der Via Pino mit dem Gartentor und der Auffahrt lag im Dunkeln. Es raschelte, vom Meer wehte ein kühler Wind, und Rizzi hatte zum ersten Mal das Gefühl, dass es nun wirklich Herbst wurde.

»Komm.« Gina klappte ihren Sattel herunter. »Ich bin müde.«

»Fahr schon mal vor«, bat Rizzi. »Ich muss noch etwas überprüfen.«

»Schatz.« Gina setzte ihren Helm auf und tippte mahnend auf ihre Uhr. »Es ist nach Mitternacht.«

»Es dauert nicht lange.« Rizzi gab ihr einen Kuss. »Versprochen.«

Rizzi achtete weniger auf den Weg vor ihm als auf das Schwarz in der Ferne und setzte seine Schritte langsam. Er hatte keine Eile. Er hütete sich, die Taschenlampe an seinem Smartphone anzustellen, und heftete seinen Blick auf einen imaginären Punkt in der Nacht.

Er ging an der Olivendreschmaschine vorbei, an einem Generator und an grünen Netzen, die, zu Ballen gerollt, unter den Bäumen lagen, sowie an Schubkarren, die mit großen Ästen und dürren Zweigen beladen waren. In der Dunkelheit konnte er es schwer einschätzen, aber er nahm an, dass es nicht mehr weit war.

Er erklomm die nächste Terrasse, ging unter abgeernteten Olivenbäumen entlang, die mit ihren kahlen Ästen wie Geister im Mondlicht standen. Wolken am Himmel wurden vom Wind in Fetzen gerissen und warfen im Zeitraffer Schatten über das Gelände.

Hier musste die Stelle sein, wo sie von Radovan Kurti mit der Spitzhacke angegriffen worden waren. Und etwa hier hatte er vorhin auch das Licht aufblitzen sehen, wahrscheinlich den Schein einer Taschenlampe. Es konnte kaum ein Zufall sein. Rizzi schaute sich um.

Hatte Radovan Kurti heute Nachmittag genau hier gestanden oder ein Stück weiter? Er ging die Baumreihe ab, strich über die knorrigen Stämme und die Rinde, die sich stellenweise samtweich, stellenweise wie Sandpapier anfühlte. Bei einem Baum stutzte er – und blieb stehen.

Die Bäume waren in den Jahrzehnten, wenn nicht gar

Jahrhunderten, die sie hier standen, vom Wind alle in eine Richtung gekämmt oder wegen des Sonneneinfalls so beschnitten worden. Doch dieser Baum war anders. Sein Stamm und die Zweige wiesen in die Gegenrichtung. Wie konnte das sein? Rizzi ging auf die Knie, tastete am Boden entlang, fühlte die feuchte Erde, die unter seinen Händen nachgab. Sie war so locker, dass man annehmen konnte, sie sei erst vor Kurzem umgegraben worden.

Er richtete sich wieder auf und drehte sich langsam um die eigene Achse. Aber hier war niemand. Er ging weiter, Schritt für Schritt, blieb immer wieder stehen und lauschte in die Ferne. Ein seltsames Schleifen war zu hören, das von der Bucht kommen musste, der Cala di Mezzo.

Er machte sich an den Abstieg. Steine dienten ihm als Treppenstufen, Ginster, Myrte und Lavendel reichten ihm ihre Zweige zum Festhalten.

Am Wasser angekommen, nahmen ihm die Felsbrocken, die dort wie riesige Tiere lagen, die Sicht aufs offene Meer. Kühl war es hier unten und windstill, die Brandung donnerte außerhalb der Bucht gegen die Küste.

Nicht weit vom Steg fiel ihm jetzt ein Brett auf, das anscheinend jemand hierhergeschafft hatte und das ihm am Nachmittag bei der Verfolgungsjagd nicht aufgefallen war. Er balancierte darauf, schwankte und setzte seine Schritte. Das Brett führte in eine kleine Höhle. Dort lag ein Schlauchboot, in dem sechs Mann bequem Platz hatten. Es gab vier Ruder, und am Heck war ein Außenbordmotor befestigt.

Das Herz klopfte Rizzi bis zum Hals. Er drehte sich um, schaute den felsigen Weg hinauf, über den er gekommen war, und traute seinen Augen nicht. Er war sekundenlang wie erstarrt, bis er endlich reagierte. Er ging zwischen den Steinen in Deckung und tastete in seiner Hosentasche nach dem Telefon.

»Savio?«, sagte er mit gedämpfter Stimme, als der diensthabende Kollege am Polizeiposten das Gespräch angenommen hatte. »Du musst kommen. An der Cala di Mezzo ist etwas im Gange. Beeil dich.«

19

Es war kurz nach 23 Uhr. Cirillo saß unter einem Balkon mit Blumenkästen und Wäscheleinen. Die Hauswand neben ihr war mit Graffiti besprüht, der Tisch vor ihr wackelte, und der Geräuschpegel aus Gelächter, Stimmen und Musik um sie herum war gewaltig. Sie hatte am Abend drei Stunden geschlafen, tief und fest, bis Davide sie geweckt hatte und sagte, sie müsse aufstehen und mitkommen, es gäbe jetzt etwas zu essen.

Vor ihr stand ein Teller mit Rucola, Sardellen, Kapern und Tomaten. Davide träufelte Olivenöl über den Salat und sagte: »Ich hoffe, das Öl ist gut.«

Sie konnte sich nicht sattsehen an Davides schönen, kräftigen Händen, den langen Wimpern und seinem dichten wilden Haarschopf.

»Was ist?«, fragte er und lächelte.

Cirillo breitete die Serviette über ihre Knie. »Olivenöle aus Capri räumen regelmäßig Preise ab.«

»Welche Preise?«, fragte Davide.

»Grande Olio und wie sie alle heißen. Keine Ahnung.«

»Mario!«, rief Davide über seine Schulter.

Vom Nachbartisch, ein paar Schritte die Gasse rauf, kam ein Mann mit Glatze und Schweißperlen auf der Stirn herüber. Über seinen Gürtel hingen ein gewaltiger Bauch und ein schmutziges Geschirrhandtuch. Mario legte seinen Arm um Davides Schulter und fragte: »Alles zu eurer Zufriedenheit?«

»Bring uns bitte mal ein richtiges Olivenöl.« Davide lehnte sich zurück. »Zeig uns mal, welche Schätze du in deinen Schränken hast.«

Der kleine Mund im unrasierten Gesicht von Mario verzog sich zu einem breiten Lächeln. Er beugte sich zu Davide hinunter und flüsterte: »Weil du es bist. Und weil deine Antonia die schönsten Augen der Welt hat.«

Cirillo kontrollierte ihr Telefon, aber Annamaria hatte sich noch nicht gemeldet. Mario wedelte mit dem Geschirrhandtuch über den Tisch, stellte eine schwarze schlanke Flasche ab, kleine blaue Gläser und einen Teller mit Apfelstücken. Dann öffnete er die Flasche und roch daran, als handelte es sich um einen teuren Wein, verdrehte verzückt die Augen und goss in einem feinen Strahl das Öl ein.

»Blaue Gläser?«, fragte Cirillo.

»Damit die Farbe des Öls euer Geschmackserlebnis nicht beeinflusst«, erklärte Mario und klopfte Davide wohlwollend auf die Schulter.

Er verschwand, und Davide sagte: »Nimm das Glas. Bedeck es mit der Hand. Und jetzt leicht schwenken.« Er demonstrierte es und erklärte, auf diese Weise würde sich das Öl erwärmen, und Aromen würden freigesetzt.

»Welche Aromen?«, fragte Cirillo und stichelte: »Ich dachte, als Barkeeper kennst du Oliven nur im Martini.« Aber sie folgte gehorsam seinen Anweisungen.

»Jetzt nimm die Hand weg.« Davide sog den Duft ein. »Was riechst du?«

Cirillo schnupperte. »Riecht irgendwie fruchtig.«

»Nun nimm einen Schluck, aber einen ganz kleinen, und atme dabei ein. Und achte darauf: Deine Zunge muss vollständig bedeckt sein. Das Öl nicht runterschlucken, sondern einen Moment wirken lassen.«

Während Davide sie nicht aus den Augen ließ und genau verfolgte, wie sie das Glas an die Lippen führte, kämpfte sie gegen ihren Widerwillen an. Die Vorstellung, Öl zu trinken, kam ihr abwegig vor. Sie wollte den Versuch schon abbrechen, als das Öl ihre Lippen benetzte und etwas davon in ihren Mund kam.

Sie presste die Lippen zusammen und behielt die Flüssigkeit, wie Davide gesagt hatte, im Mund. Das Zeug war bitter und scharf. Es war – gewöhnungsbedürftig.

»Lass den Mund zu«, sagte Davide, »und atme durch die Nase aus. So werden noch mehr Aromen freigesetzt.«

Cirillo glaubte tatsächlich etwas zu schmecken: Gemüse und Kräuter.

»Jetzt kannst du runterschlucken.«

Sie gehorchte.

»Und?«

Im Hals war eine stechende Schärfe, als hätte sie auf eine Peperoncinoschote gebissen. Sie hustete.

»Gutes Zeichen!«, behauptete Davide und reichte ihr seine Serviette.

»Ich könnte darauf verzichten«, erklärte Cirillo heiser und fasste nach ihrem Wasserglas.

Davide reichte ihr ein Stück Apfel. »Reinigt den Gaumen«, sagte er.

»Danke, aber mir reicht's jetzt.«

»Nicht gut?«, fragte Mario erschrocken, als er Arancini salsicce e friarielli servierte.

»Doch, doch«, versicherte Cirillo hastig. »Ihr Öl ist ganz fantastisch.«

Sie tranken kalten Weißwein, und Davide berichtete, während er im Salat stocherte, er überlege, mit seinem Kumpel in der Nähe der Piazza Bellini eine zweite Bar aufzumachen. Es sei eine einmalige Gelegenheit. Während er ausmalte, was das Besondere an dem Standort sei, sah Cirillo in der Scheibe auf der anderen Seite der Gasse unscharf ihr eigenes Spiegelbild und das eines Mannes, der altersmäßig fast ihr Sohn sein könnte, und ertappte sich dabei, dass sie froh über das orangefarbene Licht in der Gasse war, das ihrem Teint schmeichelte.

Davide haderte, dass die alten Läden verschwanden, die Geschäfte des täglichen Bedarfs, die Handwerker, Schuhmacher, Klempner und Druckereien, die doch das Flair der Altstadt ausmachten. An jeder Ecke mache eine neue Bar oder eine Fressbude auf. Und er frage sich, ob er zu denen gehöre wolle, die sich an dieser fragwürdigen Entwicklung beteiligten, oder ob er anderen den Profit überlassen solle.

Cirillo legte den Kopf in den Nacken, sah zwischen den hohen Häusern einen schwarzen Streifen Himmel, der hier, im Gegensatz zu Capri, sternenlos war. Doch sie wollte nicht an Capri denken und schon gar nicht an Rizzi und sein unglückseliges Zusammentreffen mit Oscar in der Trattoria. Wie hatte sie bloß die Verabredung mit ihrem eigenen Sohn vergessen können?

Als könnte Davide ihre Gedanken lesen, fragte er: »Wie geht es Oscar?«

»Alles bestens«, erwiderte Cirillo knapp, nahm ihr Weinglas und trank es aus.

»Wann lerne ich ihn kennen?«

Sie hatte gehofft, er würde nicht fragen, und doch geahnt, dass er genau das tun würde.

»Alles zu seiner Zeit«, behauptete sie. Um das Thema schnell zu beenden, fügte sie mit einem unterdrückten Gähnen hinzu: »Ich bin todmüde.«

Davide streckte seinen Arm aus und nahm zärtlich ihre Hand. »Ich habe nur gefragt.«

Sie ließ ihm ihre Hand und tastete mit der anderen nach ihrem Telefon. Verstohlen schaute sie aufs Display. Noch immer keine Nachricht von Annamaria Mazzotta.

Keine Nachrichten waren gute Nachrichten, versuchte sie sich zu beruhigen. Annamaria dachte wahrscheinlich nicht daran sich zu melden, weil schlicht alles in Ordnung war. Und wahrscheinlich war sie auch froh, endlich die Polizistin los zu sein, die ihr den ganzen Tag wie ein Schäferhund gefolgt war.

Zu Davides Bar waren es von der Vico San Domenico Maggiore nur ein paar Schritte. Harte Bässe drangen auf die Gasse heraus. Leute saßen mit Getränken in Hauseingängen, lehnten an Motorhauben, redeten und lachten. Es roch nach Marihuana.

»Ciao Davide!«, hörte sie junge Stimmen rufen, als er sich zwischen den Leuten hindurchdrängte und in seiner Bar hinter der Theke verschwand. Nach einem kurzen Moment der Stille dröhnte aus den Boxen *Light my Fire* von den Doors, und Cirillo wippte mit dem Knie.

Zwischen den Hauswänden war es, trotz Oktober und der vorgerückten Stunde, noch angenehm warm. Die Leute auf der Gasse bewegten sich nur träge und widerwillig auseinander, als ein Auto sich Meter für Meter durch die Menge schob. Der Fahrer nahm immer wieder geduldig den Fuß vom Gas, und Cirillo war froh, dass sie nicht im Dienst und hier für nichts und niemanden zuständig und verantwortlich war. Sollten die Leute die Straße besetzen, in die Ecke pissen und Haschisch rauchen – es war ihr nicht nur egal, sie fand es sogar vollkommen in Ordnung.

Davide hielt zwei Flaschen in der Hand und war im Gespräch, als Cirillo noch einmal den Nachrichteneingang in ihrem Telefon kontrollierte. Nichts.

Sie lehnte sich an den bemalten Rollladen, mit dem ein Ladeneingang verschlossen war, berührte mit der Schulter den Kopf eines Fußballspielers und überlegte. Sollte sie weiter abwarten und einfach hoffen, dass alles in Ordnung war? Und sich später vielleicht Vorwürfe machen?

Sie spürte Davides Lippen auf ihrem Nacken, schloss die Augen und fragte: »Kriege ich jetzt mein Bier?«

Davide legte ihr die kühle Flasche in die geöffnete Hand. »Wir könnten am Wochenende nach Bagnoli fahren, den Tag am Meer verbringen und danach bei Maurizio Stockfisch essen. Was meinst du?« Er schlang seine Arme um ihren Körper. »Oder wir fahren nach Paestum.« Er drückte einen Kuss auf ihr Haar. »Ich glaube, das würde dir guttun.«

Cirillo betrachtete die Graffiti auf der anderen Straßenseite, ein verzerrtes Gesicht in knallbunten Farben, und schwieg. Sie wusste nicht, was am Wochenende sein würde. Wie der Fall sich entwickelte. Was mit Oscar war.

Davide nahm ihre Hand. »Komm, wir gehen«, sagte er. »Ich möchte mit dir allein sein.«

»Es geht heute nicht.« Sie entzog ihm ihre Hand. »Ich muss etwas erledigen.«

»Warum?«, fragte er.

Sie gab ihm einen Kuss, ihre Bierflasche und sagte: »Ich rufe dich an.«

Die Gassen auf der anderen Seite der Piazza Dante waren wie ausgestorben. Nichts schien sich hier zu bewegen außer der Wäsche, die an den Balkonen sachte im Nachtwind schaukelte.

Cirillo rannte nicht, aber sie ging schnell. Sie hatte ein ungutes Gefühl und zwang sich, nicht immer wieder auf ihr Telefon zu schauen.

In der Vico Bagnara roch es nach Urin, und vom Abfall in den Containern zog ein scharfer Gestank herüber. Sie ignorierte die Ratte, die neben ihr an der Hauswand entlanghuschte und durch ein Kellerfenster verschwand, bog in die Via Brombeis und verlangsamte ihren Schritt. In Annamarias Wohnung im zweiten Stock, das sah sie schon von Weitem, brannte Licht. War also alles in Ordnung?

Als sie sich der hohen Haustür näherte, bemerkte sie, dass das Tor nur angelehnt war. Als sie Annamaria hergebracht hatte, war der Eingang verschlossen gewesen, verriegelt und verrammelt. Sie zögerte, trat näher, streckte die Hand aus und schob die Tür langsam auf. Im schwachen Lichtstreifen, den die Straßenlaterne mit ihrem orangefarbenen Licht hineinwarf, zeichnete sich ihr eigener schwarzer Schatten ab. Der Rest lag in vollständiger Dunkelheit.

Sie tastete nach einem Lichtschalter, fühlte rauen Putz, Staub und fasste in etwas, das sich wie Spinnenweben anfühlte, als die Tür hinter ihr ins Schloss fiel.

Sie wischte ihre Finger am Stoff der Uniform ab und wollte ihr Smartphone hervorholen, um die Taschenlampe einzuschalten, als sie ein Geräusch hörte. Sie lauschte in die Dunkelheit. Vielleicht war es Einbildung, aber sie glaubte, jemanden atmen zu hören.

Rado, dachte sie bestürzt. Radovan Kurti. War er also doch hergekommen.

Sie war wie gelähmt. Ihre Gedanken rasten. Sie musste etwas tun, aber es musste das Richtige sein. Was war das Richtige? Einen Schritt nach vorne machen oder zurück zur Tür? Gleichzeitig hatte sie den Gedanken, es würde ihr nichts geschehen, solange sie sich nicht bewegte. Sobald sie sich bewegte, würde er angreifen.

Ein Rascheln war zu hören, ein Klicken. Die Entriegelung einer Pistole.

Im nächsten Moment traf sie ein Lichtstrahl mitten ins Gesicht.

»Was tun Sie hier?«, fragte eine Stimme.

Sie hob die Hand, und der Lichtstrahl wanderte zu Boden.

Der Mann, der ihr gegenüberstand, trug einen schwarzen Hoodie und hatte die Kapuze tief ins Gesicht gezogen. Das Licht seiner Taschenlampe warf so extreme Schatten auf das kleine, von Stoff umrahmte Gesicht, dass es mehrere Sekunden dauerte, bis Cirillo neben den dunklen Augenhöhlen und hervorspringenden Wangenknochen einen Backenbart erkannte, der so getrimmt war, dass er akkurat den

Verlauf des Kieferknochens des Kriminalbeamten Andrea Scotto nachzeichnete.

»Sie? Ist etwas passiert?«, stieß Cirillo hervor. »Hat unsere Zeugin Sie angerufen?«

»Nein.« Scotto schaltete das Licht im Hausflur an. »Ich wollte nur mal nach dem Rechten sehen. Weil Sie einen völlig verrückt machen mit Ihrem Gerede!«

»Hallo?«, rief eine Stimme von oben im Treppenhaus. Es war Annamaria. »Ist da jemand?«

»Ich bin's.« Cirillo steckte aufatmend ihr Telefon weg. »Es ist alles in Ordnung«, rief sie nach oben. »Verriegeln Sie die Tür, und gehen Sie schlafen.«

20

Rizzi stand fröstelnd in der Dunkelheit in seinem Versteck zwischen den Steinen im seichten Wasser. Wenn er sich hinten anlehnte, zog die Feuchtigkeit am Hosenboden durch den Uniformstoff, wenn er sich vorne abstützte, drang sie an Knie und Arme. Er hörte den Wind, die Brandung und ein Rauschen, wahrscheinlich sein eigenes Blut, das wegen der Anspannung in seinen Adern pochte. Er hatte seine Dienstwaffe nicht dabei, Kollege Savio war noch nicht da und Cirillo weit weg. Er wünschte, sie würde jetzt neben ihm stehen und sehen, was er sah.

Das Mondlicht fiel nur unzuverlässig durch die Wolken, und Wacholder und Mastixsträucher, die sich im Wind bewegten, versperrten ihm immer wieder die Sicht. Was er erkennen konnte, waren die Umrisse einer Gestalt, die seltsam verwachsen aussah. In der Dunkelheit, aus der Entfernung betrachtet, könnte man meinen, es sei ein Wesen mit gigantischem Buckel, schiefer Wirbelsäule und grotesk verstrubbelter Frisur. Der unförmige Riese kam langsam schwankend, im behäbigen Schritt, die Klippen herunter, stoppte alle zwei Meter, als würde er zögern und über den richtigen Weg nachdenken. Doch im Ergebnis wich er keinen Meter von der Strecke ab und nahm genau den Abstieg, den auch Rizzi heruntergekraxelt war.

Der Koloss war noch rund zwanzig Meter von Rizzi entfernt, als sich im Himmel ein Wolkenloch öffnete, der Mond sein silbriges Licht über Felsen und Macchia goss und Rizzi endlich erkannte, was hier vor sich ging. Plötzlich ergab alles einen Sinn: Die Spitzhacke bei der Olivenernte, der Schein der Taschenlampe in der Nacht, der merkwürdig aufgelockerte Boden im Olivenhain, der falsch herum gedrehte Baum.

Was sich so langsam auf Rizzi zubewegte, war ein Olivenbaum. Die Gestalt, die ihn schleppte und von hinten den Stamm umklammerte, war eher klein, von gedrungener, kräftiger Statur, ganz in Schwarz gekleidet und damit beinahe unsichtbar. Auch Gesicht und Hände waren dunkel und wurden von der Nacht verschluckt.

Mit den Kräften am Ende, setzte der Mann den Baum ab, verschnaufte, und einzelne Zweige, die aus dem unförmigen Paket herausragten, wippten auf und nieder. Der Ballen und das Wurzelwerk des Baumes wurden von einem jener grünen Netze zusammengehalten, wie sie auch oben bei der Olivenernte zum Einsatz kamen.

Der Mann nahm noch einmal seine ganze Kraft zusammen und zog den Baum über den Steg und weiter über das Holzbrett durchs seichte Wasser, keuchte und ächzte dabei und stand immer wieder still, um zu verschnaufen.

Rizzi kletterte lautlos über die Steine, pirschte sich langsam von hinten an den Mann heran und holte seinen Schlagstock heraus. Als der Mann den Baum wieder umarmte, um ihn in einer letzten großen Kraftanstrengung über den Rand des Schlauchboots zu hieven, drückte Rizzi ihm seinen Schlagstock in den Rücken.

»Hände über den Kopf«, sagte er.

Der Mann war wie erstarrt, ließ den Baum los – und gehorchte.

»Beine auseinander!«, befahl Rizzi und begann, den Mann abzuklopfen. »Hände hinter den Rücken.«

Die Gestalt befolgte alle Anweisungen. Erst als Rizzi bei sich am Gürtel nach den Handschellen tastete, registrierte er bei dem Mann eine kleine Bewegung mit dem Kopf. Noch bevor Rizzi sich einen Reim darauf machen konnte, bekam er den Ellbogen in die Magengrube gerammt, knickte zusammen, wollte Luft holen und bekam einen Schlag ins Gesicht, der ihn so unvermittelt und heftig traf, dass er zur Seite fiel.

Er sah seinen Schlagstock im hohen Bogen durch die Luft fliegen und über sich die Faust, die ein Messer hielt. Die Klinge blitzte im Mondlicht.

Bevor er zustach, stieß der Mann einen Laut aus, der von ganz weit unten aus dem Bauch kam. Es war kein Schrei, sondern ein lang gezogenes Gurgeln, das in ein furchterregendes Brüllen überging. Gleichzeitig weiteten sich in dem verschatteten Gesicht die Augen und quollen hervor, als wären es Milchglaskugeln, die aus ihren Höhlen zu springen drohten. Bevor das Messer mit der Spitze in Rizzis Brust und Lunge eindringen konnte, bekam er das Handgelenk des Mannes zu fassen.

Die Klinge verharrte in der Luft. Das Messer in der fremden Hand bebte, das mit schwarzer Tarnfarbe angemalte Gesicht war verzerrt, während der Mann durch zusammengebissene Zähne einen wütenden Zischlaut presste.

Rizzi versuchte, die Waffe von sich wegzudrücken und

den Abstand zwischen Klinge und seinem Körper zu vergrößern oder wenigstens zu halten. Dabei langte er mit seiner freien Hand nach vorne und fasste dem Mann in die Visage. Er krallte sich mit den Fingern in die Wange und grub sich weiter vor in die Nasenlöcher. Im Schwarz kamen weiße Flecken zum Vorschein, und über den Augen zeichneten sich starke buschige Brauen ab. Rizzi spürte, wie die Faust des Mannes nachgab und sich der Griff ums Messer zu lockern begann, als Savio in Rizzis Blickfeld trat und mit panisch aufgerissenen Augen die Dienstpistole auf den Fremden richtete.

»Nicht!«, schrie Rizzi.

Das Messer fiel klirrend auf den Felsen, und der Mann über Rizzi sackte in sich zusammen.

Ohne dass ein Schuss gefallen wäre oder Savio irgendetwas getan hätte, wälzte sich der Mann wimmernd auf die Seite und krümmte sich zusammen. Rizzi packte ihn bei den Schultern, drehte ihm die Arme auf den Rücken und legte ihm die Handschellen an.

»Bist du verletzt?«, fragte Savio, reichte ihm die Hand und half ihm auf die Beine.

»Alles okay«, keuchte Rizzi, während Savio ihm den Schmutz von der Uniform klopfte.

»Wer ist der Kerl?«, fragte Savio aufgebracht. »Kennst du ihn?«

»Allerdings.« Rizzi rang immer noch nach Atem. »Heute Nachmittag ist er uns noch entwischt. Aber jetzt haben wir ihn. Darf ich vorstellen: Radovan Kurti.«

Savio schaute sich ungläubig um. »Und der Baum?«, fragte er. »Wie kommt der verdammte Baum hierher?«

Rizzi wischte sich mit dem Ärmel übers Gesicht. »Er hat ihn aus dem Olivenhain heruntergeschleppt und wollte ihn gerade verladen.«

»Der Typ klaut Olivenbäume?«, fragte Savio ungläubig. »He«, rief er und stupste den Mann am Boden mit dem Fuß. »Warum tust du das? Warum, in Gottes Namen, klaust du Olivenbäume?«

Der Mann rührte sich nicht. Rizzi ging neben ihm in die Hocke und legte ihm die Hand auf die Schulter.

»Signor Kurti?«, sagte er. »Hören Sie mich?«

Es dauerte, bis dieser aufschaute und Rizzi resigniert, fast müde anschaute. Dann verzog sich sein farbverschmiertes Gesicht zu einer gequälten Grimasse, die vielleicht ein Lächeln war.

»Bravo, Agente«, ächzte er. »Sie haben gewonnen.«

21

Es war noch dunkel, aber es würde nicht mehr lange dauern, bis der Morgen anbrach, als Rizzi mit Radovan Kurti im Fond des Streifenwagens die Rampe zum Polizeiposten hinunterfuhr und hinter dem Gebäude parkte. Im Büro war kein Licht und niemand zu sehen.

Er hatte Tiziano Gatti von unterwegs angerufen und aus dem Bett geholt, aber wie es aussah, war der Kollege noch nicht da. Savio war an der Cala di Mezzo geblieben, um den Baum zurück in den Olivenhain zu schaffen und zu verhindern, dass das Beweisstück möglicherweise durch eine zweite Person, einen Komplizen, über das Meer abtransportiert wurde. Was genau der Baum beweisen sollte, war noch unklar. Doch es war schon ein seltsamer Zufall, dass sie ausgerechnet Radovan Kurti, den Hauptverdächtigen im Mordfall Alessandro Nardi, nun des Diebstahls an einem Olivenbaum überführten, noch dazu in unmittelbarer Nähe zum Wohnort des Mordopfers.

Rizzi schaltete die Scheinwerfer und den Motor aus und zog den Zündschlüssel ab. »Sie bleiben hier sitzen«, sagte er in den Rückspiegel und schaute über seine Schulter. »Brauchen Sie etwas?«, fragte er. »Müssen Sie zur Toilette?«

Radovan Kurti sah blass aus, schien sogar zu zittern und antwortete nicht.

»Es dauert nicht lange«, sagte Rizzi, stieg aus und verriegelte den Polizeiwagen.

Er schloss den Flachbau hinter dem Polizeiposten auf und schaltete das Licht an. Der Raum, einst als zweites Büro konzipiert, war zunächst als Abstellkammer genutzt worden und diente inzwischen nur noch als Zelle für Betrunkene, also vor allem für den Straßenkehrer Salvatore, der hier regelmäßig seinen Rausch ausschlief, nachdem er sich genauso regelmäßig übergab und dabei grundsätzlich den Eimer verfehlte. Dem süßlich-säuerlichen Geruch, der sich über die Jahre hier drinnen im Betonboden und wahrscheinlich auch im Mauerwerk festgesetzt hatte, war weder mit Chemikalien noch mit Dauerlüften beizukommen.

Rizzi holte aus dem angebauten Schuppen die Böcke herüber, stellte sie in die Mitte des Raums und nahm für die Tischplatte das Brett aus der Pritsche. Als er die Stühle aus dem Büro holte, traf Gatti ein, gratulierte – gewohnt fröhlich – zur erfolgten Festnahme und regte an, den großen Ventilator aufzustellen, um dem üblen Geruch vielleicht auf diese Weise wenigstens vorübergehen beizukommen.

Dann war der Verhörraum eingerichtet. Tiziano Gatti rieb sich die Hände. Rizzi legte sein Smartphone auf den Tisch und sagte: »Hol ihn rein.«

Gatti führte Radovan Kurti in den Raum, schubste ihn zum Stuhl und stellte sich so in die Tür, dass eine Flucht ausgeschlossen war.

Rizzi konnte Radovan Kurti zum ersten Mal aus nächster Nähe betrachten. Sein kariertes Hemd war unter den Armen zerrissen, die Hose voller Flecken, und seine Sandalen sahen aus, als käme er damit vom anderen Ende der Welt. Gesicht und Schädel waren immer noch mit dunkler Tarnfarbe verschmiert. Die buschigen Augenbrauen waren darin zwar zu erkennen, aber sie wirkten weniger präsent als auf dem Selfie von Annamaria Mazzotta.

Er saß erschöpft auf dem Stuhl, ließ die Schultern kraftlos hängen, als würde mit den Handschellen ein zentnerschweres Gewicht an seinen Armen baumeln. Bei Lichte betrachtet, sah der Mann aus, als wäre er kurz vor dem Umfallen, was nach all den Strapazen – dem Sprung von der Klippe, der Flucht übers Meer und der Plackerei mit dem Baum – ja auch nicht weiter verwunderlich war. Radovan Kurti war physisch am Ende – die ideale Voraussetzung für ein Verhör, so hoffte Rizzi jedenfalls.

Gatti brachte dem Mann ein Glas Wasser und stellte sich zurück in die Tür, während Rizzi an seinem Telefon die Diktierfunktion aktivierte, für das Protokoll Datum und Uhrzeit nannte und Radovan Kurti in sachlichem Ton informierte, dass die Kriminalpolizei unterwegs war, um ihn in den nächsten Stunden nach Neapel zu überstellen. Dort würde er voraussichtlich noch im Laufe des Tages vom Commissario vernommen und anschließend wohl dem Staatsanwalt vorgeführt werden.

»Uns bleibt also noch etwas Zeit«, sagte Rizzi, »und wenn Sie sich kooperativ zeigen, können Sie Ihre Ausgangslage vielleicht etwas verbessern.« Rizzi lehnte sich zurück. »Die sieht nicht gut aus. Um ehrlich zu sein, ist sie sogar richtig beschissen.«

Radovan Kurti rührte sich nicht und betrachtete seine Fingernägel mit den Trauerrändern.

»Bevor wir zum Olivenbaum und der Frage kommen, was Sie damit vorhatten, erklären Sie mir bitte, wo Sie vorgestern, am Dienstagmorgen, in der Zeit zwischen sieben und neun Uhr gewesen sind.«

Radovan Kurti wich Rizzis Blick aus und schaute im Raum umher, als ob er stumm eine Melodie trällerte, die ihm nicht aus dem Kopf ging. Vielleicht hatte er noch nicht richtig verstanden, wie es um ihn stand und dass es sich bei dem Provisorium hier, den wackligen Böcken mit der Platte obendrauf und dem Mief, um die Polizeistation von Capri handelte.

Rizzi wollte gerade anheben zu erklären, dass von seinem Protokoll und den Informationen, die er an die Kriminalpolizei weitergab, einiges für Radovan Kurti abhing, als der Mann sich mit dem Oberkörper vorbeugte, die breiten Schultern hochzog und in beinahe akzentfreiem Italienisch sagte: »Vorgestern zwischen sieben und neun Uhr?« Er lächelte, als habe er die Lösung für eine sehr komplizierte Rechenaufgabe gefunden. »Da habe ich geschlafen.«

»Wo?«

»Im Schlauchboot.« Der Mann hustete verlegen.

»Haben Sie dafür Zeugen?«

Er schüttelte den Kopf. »Nein.«

»Dann haben Sie ein Problem.« Rizzi lehnte sich mit den Armen über den Tisch. »Wollen Sie wissen warum? Oder wissen Sie es?«

»Sagen Sie es mir.« Radovan Kurti fuhr sich mit den gefesselten Händen über Nase und Wangen, und im Gesicht und dem Geschmier entstand ein neues Muster.

»Was sagt Ihnen der Name Alessandro Nardi?«, fragte

Rizzi. »Vielleicht ist der Mann Ihnen auch nur unter seinem Vornamen bekannt.«

»Alessandro.« Radovan Kurti kniff die Augen zusammen und schaute angestrengt auf den Wasserfleck an der Wand. »Alessandro«, wiederholte er. »Wer soll das sein?«

»Muss ich Ihnen das wirklich erklären?« Rizzi legte seine Hände flach auf den Tisch. »Jeden verdammten Morgen hat er die Reise auf den Monte Solaro gemacht und ist um Ihre Ex-Freundin herumscharwenzelt. Und Sie konnten nichts dagegen tun.«

Radovan Kurti zeigte belustigt mit dem Daumen über seine Schulter, als würde Alessandro dort leibhaftig stehen. »Entschuldigung, Agente, aber das ist lächerlich.«

»Finden Sie? Annamaria, Ihre Ex-Freundin, sagt etwas anderes.«

»Wieso Ex-Freundin?« Radovan Kurti schüttelte irritiert den Kopf. »Zwischen Annamaria und mir ist alles gut, Ehrenwort. Ich liebe diese Frau, und ich habe ihr verziehen.«

»Sie haben sie angerufen, beschimpft und bedroht, weil sie Ihnen die Polizei auf den Hals gehetzt hat. Sie haben Sie als Schlampe beschimpft.«

Radovan Kurti winkte ab. »Annamaria ist ein kluges Mädchen und weiß, wo sie hingehört. Also: alles ist gut. Mehr habe ich dazu nicht zu sagen.«

»Das sollten Sie aber.« Rizzi stand auf. »Sie sind verdächtig, den Mord an Alessandro Nardi begangen zu haben. Sie haben für die Tatzeit kein Alibi und ein starkes Motiv. Ich weiß aus eigener Erfahrung, dass Sie sich nicht unter Kontrolle haben und in hohem Maße gewaltbereit sind. Sie können auch mit einer Schusswaffe umgehen.« Rizzi lehnte sich an die Wand gegenüber von Radovan Kurti.

Im Gesicht des Mannes ging eine seltsame Veränderung vor. Sein Blick bekam einen anderen, irgendwie entrückten Ausdruck. Auch wenn es vielleicht keine Tränen waren, begann in den Augen etwas zu schimmern.

»Haben Sie mir etwas zu sagen?«, fragte Rizzi.

»Ich war in der Armee«, murmelte Radovan Kurti, »und habe gekämpft.«

»Bingo!«, kam es von der Tür.

Rizzi warf Gatti einen tadelnden Blick zu, worauf der Kollege sofort schuldbewusst den Kopf senkte und die Augenlider mit den langen Wimpern niederschlug.

»War eine Erfahrung, auf die ich gerne verzichtet hätte«, rief Radovan Kurti über seine Schulter. »Das kannst du mir glauben, du Klugscheißer.«

»Bitte mäßigen Sie sich«, mahnte Rizzi.

»Der weiß doch gar nicht, wovon wir hier reden!« Radovan Kurti ballte wütend seine gefesselten Hände zu Fäusten und stieß, den Blick starr zu Boden gerichtet, zwischen den Zähnen hervor: »Kann der Kerl bitte mal von der Tür weggehen? Ich kann es nicht leiden, wenn jemand in meinem Rücken steht. He, Milchgesicht! Hast du mich gehört?«

»Ich habe gesagt, Sie sollen sich mäßigen«, befahl Rizzi.

Der Brustkorb von Radovan Kurti begann sich zu heben und zu senken. Er mahlte mit dem Kiefer. »Ich weiß nicht, wie viele Menschen ich umgelegt habe«, sagte er mit heiserer Stimme, »und habe mir geschworen, in diesem Leben nie wieder eine Schusswaffe anzurühren.«

»Das erklärt dann ja, warum Sie stattdessen zum Messer

greifen«, bemerkte Gatti ironisch. »Und eine Spitzhacke auf meine Kollegen werfen, nur weil sie Ihnen ein paar Fragen stellen wollen.«

Radovan Kurti sprang auf, kippte dabei seinen Stuhl um und stürzte sich mit einem einzigen Sprung auf den Kollegen.

Als Rizzi ihn von hinten bei den Schultern packte, lag Gatti bereits am Boden.

»Haben Sie jetzt völlig den Verstand verloren?«, schrie Rizzi, riss Radovan Kurti zurück und bekam dabei den Ellenbogen zwischen die Beine gerammt.

Rizzi stöhnte auf vor Schmerz und ging in die Knie, während Gatti sich blitzschnell aufgerappelt hatte, seine Pistole zog und die Waffe zitternd auf Radovan Kurti richtete.

»An die Wand«, keuchte er. »Wird's bald? Na, los. Machen Sie schon!«

»Schieß doch.« Radovan Kurti ging langsam, mit gefesselten Händen, auf Gatti zu. »Hast wohl noch nie auf einen Menschen geschossen, oder warum zitterst du so? Hast immer nur auf Pappkameraden geballert, richtig? Und jetzt hast du die Hosen voll. Weil das hier dein erstes Mal ist. Na, komm, Kleiner. Drück ab.«

Gatti wich zurück, während Rizzi sich mühsam aufrichtete und sagte: »Es reicht, Signor Kurti. Haben Sie mich verstanden?« Er nahm den umgestürzten Stuhl und stellte das Möbel geräuschvoll wieder auf. »Sie setzen sich jetzt wieder«, befahl er. »Und dann beruhigen wir uns und atmen alle einmal tief durch.«

Radovan Kurti schaute Rizzi an, als käme er gerade von

ganz weit weg wieder hierher zurück – und schien selbst darüber verwundert zu sein. Er zwinkerte, seine Mundwinkel zuckten, dann gehorchte er und ließ sich auf dem Stuhl nieder – als plötzlich eine Frauenstimme ertönte: »Ciao zusammen!«

Cirillo betrat den Verhörraum, legte Gatti im Vorbeigehen eine Hand auf den Arm, bückte sich, um Rizzis Mütze vom Boden aufzuheben und fragte: »Was ist denn hier los?«

»Der Typ ist total durchgeknallt«, antwortete Gatti, massierte seinen Hals und schnappte nach Luft.

»Wir brauchen jetzt alle erst mal einen Kaffee«, sagte Rizzi in einem Ton, der keinen Widerspruch erlaubte. Er klopfte seine Mütze ab – und schaute überrascht zur Seite, wo im Türrahmen drei Männer aufgetaucht waren.

Andrea Scotto trug einen schwarzen Hoodie, schwarze Trainingshosen und schneeweißen Sneaker. Hinter ihm erschienen zwei neapolitanische Polizeibeamte. Scotto starrte verblüfft an Rizzi vorbei auf die provisorische Tischkonstruktion, die beiden Böcke und das Brett. Dann streifte sein Blick die Stromleitungen über Putz und blieb an den goldbraunen, teilweise ausufernden Wasserflecken an der Wand hängen, während seine Nase zu zucken begannen, als versuchte er, den süßlich-säuerlichen Gestank einzuordnen. Das Lächeln auf seinen Lippen gefror – und erstarb.

»Gute Arbeit«, sagte er kühl, klopfte aufs Geratewohl dem Kollegen Gatti, der ihm am nächsten stand, jovial auf die Schulter und übersah die Hand, die Rizzi ihm entgegenstreckte, als er zu Radovan Kurti ging, dessen Augen im farbverschmierten Gesicht riesig wirkten.

»Ist das unser Hauptverdächtiger?«, fragte Scotto und

schnalzte leise mit der Zunge. »Der uns alle mit seinem Terror in Angst und Schrecken versetzt?«

Radovan Kurti hatte seine Hände mit den Handschellen flach auf die Oberschenkel gelegt und starrte mit leerem Blick in eine imaginäre Ferne, als würde alles, was um ihn herum passierte, nichts mit seiner Person zu tun haben.

Rizzi tippte Scotto auf die Schulter, zeigte zur Tür und sagte: »Können wir kurz sprechen?«

Im Hof, in der kühlen Morgenluft, zwitscherte eine Amsel, und auf der Via Roma war ein Laster zu hören, der vom Hafen kam und Waren zum Piazzale Europa transportierte.

»Er war es nicht«, sagte Rizzi in die kleine Runde, die aus Scotto und Cirillo bestand. Beide starrten ihn verständnislos und überrascht an. »Ich bin mir sicher«, bekräftigte Rizzi. »Radovan Kurti hat mit dem Mord an Alessandro Nardi nichts zu tun.«

»Wie kommen Sie darauf?« Scotto verschränkte die Arme vor der Brust und blickte demonstrativ in den grauen Morgenhimmel, der eine kupferne Färbung annahm, eine sanfte Kolorierung.

»Der Täter, den wir suchen«, begann Rizzi, »hat seine Tat auf dem Monte Solaro minutiös geplant und eiskalt durchgeführt.«

»Ich bin über die Einzelheiten unterrichtet.« Scotto wippte auf seinen schneeweißen Sneaker von der Ferse auf die Zehen und wieder zurück. »Kommen Sie also bitte zum Punkt.«

Rizzi registrierte bei Cirillo den starren Blick und hochgezogene Brauen, die ihre blauen Augen etwas größer erscheinen ließen, und sagte: »Dann wissen Sie auch, dass Radovan Kurti gestern Nachmittag, als wir ihn befragen wollten, völlig kopflos reagiert hat. Er hat uns nicht nur brutal attackiert, sondern auch sich selbst in Lebensgefahr gebracht – nur um sich uns zu entziehen und einer möglichen Verhaftung zu entgehen.« Rizzi schob seine Hände in die Hosentaschen und sah, dass die Beamten aus Neapel es sich auf den Stühlen im Verhörraum bequem gemacht hatten und mit Radovan Kurti eine schweigende Sitzgruppe bildeten.

»Ich weiß nicht, ob ihr es mitbekommen habt«, fuhr Rizzi fort, »aber kurz bevor ihr gekommen seid, ist er wegen einer einzigen Bemerkung des Kollegen Gatti wieder an die Decke gegangen und hat komplett die Kontrolle verloren. Radovan Kurti ist das Gegenteil von kaltblütig und überlegt und besitzt nicht die Charaktereigenschaften, die es braucht, um einen solchen Mord am Sessellift zu planen und dann auch nach Plan durchzuführen.«

Scotto schaute missmutig auf die Risse im zubetonierten Boden. »Abgesehen von Ihren küchenpsychologischen Betrachtungen würden mich mal die reinen Fakten interessieren. Erstens: Hat der Mann für die Tatzeit ein Alibi?«

»Nein.« Rizzi schüttelte den Kopf.

»Hat er ein Motiv?«

»Allerdings.«

»Das noch mal wie lautet?«

»Sie kennen sein Motiv.« Rizzi runzelte die Stirn.

»Sagen Sie es mir, Agente. Sprechen Sie es laut aus, damit wir es alle hören.«

»Eifersucht.«

»Richtig, Agente. Ich sehe, Sie haben Ihre Hausaufgaben gemacht und den Fall bis in alle Einzelheiten durchdrungen. Noch Fragen?« Scotto warf Cirillo einen Blick zu, den Rizzi als verschwörerisch und irgendwie unangebracht empfand. Er beschloss, darüber hinwegzusehen und sagte: »Radovan Kurti war früher bei der Armee. Er war im Krieg, hat getötet und ist vermutlich schwerst traumatisiert.«

»Passt doch alles wunderbar zusammen«, stellte Scotto fest. »Er hat keinerlei Skrupel zu töten. Und wer kann das schon von sich sagen? Auch wenn es traurig ist: Der Mann ist eine Kampfmaschine.« Er wandte sich an Cirillo: »Was meinen Sie?«

»Ich kann die Analyse und die Typisierung des Täters durch Agente Rizzi gut nachvollziehen«, erklärte Cirillo. »Gleichzeitig besteht die Gefahr, dass wir den Fall möglicherweise komplizierter machen, als er ist, und am Ende den Schuldigen laufen lassen.«

»Ich hätte es nicht besser ausdrücken können.« Scotto nickte anerkennend.

»Ich weiß.« Rizzi rang die Hände. »Radovan Kurti scheint der perfekte Täter zu sein. Aber ich bin mir fast sicher, dass wir etwas übersehen haben.«

»Ihre Zweifel und Ihr Engagement in allen Ehren.« Scotto schaute auf die Uhr. »Aber Sie zerbrechen sich den Kopf über Dinge, die Sie uns überlassen sollten. Wir kümmern uns schon darum. Ich meine es ernst. Ihr habt hier alle zusammen einen wirklich tollen Job gemacht, aber jetzt sind wir vom Kommissariat in Neapel an der Reihe.«

»Bravo!«

Rizzi, Cirillo und Scotto schauten sich verwundert um.

Alberto kam in der langen Schürze des Barista die Rampe heruntergelaufen und balancierte, gefolgt von Gatti, ein Tablett mit Espressotassen und Wassergläsern.

»Unsere Polizei ist Weltklasse, und Enrico ist überhaupt der Beste.« Alberto servierte den Espresso, stellte die dazugehörigen Wassergläser auf der Motorhaube ab und eilte weiter in den Verhörraum, wo die Beamten von den Stühlen aufstanden und ihn erfreut begrüßten.

Scotto trank seinen Kaffee mit gespreiztem Finger in einem Zug aus, betrachtete versonnen die zurückgebliebene Crema im Tässchen und sagte: »Wo ich schon mal hier bin, möchte ich mir doch mal den Wohnort von Signor Nardi anschauen.« Er nickte Cirillo aufmunternd zu. »Diesen Unterschlupf im Olivenhain, von dem Sie mir auf der Überfahrt erzählt haben.«

»Das sollte sich machen lassen«, antwortete Cirillo zögernd.

»Vorher müsste ich allerdings noch mal« – Scotto brach den Satz unvollendet ab und schaute sich suchend um.

»Gatti!« Rizzi machte eine Kopfbewegung. »Zeig ihm, wo die Toiletten sind.«

Gatti und Scotto verschwanden im Polizeigebäude, während Rizzi sein Telefon hervorzog.

»Ich glaube, was Radovan Kurti angeht, hast du recht«, sagte Cirillo.

Ohne vom Apparat aufzuschauen, murmelte Rizzi: »Wäre schön, wenn du dieses Statement in Scottos Gegenwart abgegeben hättest.«

»Das habe ich – und gleichzeitig einen Spielraum für andere Interpretationen gelassen. Das habe ich ganz bewusst getan, weil wir seine Hilfe brauchen. Wir können nicht immer gegen ihn arbeiten.«

Rizzi sah, dass er zwei Anrufe von Savio verpasst hatte, und öffnete seine Textnachricht, in der der Kollege mitteilte, er brauche an der Cala di Mezzo dringend Unterstützung. Alleine schaffe er es nie und nimmer, den Baum zurück in den Olivenhain zu schaffen.

Rizzi tippte an Savio die Antwort, er werde sich kümmern.

Cirillo schaute hinüber ins Verhörzimmer, wo Alberto mit den Beamten plauderte, während Radovan Kurti unbeteiligt und wie versteinert daneben saß.

»Glaubst du, dass der Diebstahl des Olivenbaums und der Tod von Alessandro Nardi miteinander zusammenhängen?«, fragte Cirillo.

»Ich weiß es nicht«, antwortete Rizzi.

»Genau das müssen wir herausfinden.«

»Hat Radovan Kurti denn zum Baum schon eine Aussage gemacht? Wollte er ihn tatsächlich klauen?«

»Ich habe mich erst mal auf den Mordfall konzentriert und in dem Zusammenhang auf sein Motiv und sein Alibi. Weiter bin ich nicht gekommen.« Rizzi steckte sein Telefon wieder ein. »Aber solange du mit Scotto die Ruine besichtigst, kann ich versuchen, mehr aus ihm herauszubekommen. Sobald Scotto ihn nach Neapel verfrachtet, haben wir keinen Zugriff mehr.«

Scotto und Gatti kamen aus dem Polizeigebäude. Gatti zeigte mit ausholenden Gesten die Rampe hinauf, als würde er Scotto irgendetwas erklären. Gatti hatte die Angewohnheit, sich wichtiger zu machen, als er war, wahrscheinlich um zu kaschieren, dass er der Jüngste und Unerfahrenste im Team war.

»Kann ich dich um einen Gefallen bitten?«, fragte Cirillo in gedämpftem Ton, wobei sie Scotto und Gatti nicht aus den Augen ließ. »Würdest du mit Scotto in die Via Pino fahren, und ich übernehme Radovan Kurti?«

»Warum?«, fragte Rizzi überrascht.

Cirillo zog es vor, nicht zu antworten, aber in ihren Augen war ein Ausdruck, den Rizzi so nicht an ihr kannte. Es war keine Not, das wäre zu viel gesagt, aber ein starker Widerwille, weiter Zeit mit Scotto zuzubringen. Und der Wunsch, so kam es Rizzi vor, dass ausgerechnet er – ihr Kollege, über den sie des Öfteren die Augen verdrehte – sie vor einer Situation bewahrte, die ihr aus irgendeinem Grund nicht behagte.

Rizzi rückte die Mütze auf seinem Kopf zurecht. »Nimm dich vor Radovan Kurti in Acht«, sagte er. »Behalt ihn immer im Auge. Selbst in Handschellen ist der Mann unberechenbar.« Er ging ums Auto herum, machte Scotto ein Zeichen, öffnete die Tür zum Fond und rief: »Kommen Sie, Scotto.« Er wedelte mit der Hand. »Es geht los. Wir haben nicht viel Zeit.«

Rizzi startete den Motor, während Scotto hinter ihm einstieg und die Tür heranzog. Als er sich auf dem Rücksitz anschnallte, realisierte der Mann überrascht, dass Cirillo gar nicht mit von der Partie war.

»Wir sehen uns später!«, rief sie ihm durchs Fenster zu, hob die Hand, winkte und machte den Daumen hoch – eine für sie etwas seltsame Geste, die Rizzi so von ihr noch nie zuvor gesehen hatte.

22

Vielen Dank, Alberto«, sagte Cirillo, als sie den Verhörraum betrat. »Dein Espresso war perfekt.«

Der Barista aus der Roxy Bar und beste Freund von Rizzi, der mitten im Gespräch mit den beiden Beamten aus Neapel war, verstand – und begann auf der Stelle geschäftig die leeren Tassen zusammenzusammeln.

Während er verschwand, ging sie um den Tisch herum und setzte sich gegenüber von Radovan Kurti. Sie stellte sich ihm namentlich vor und teilte mit, sie werde die Vernehmung nun fortführen.

»Es gibt einen Punkt, der mich besonders interessiert«, sagte sie und bat die beiden Beamten, die sich an der Tür unterhielten und sich gegenseitig etwas auf ihren Smartphones zeigten, ruhig zu sein oder rauszugehen.

Dann wandte sie sich wieder Radovan Kurti zu. »Warum haben Sie den Baum ausgegraben und heute Nacht zum Schlauchboot geschleppt?«, fragte sie.

Der Mann betrachtete scheinbar verlegen seine Fingernägel und antwortete nicht.

»War es ein Auftrag?«

Er blieb stumm.

»Erzählen Sie mir nicht, dass Sie die Aktion alleine geplant haben.« Sie schlug ihr Notizbuch auf. »Wer hat Sie beauftragt? Ich brauche Namen. Oder wollen Sie allein die Verantwortung übernehmen?«

Sie schaute überrascht hoch, als sich neben ihr der Größere der beiden neapolitanischen Polizisten aufbaute.

»Ich muss Sie bitten, das Verhör abzubrechen«, sagte er und tippte auf das Display von seinem Telefon. »Tut mir leid, Agente Cirillo. Befehl von oben.« Der Beamte fasste sich an die Gürtelschnalle und zog mit einer entschiedenen Bewegung seine Hose über den Bauch. »Wir haben Anweisung, ihn unverzüglich nach Neapel zu überstellen.«

Sie lächelte. »Ich brauche eine halbe Stunde. Dann können Sie ihn mitnehmen.«

»Das ist leider nicht möglich«, antwortete der Kleinere, der sportlicher aussah, sein Telefon wegsteckte und dazukam. Sie traten rechts und links neben Radovan Kurti, packten ihn unter dem Arm und zwangen ihn aufzustehen.

»Bitte lassen Sie ihn los und warten Sie draußen«, versuchte sie es im Befehlston. »Wenn ich so weit bin, gebe ich Ihnen Bescheid.«

»Der Commissario will das Verhör noch heute Vormittag persönlich übernehmen«, rief der Größere über seine Schulter, während sie Radovan Kurti zur Tür führten.

»Soll ich Sie mit dem Streifenwagen zum Hafen bringen?«, schaltete Gatti sich eifrig ein. »Wäre kein Problem.«

»Am besten noch mit Blaulicht«, rief Cirillo verärgert.

»Darum würden wir herzlich bitten, Agente.«

»Also gut«, erklärte Cirillo im pragmatischen Ton. »Eine Viertelstunde und keine Minute länger.« Sie folgte den Beamten in den Hof zum Streifenwagen. »Es ist fürs Protokoll, das dem Commissario zugeht, hat also höchste Priorität. Ich will ein paar Fragen klären, damit der Commissario nicht bei null anfangen muss.«

Gatti stand am Auto und machte die hintere Tür auf. Cirillo hätte ihm am liebsten den Kopf abgerissen. »Das muss doch möglich sein!«, rief sie.

Die Männer ignorierten sie, bugsierten Radovan Kurti auf den Rücksitz und drückten die Tür ran.

Cirillo riss Gatti den Autoschlüssel aus der Hand, ging um den Streifenwagen herum und sagte, während sie die hintere Tür aufmachte: »Es dauert wirklich nicht lange, meine Herren. Ich verspreche es.« Mit diesen Worten setzte sie sich auf den Rücksitz neben Radovan Kurti, zog ihre Tür ran und verriegelte den Wagen von innen.

»Sie haben es gehört. Wir haben wenig Zeit«, wandte sie sich aufatmend an Radovan Kurti. »Nur als Tipp: Sie sollten kooperieren.«

Radovan Kurti starrte nach vorne aufs Armaturenbrett und das Bild der Jungfrau Maria, das in Briefmarkengröße daran klebte.

»Ich war es nicht«, sagte er. »Bitte glauben Sie mir. Auch wenn ich diesen Kerl, diesen Alessandro, von Anfang an gehasst habe. Aber ich konnte nichts tun. Annamaria war geflasht. Das habe ich sofort gemerkt.«

»Was haben Alessandro Nardi und sein Tod mit dem Olivenbaum zu tun, den Sie heute Nacht versucht haben zu klauen?«

»Nichts.«

»Nichts?«, wiederholte sie ungläubig, als ihr Knie versehentlich das Knie von Radovan Kurti berührte. Rasch zog sie ihr Bein zurück.

»Er hatte es auf Annamaria abgesehen.« Radovan Kurti knetete nervös seine Hände.

»Diese Aussage ist nicht zielführend, Signor Kurti«, tadelte sie. »Wenn ich Ihnen helfen soll, müssen Sie mir sagen, in wessen Auftrag Sie heute Nacht den Olivenbaum wegschaffen sollten. Ich brauche einen Namen.«

»Ich weiß nicht, wie der Mann heißt.« Radovan Kurti legte seinen Kopf in den Nacken. »Er hat sich mir leider nicht vorgestellt. Er meinte, sein Name brauche mich nicht zu interessieren.«

»Es gibt also einen Auftraggeber.« Cirillo holte ihr Notizbuch hervor.

»Er hat nicht gesagt, warum er unbedingt genau diesen struppigen Baum haben wollte, und ich habe auch nicht danach gefragt. Um genau zu sein: Ich habe ihn überhaupt nichts gefragt. Es war mir egal. Ich habe gesagt: Klar, wenn die Bezahlung stimmt, buddele ich dir die Olive aus. Kein Problem. Deal. Ab ins Boot damit – und aufs Festland.«

»Wohin?«

»Nach Pozzuoli.«

»Und dort hätte jemand gewartet und den Baum in Empfang genommen?«

»Davon gehe ich aus.«

»Wie sieht Ihr Auftraggeber aus?«

Radovan Kurti pustete. »Wie Männer halt aussehen.«

»Sehr komisch.« Cirillo klopfte mit ihrem Stift aufs Papier. »Hat er einen Bart, eine Glatze? Wie groß ist er?«

Radovan Kurti schaute sie ratlos an. »Er trug eine Mütze, hatte einen Bart und war etwas größer als ich.«

Bart? Mütze? Sie horchte auf.

Einer der beiden Beamten hämmerte an die Scheibe und tippte auf seine Armbanduhr. Sie streckte verärgert fünf Finger in die Höhe, während sie ihr Smartphone hervorholte.

»Ich zeige Ihnen jetzt etwas«, sagte sie und scrollte. »Bitte schauen Sie genau hin.«

Sie tippte auf den Wiedergabe-Button. Zu sehen waren ein Tennisplatz und ein Mann, der am Bildrand eine Treppe herunterkam und mit einer Sporttasche über der Schulter am Spielfeld entlangging. Er trug Sonnenbrille und eine Schirmmütze verkehrtherum auf dem Kopf.

»Erkennen Sie den Mann?«, fragte sie.

»Das ist Alessandro.«

»Richtig.« Sie ließ den Film weiterlaufen. Die Frau im Vordergrund retournierte mit dem Tennisschläger einen Ball, ballte siegesgewiss ihre Faust, als am oberen Bildrand eine zweite Person erschien. Cirillo stoppte den Film.

»Schauen Sie sich den Mann bitte genau an«, bat sie.

Der Mann war eher untersetzt als stämmig, trug Bart und hatte eine Haarfarbe, die schwer zu definieren war. Cirillo vergrößerte die Aufnahme.

»Trägt der Typ ein Stirnband?«, fragte Radovan Kurti.

»Sie könnten recht haben«, murmelte sie überrascht. Sie selbst hatte den Film nur einmal zusammen mit Rizzi auf seinem Smartphone angeschaut, zwischen Tür und Angel, und noch gerätselt, ob es ein grauer Haaransatz war. Später hatte sie es versäumt, sich die Aufnahme noch mal in Ruhe anzusehen. Jetzt hatte sie selbst das Gefühl, den Mann schon einmal irgendwo gesehen zu haben, aber sie wusste nicht, wo.

»Das ist er«, murmelte Radovan Kurti neben ihr. »Aber wieso spielt er Tennis mit Alessandro?« Er schüttelte überrascht den Kopf. »Ehrlich. Mir war nicht klar, dass die beiden sich kennen.«

»Und Sie wissen wirklich nicht, wie er heißt?«

Radovan Kurti schüttelte den Kopf. »Aber ich weiß, wo er sich aufhält.«

»Ich nehme an: Via Pino?«

Radovan Kurti schaute auf seine Uhr. »Nicht jetzt, um diese Zeit.«

»Was heißt das?«

»Er will heute und morgen seine verdammten Oliven pressen. Und zwar in der Ölmühle von den beiden Schwestern. Die Adresse kann ich Ihnen sagen.«

Cirillo notierte und klappte ihr Notizbuch zu. »Danke, Signor Kurti«, sagte sie, bevor sie die Tür aufstieß.

23

Die Auffahrt zwischen den Mauern war sanft ansteigend und übersät mit vertrockneten Blättern. Rechts standen Oleanderbäume Spalier, links wucherte eine üppige Bougainvillea über eine Hecke aus Wacholder.

Der betonierte Boden war brüchig und voller Risse. Dünne rötlich-braune Rinnsale flossen wie Blut träge die Rampe herunter, verzweigten sich hier und da, bevor sie langsam die Via La Guardia erreichten.

Cirillo machte größere Schritte und kleinere Sprünge um die dunkle Flüssigkeit herum und gelangte im Zickzack zum Haus am Ende der Auffahrt. Aus dem Hinterhof war ein anhaltendes elektronisches Summen, begleitet vom Stampfen einer Maschine zu hören, und ein strenger Geruch lag in der Luft, der zu würzig war, um als Gestank durchzugehen, in seiner Schärfe aber unangenehm in der Nase prickelte.

Sie ging ums Haus herum und betrat den Hinterhof. Unter einem Dach aus Wellblech und Teerpappe parkten eine dreirädrige Ape, ein kleiner Lieferwagen mit Kisten auf der Ladefläche und ein Fiat, an dem das Nummernschild fehlte.

Die angrenzende Werkstatt war früher wahrscheinlich eine Garage gewesen. Jetzt lagerte hier ein Haufen Gerümpel. Im Zentrum stand eine gusseiserne, mit Staub bedeckte

Maschine. Ein Vorbau diente als Ablagefläche für Kartons und Körbe, in denen Kordeln, Schnüre und Kabel gesammelt wurden. Eine Tonne war vollgestopft mit dicken Seilen, und auf Zementsäcken standen gestapelte Blumentöpfe. Spaten, Mistgabel und Hacke an der Wand schienen aus Urgroßvaters Zeiten zu stammen.

»Hallo!«, rief Cirillo, aber ihr Ruf verhallte im Lärm, dem Gesumme und Gestampfe unsichtbarer Maschinen. Im hinteren, dunklen Teil des Raums bewegte sich etwas. Eine Kiste wurde über den Boden geschoben. Sie sah zwei Arme und Hände, die an einem Kabel zogen und mit einem Stecker hantierten.

»Buongiorno!«, rief sie und stieg über Gerümpel hinweg, als plötzlich ein Motor aufheulte.

Der Luftstrom war so heftig, dass es ihr die Mütze vom Kopf riss. Blätter und Sand wurden ihr ins Gesicht gepustet und machten sie halbblind, bevor sie es schaffte, aus dem Windkanal zu treten. Sie suchte im Getöse ihre Mütze, hob sie vom Boden auf und sah dabei den riesigen Ventilator, der unter einem grünen Blechtisch montiert war und wie eine Turbine rotierte.

Dahinter stand Graziella mit Schutzbrille und Kopfhörern und schüttete Oliven in einen Holzaufsatz, wo sie sie mit den Händen und streichelnden Bewegungen verteilte, damit sie nach und nach über den Rand purzelten und in eine Plastikwanne hinunterfielen. Dabei wurden sie vom Wind durchgepustet und von Blättern befreit.

Cirillo zupfte sich trockene kleine Zweige aus dem Haar, setzte ihre Mütze auf und winkte mit beiden Armen, während sie sich einen Weg durchs Gerümpel bahnte.

Graziella schaute überrascht auf und brauchte ein paar Sekunden, bis sie reagierte. Dann stellte sie die Kiste, die sie hochgehoben hatte, wieder ab und schaltete endlich die Maschine aus.

Der Lärm verebbte, der Ventilator drehte sich immer langsamer, und der Wind hörte auf. Das Summen und gleichmäßige Stampfen übernahmen wieder und waren im Vergleich eine fast wohltuende Geräuschkulisse.

Cirillo grüßte und fragte: »Sind Sie allein?«

Graziella bestätigte, das sei sie, und schaute suchend an ihr vorbei, über das Gerümpel hinweg, in den Hof. »Wo ist Erri?«, fragte sie.

»Sie müssen mit mir Vorlieb nehmen«, erklärte Cirillo und erzählte Graziella, dass in ihrem Olivenhain an der Via Pino in der vergangenen Nacht der Versuch unternommen worden sei, einen Baum zu stehlen. Agente Rizzi hätte den Versuch jedoch in letzter Sekunde vereitelt und den Mann festgenommen.

»Beim Dieb handelt es sich um Ihren Erntehelfer Radovan Kurti«, fügte Cirillo hinzu.

»Rado klaut meine Olivenbäume?« Graziella schüttelte verständnislos den Kopf. »Was für ein Irrsinn. Das gibt's doch gar nicht.«

»Haben Sie eine Erklärung dafür?«, fragte Cirillo. »Oder einen Verdacht, wer Radovan Kurti den Auftrag gegeben haben könnte?«

»Ich habe keine Ahnung.« Graziella hob die Kiste hoch und schüttete die Oliven in den Holzkasten, wo sie wie farbige Murmeln übereinanderkullerten. »Was sagt Rado denn selbst?«

»Er hat sich dazu noch nicht geäußert.« Cirillo nahm eine Olive in die Hand. Sie fühlte sich steinhart an. »Wo waren Sie am Dienstagmorgen zwischen sieben und neun Uhr?«

Eine Ader an Graziellas Schläfe trat hervor. »Ich war hier zu Hause, in unserer Wohnung über der Ölmühle. Claudia war auch da und kann es bestätigen.«

Cirillo schaute sich suchend um. »Ich weiß, dass es jemanden gibt, der Ihnen zurzeit bei der Arbeit hilft«, sagte sie, »um zu lernen, wie man Olivenöl macht.«

»Den gibt es.« Graziella betrachtete Cirillo mit zusammengekniffenen Augen. »Warum?«

»Ich würde ihn gerne sprechen.«

Sie zog unter dem Tisch die Wanne mit den gesäuberten Oliven hervor. »Dann folgen Sie mir bitte.«

Sie gingen über den Hof an einer Schubkarre vorbei, die über einen Kunststoffschlauch mit einer braunen Masse gefüllt wurde und fast am Überlaufen war. Wo der Schlauch aus der Wand trat, war eine undichte Stelle, aus der die dunkle Flüssigkeit tropfte, die schon auf der Auffahrt zu sehen gewesen war und hier auf dem betonierten Boden eine blutähnliche Lache bildete.

Das elektronische Summen und mechanische Stampfen wurden lauter, als sie durch ein Tor in eine gepflasterte Einfahrt traten, in der mehrere Fässer aus Edelstahl standen. Zwischen all den schmutzigen Werkzeugen und Geräten sahen sie mit ihrer hochglänzenden Oberfläche aus wie Fremdkörper aus einer hoch technologisierten und luxuriösen Welt.

Graziella schob eine massive Tür auf. Der Raum dahinter

war weiß gekachelt und lichtdurchflutet. Vor einer Wand aus Glasbausteinen stand eine Maschine mit verschiedenen Stahlbehältern und Apparaturen, an denen Kontrollleuchten blinkten. Es war so laut, dass eine Unterhaltung in normaler Lautstärke nicht möglich war

Graziella schaute auf ihr Telefon. »Er muss jeden Moment hier sein«, schrie sie. »Wollen Sie so lange warten?« Ohne eine Antwort abzuwarten, stieg sie mit der Wanne auf der Schulter eine Trittleiter hinauf und kippte die Oliven in den Trichter. Dann betätigte sie einen Schalter. Ein Zischen ertönte, das kurz darauf in ein dröhnendes Rotationsgeräusch überging.

»Ist das die Olivenpresse?«, rief Cirillo und deutete auf den bauchigen Apparat.

»Das ist die Häckselmaschine.« Graziella kreuzte ihre Handgelenke und bewegte die geballten Fäuste auf und ab, als würde sie Schlagzeug spielen. »Vier Hämmer!« Sie betätigte einen Riegel und schrie: »Sie zerkleinern die Oliven und zertrümmern die Kerne.« Sie klappte einen großen Deckel auf, an dessen Unterseite eine sämige grüne Masse klebte, und signalisierte Cirillo, dass sie hochsteigen und einen Blick in die Maschine werfen solle.

»Aber nicht hineinfassen!«, schrie sie, als Cirillo gehorsam die Stufen erklomm.

Riesige Schaufeln mit scharfen Kanten wälzten die grüne Masse um. Ein intensiver Duft nach Oliven stieg auf. Graziella erklärte, beim Zerhäckseln der Früchte würde das Öl in kleinste Mikrobestandteile zerfallen und durch den stundenlangen Prozess des Umrührens wieder zusammenfinden.

Sie betätigte einen Hebel. Olivenmus quoll durch eine Leitung in einen Apparat, der in Umrissen und Form an einen Sarg erinnerte.

»Die Zentrifuge«, schrie Graziella, es sei das Modernste, was es derzeit auf dem Markt gebe, und jeder auf Capri würde sie um diese Maschine beneiden. Mit unfassbar vielen Umdrehungen würden die Bestandteile der Olive – Fruchtfleisch, Wasser und Öl – auseinandergeschleudert und voneinander getrennt werden. Das Fruchtfleisch werde durch die Fliehkräfte nach außen gedrückt und zusammen mit dem Wasser über das Rohr abgeleitet, während im Zentrum der Zentrifuge, in ihrer Herzkammer, das Öl zusammenfließe.

Über ein dünnes Rohr rann das Öl aus der Zentrifuge fast tröpfchenweise in einen Trichter und sickerte durch ein Sieb in einen Stahlbehälter.

»Flüssiges Gold.« Graziella lächelte zufrieden, und ihre Augen leuchteten. »Erri sagt, besseres Öl als meines kennt er nicht.«

Während sie die Ziffern auf der digitalen Anzeige kontrollierte, sah Cirillo draußen einen Schatten, der durch die Glasbausteine zu einem gedrungenen, buckligen Wesen verzerrt wurde. Die Gestalt schob einen Gegenstand, vermutlich eine Schubkarre.

»Ich hole Ihnen eine Flasche«, rief Graziella, hob die Hand, als würde sie keinen Widerspruch dulden, und verschwand durch die Seitentür – bevor Cirillo sagen konnte, dass sie keine Geschenke annehmen dürfe und ohnehin keine Zeit habe.

Als Cirillo durch die Stahltür zurück in die Einfahrt trat

und um die Ecke schaute, war die Schubkarre, die unter dem Rohr gestanden hatte, verschwunden. Sie folgte der Reifenspur, ging ums Gebäude herum, an der Wand aus Glasbausteinen und dem Maschinenraum entlang, und gelangte an eine Pforte, die behelfsmäßig mit einem Draht verschlossen war. Dahinter erstreckten sich auf dem terrassierten Gelände ein Obst- und Gemüsegarten sowie ein Olivenhain. Der Kompost in der Senke war mit Latten abgegrenzt. Zu sehen war niemand. Das friedliche Bild wurde nur durch den Maschinenlärm gestört, der dumpf durch die dicken Mauern bis hierher drang. Daneben gab es noch ein Geräusch. Jemand startete einen Motor.

Cirillo drehte sich um und wusste im selben Moment, dass sie kostbare Sekunden verlor. Sie rannte los, bog um die Ecke und sah, wie der Lieferwagen zurücksetzte.

»Stopp«, rief sie. »Bleiben Sie stehen! Ich möchte Sie sprechen!«

Bruno Ubaldi schien sie weder zu sehen noch zu hören und rumpelte im Lieferwagen die Auffahrt hinunter. Cirillo zerrte ihren Helm aus dem Sattel ihrer Vespa, und startete den Motor.

24

Noch nie hatte sie sich mit so hoher Geschwindigkeit in die Kurve gelegt. Sie betete, dass ihr in der engen Gasse niemand entgegenkam. Ihr Gebet wurde erhört, sie hatte freie Bahn und sah gerade noch, wie Bruno Ubaldi, vorschriftsmäßig blinkend, Richtung Anacapri fuhr. Kurz vor Starza holte sie den Transporter ein, fuhr aber so schnell, dass sie plötzlich zu nah an ihm dran war, ihre Geschwindigkeit drosselte und sich wieder zurückfallen ließ.

Sie hielt Abstand, nahm noch einmal Tempo raus, damit der PKW hinter ihr überholen konnte, und war sich fast sicher, dass Bruno Ubaldi ins Zentrum von Anacapri unterwegs war. Doch anders, als sie vermutet hatte, bog er vorher in die Via Pagliaro ab.

Bruno Ubaldi fuhr einhändig, ließ sorglos seinen Arm aus dem Fenster baumeln und schien nicht zu bemerken, dass er von Cirillo verfolgt wurde. Sie hatte keine Ahnung, wohin die Reise ging, und als hinter der Via Damecuta eine Kurve nach der anderen kam, wurde sie nervös. Bei jeder Biegung geriet der Lieferwagen aus ihrem Blickfeld. Wenn er dann in eine Einfahrt oder einen Seitenweg abbog, war die Gefahr groß, dass sie ihn aus den Augen verlor und im Gewirr der Gassen nicht wiederfand.

Aber der Wagen schnurrte immer weiter auf der Via

Grotta Azzurra, nahm Kurve für Kurve und fuhr dabei so sicher, als würde Bruno Ubaldi die Strecke auswendig kennen und jeden Tag nach Gradola fahren. Cirillo wusste: In wenigen hundert Metern würde die Straße enden, weil die Insel dort unten einfach aufhörte. Es würde keine Weiterfahrt geben.

Bruno Ubaldi verringerte das Tempo, fuhr an den Straßenrand und stoppte. Auch Cirillo drosselte die Geschwindigkeit und parkte mit ihrer Vespa im Abstand von ungefähr fünfzig Metern auf der Grasnarbe neben dem Asphalt.

Leute schlenderten die Straße entlang, zu zweit und in Gruppen. Kinder zappelten, quengelten und sprangen herum, von den Erwachsenen ermahnt, die auf ihren Smartphones nach dem richtigen Weg zur Grotta Azzurra schauten, obwohl die Route überall ausgeschildert war. Leute kamen von der Bushaltestelle und stiegen aus Taxis, die wieder Fahrgäste einluden, wendeten und davonfuhren. Es herrschte eine freudige, fast ausgelassene Stimmung.

Cirillo holte ihr Telefon aus der Jackentasche und versuchte Rizzi zu erreichen, während sie beobachtete, wie Bruno Ubaldi von der Fahrerkabine zur Ladefläche ging, ohne Eile die Klappe öffnete und eine Kiste herunterzog. Cirillo brach den Anruf ab und bockte ihre Vespa auf.

Mit der Kiste auf der Schulter, wechselte Bruno Ubaldi die Straßenseite und lief an der asphaltierten Kante entlang. Wo das Mäuerchen endete, verschwand er plötzlich aus ihrem Blickfeld.

Sie folgte ihm zügig, ohne zu rennen. Sie wollte kein Aufsehen unter den Leuten erregen, die in Scharen über die Treppe liefen und zum Meer und zur Anlegestelle wollten.

Von den Felswänden hallten Stimmen über Megafon wider, die die Besucher auf die »größte Attraktion« ihres Capri-Aufenthalts einstimmten, die Besichtigung der Blauen Grotte, und den Passagieren in den Ruderbooten befahlen, bei der engen Einfahrt den Kopf einzuziehen und eine liegende Position einzunehmen.

Mit der Kiste auf der Schulter stieg Bruno Ubaldi die Stufen hinunter, folgte der Treppe aber nicht bis zum Ende an den Anleger, sondern nahm den Abzweig kurz davor und wanderte über einen Steg und eine Hängebrücke zum Restaurant hinüber.

Die Terrasse, die auf einer gewagten Holzkonstruktion über das Meer ragte, war vollbesetzt mit Menschen, die Eis löffelten, Kaffee tranken und das Erlebnis wahrscheinlich schon hinter sich hatten. Verschwitzte Kellner eilten mit Kuchentabletts zwischen den Tischen entlang, und der Barkeeper am Zapfhahn verscheuchte die Möwen und grüßte gelangweilt den Mann mit der Kiste auf der Schulter, der über eine Treppe in eine untere Etage verschwand.

Auf den glatten Stufen kam Cirillo eine Frau mit Kind entgegen, die sie fragend und besorgt anschaute. Cirillo in ihrer Uniform trat beiseite, lächelte beruhigend und ließ sie passieren.

Im langen Gang hinter der Tür war das Licht diffus. Es roch nach Pisse, irgendwo rauschte Wasser. Die Tür rechts zum Herren-WC stand offen. Cirillo presste sich im Halbdunkeln an die Wand und schaute um die Ecke.

Im Vorraum war niemand zu sehen. Aber hinter der Wand war zu hören, wie jemand urinierte. Sie machte einen Schritt hinein und sah einen Mann, der in den Knien wippte, bevor er seinen Hosenstall schloss und über seine Schulter rief: »Hier ist für Männer. Frauen sind weiter hinten, den Gang runter.«

Sie warf einen Blick in die beiden Kabinen, deren Türen offenstanden, und verschwand.

Hinter der Tür zum Damen-WC gelangte man – erneut über ein paar Stufen – zu einem engen Durchgang, der sich links und rechts verzweigte und zwischen Verschlägen hindurchführte, die durch Holzlatten voneinander abgetrennt waren. Hier roch es feucht, und unter den Bohlen schwappte das Wasser. Als sie schon dachte, sie hätte Bruno Ubaldi in diesem Labyrinth verloren, hörte sie ein Geräusch, als ob ein schwerer Gegenstand über den Boden gezogen würde. Sie blieb stehen. In der Ferne waren Stimmen zu hören, Gelächter und das Fauchen einer Espressomaschine. Ganz in der Nähe quietschte ein Scharnier.

Bruno Ubaldi machte sich im Verschlag an Regalen zu schaffen, schob Kanister, Flaschen und Behälter beiseite und platzierte seine Kiste dazwischen. Die Tür hinter ihm, ein Holzrahmen mit Maschendraht, stand offen.

Ohne zu überlegen, knallte Cirillo die Tür zu und schob den Riegel vor.

Erschrocken drehte Bruno Ubaldi sich um.

»Sie, Agente?« Er trug Jeans und T-Shirt und wirkte sportlicher als gestern früh, als Cirillo ihm in dem Haus am Ende der Via Pino einen Besuch abgestattet hatte und er ihr barfuß, in Sweatshirt und Boxershorts, die Tür geöffnet hatte.

»Was soll das?« Er rüttelte am Maschendraht, und der Holzrahmen klapperte. »Machen Sie sofort auf!«

»Sie haben mir nicht die Wahrheit gesagt«, sagte Cirillo. »Wir müssen ein paar Dinge klären.«

»Das ist Freiheitsberaubung!«, rief er wütend.

»Beantworten Sie meine Fragen, und Sie sind gleich wieder draußen.«

»Lassen Sie mich sofort raus.« Die Holztür klapperte so heftig, dass die Scharniere fast aus ihrer Verankerung sprangen. »Alles, was ich weiß, habe ich Ihnen bereits gesagt.«

»Lüge Nummer eins«, stellte Cirillo fest. »Wenn Sie so weitermachen, wird es schwierig für Sie.«

Bruno Ubaldi stemmte keuchend die Hände in die Hüften und setzte ein Lächeln auf. »Wir können reden. Aber erst lassen Sie mich raus.«

»Warum haben Sie mir verschwiegen, dass Sie mit Alessandro Nardi zusammen auf dem Tennisplatz waren?«

Er fuhr sich nervös mit der Hand übers Gesicht. »Sie haben recht«, sagte er, »aber das müssen Sie doch verstehen. Ich wollte mit dem Mann nicht in Verbindung gebracht werden. Er wurde schließlich ermordet.«

»Worüber haben Sie mit ihm gesprochen?«, fragte Cirillo.

»Bitte lassen Sie mich raus«, flehte er. »Ich bekomme Platzangst.«

»Reißen Sie sich zusammen«, befahl Cirillo, »und antworten Sie. Wie gut kannten Sie Alessandro Nardi? Sie waren anscheinend der Einzige, der Zeit mit ihm verbracht hat.«

»Zeit mit ihm verbracht – das klingt, als ob wir dickste Freunde gewesen wären.« Bruno Ubaldi breitete die Arme aus. »Wir haben ein-, zweimal auf dem Tennisplatz zusammen trainiert, das ist alles. Ich kenne ihn praktisch nur von der anderen Seite des Netzes.«

Cirillo schüttelte tadelnd den Kopf. »Signor Ubaldi, so kommen wir nicht weiter.«

»Ich weiß nicht, was Sie von mir wollen. Was möchten Sie hören?«

»Ich will wissen, was er Ihnen erzählt hat. Warum, zum Beispiel, ist er nach Capri gekommen?«

»Woher soll ich das wissen?«

»Denken Sie nach. Ich weiß, dass Sie mit ihm ins Gespräch gekommen sind, sonst hätten Sie niemals mit ihm Tennis gespielt.«

Bruno Ubaldi ließ sich erschöpft auf einer Holzkiste nieder. Im Obergeschoss waren Schritte zu hören, ein dumpfes Trampeln, während unter ihnen kleine Wellen an Steine oder Pfähle plätscherten. Bruno Ubaldi rang nach Worten. »Er sagte einmal etwas von einem Neuanfang.«

Cirillo holte ihr Notizbuch hervor. »Was hat er damit gemeint?«

»Er hatte die Schnauze voll. Hatte als Anwalt geschuftet, und dann, als seine Mutter starb, dieses Grundstück geerbt, von dem er bis dahin anscheinend überhaupt nichts gewusst hatte.«

»Wovon hatte er die Schnauze voll? Hat er über einen Vorfall berichtet oder einen Namen genannt?«

Bruno Ubaldi hob ratlos die Schultern. »Ich schätze mal: Vom Job, von seinem Leben in Turin, von seiner Beziehung vielleicht, keine Ahnung. Wir sind nicht ins Detail gegangen.« Bruno Ubaldi kratzte sich nervös am Nacken.

»Erzählen Sie weiter.«

»Er war ein feiner Kerl. Ich mochte ihn. Mehr gibt's dazu nicht zu sagen.«

Sie betrachtete den Mann, der aus seiner Hosentasche ein Taschentuch hervorholte, und fragte: »Warum haben Sie den Tennisplatz unter falschem Namen gemietet?«

Er schnäuzte sich. »Ich verstehe nicht, was Sie meinen.«

»Sie waren unter dem Namen Simone eingetragen, statt unter Bruno Ubaldi. Warum?«

»Simone war über viele Jahre mein Arbeitgeber. Er ist inzwischen verstorben.« Bruno Ubaldi faltete sein Taschentuch und steckte es wieder ein. »Er hat jahrzehntelang im Club gespielt, wenn er hier in den Ferien war, und seine Töchter haben die Mitgliedschaft einfach weiterlaufen lassen. Ich darf das Haus der Familie an der Via Pino nutzen und im Club Tennis spielen. Zufrieden?«

Cirillo machte sich Notizen.

»Darf ich jetzt raus?«

»Als was haben Sie gearbeitet?«

Bruno Ubaldi legte den Kopf in den Nacken. »Simone, mein Arbeitgeber, war ein Industrieller, der mit Spirituosen zu einem Vermögen gekommen ist, neben Geld auch viel Macht und Einfluss besaß. Er hatte mich zu seinem Schutz engagiert.«

Cirillo schaute überrascht von ihren Notizen auf. »Sie sind Personenschützer?«

»Richtig.«

»Sie können schießen?«

»Nicht mehr.« Er lächelte schief und zeigte ihr durch den Maschendraht seine rechte Hand, an der der Daumen fehlte.

»Sie lügen schon wieder«, stellte Cirillo fest. »Ich glaube, dass Sie Linkshänder sind.«

»Ich mache viele Sachen mit links, weil mir rechts der Daumen fehlt. Das können Sie mir zur Abwechslung mal glauben.«

»Sie machen es mir nicht gerade leicht«, antwortete sie und klopfte nachdenklich mit dem Stift auf die Seiten. »Warum haben Sie Radovan Kurti beauftragt, einen Olivenbaum auszugraben und aufs Festland zu schaffen?«

Bruno Ubaldi barg wieder sein Gesicht in den Händen. »Scheiße.« Er schüttelte den Kopf. »Sie wissen also Bescheid.« Er schwieg, suchte nach Worten und erklärte: »Ich beschäftige mich seit einiger Zeit mit Olivenanbau und habe vor Kurzem ein kleines Landgut in Ligurien erworben. Ich will versuchen, dort eine spezielle Sorte, die es seit über tausend Jahren nur auf Capri gibt, zu kultivieren.«

»Wusste Alessandro Nardi von Ihrem Plan?«, fragte Cirillo.

»Indirekt.«

»Was heißt das?«

»Er wusste, dass ich vorhatte, einen eigenen Olivenanbau zu betreiben, und er hat mich bestärkt, die Sache durchzuziehen. Dafür war ich ihm dankbar.«

»Oder hat er Sie unter Druck gesetzt?«, fragte sie. »Immerhin war der Mann Jurist. Haben Sie noch mehr krumme Dinger gedreht? Wenn Sie sich noch etwas haben zuschulden kommen lassen, sagen Sie es mir lieber gleich. Wir finden es sowieso heraus.«

»Ich habe mit dem Mord nichts zu tun«, erklärte Bruno Ubaldi mit fester Stimme. »Und ich habe keine Ahnung, wer es gewesen sein könnte. Vielleicht irgendwelche Gespenster aus der Vergangenheit. Im Ernst, so gut kannte ich ihn nicht.«

»Wo waren Sie am Dienstagmorgen zwischen sieben und neun Uhr?«

»Wie ich es Ihnen gestern schon gesagt habe: Ich war zu Hause.«

»Kann das jemand bezeugen?«

Im Licht, das schräg durch das vergitterte Fenster hereinfiel, war zu sehen, dass dem Mann Schweißperlen auf der Stirn standen. »Ich kann Ihnen den Namen der Person nicht verraten.«

»Warum nicht?«

»Weil niemand wissen darf, dass ich mit dieser Person zusammen war.«

»Hören Sie auf mit dem Unsinn!«

»Ich sage nichts mehr.«

»Was nützt es der Person, die sie schützen wollen, wenn Sie im Gefängnis sind?«

»Sie vertraut mir. Es geht nicht anders.«

»Wenn Sie kein Alibi haben, muss ich Sie festnehmen.« Sie klappte ihr Notizbuch zu. »Unter dem dringenden Verdacht, Alessandro Nardi heimtückisch ermordet zu haben.«

»Bitte.« Bruno Ubaldi lächelte ironisch. »Ich weiß, Sie tun nur Ihre Arbeit.« Er streckte Cirillo hinter dem Maschendraht seine gekreuzten Handgelenke entgegen. »Nehmen Sie mich fest.«

Cirillo hörte in der Ferne die Megafonstimmen und das Gejauchze der Touristen auf dem Meer vor der Blauen

Grotte. Die Miene von Bruno Ubaldi war verschlossen, seine Lippen zusammengepresst, und sein Blick ging an ihr vorbei ins Leere.

»Dann rufe ich jetzt den Streifenwagen.« Cirillo steckte ihr Notizbuch ein.

Er reagierte nicht.

Sie entfernte sich, verschwand um die Ecke und lehnte sich an die Holzwand. Sie wartete und hoffte, dass Bruno Ubaldi ihr hinterherrufen würde, um ihr zu sagen, dass er es sich anders überlegte hatte. Aber nichts dergleichen geschah.

Sie hörte das Wasser unter den Holzbohlen plätschern, holte ihr Telefon hervor und rief die Nummer von Rizzi auf.

»Bitte«, murmelte sie. »Geh an dein Telefon.«

25

Rizzi wollte es zuerst nicht glauben, als der Kollege Matteo Savio behauptete, er habe noch nie in seinem Leben einen Baum getragen. Aber tatsächlich hatte er, wie Rizzi feststellte, keine Ahnung, wo am Stamm er anfassen sollte und wie er ihn zu transportieren hatte. Als Rizzi es demonstrierte, war Savio ganz überrascht, dass es ja in der Tat viel leichter war, den Baum auf der Schulter zu tragen als mit den Armen, und dass dabei der Rücken weniger belastet wurde.

Rizzi ging voran, trug die Hauptlast und suchte den bequemsten Weg durch die Macchia den Hang hinauf. Wenigstens liefen sie jetzt, am helllichten Tag, nicht mehr Gefahr, zu stolpern oder abzurutschen. Dennoch mussten sie den Baum mehrmals absetzen, weil Savio verschnaufen wollte, und zogen auf halber Strecke ihre Uniformjacken aus, ohne dass Rizzi daran dachte, dass in der Brusttasche sein Telefon steckte.

Dass sein Telefon weg war, bemerkte er erst, als sie oben angekommen waren und den Baum mit letzter Kraft zurück ins Loch hievten, das Radovan Kurti ausgehoben hatte. Rizzi wollte kontrollieren, ob Cirillo eine Nachricht geschickt oder angerufen hatte, und fluchte, als er merkte, was passiert war. Es war klar, dass der Apparat irgendwo zwischen den Steinen entlang der Strecke liegen musste, die sie mit dem Baum gegangen waren, wahrscheinlich genau dort, wo sie sich die Jacken ausgezogen und um die Hüften gebunden hatten.

Savio bot an zurückzulaufen. Zum Glück war das Telefon nicht stummgestellt, so konnte er Rizzis Nummer anrufen, was bei der Ortung helfen sollte.

Während Savio sich auf den Weg machte, ging Rizzi daran, das Loch um den Olivenbaum zuzuschaufeln. Die Trattoria drüben hatte noch zu, und von Graziella und Claudia war nichts zu sehen. Kollege Scotto aus Neapel hatte nach der – unergiebigen – Besichtigung der Ruine gesagt, er wolle, bevor er die Rückfahrt antrat, noch »den Küstenstreifen unter die Lupe nehmen« – was immer das bedeuten sollte. Rizzi bezweifelte, dass er dort irgendeinen Anhaltspunkt dafür finden würde, warum gerade dieser struppige Olivenbaum gestohlen und abtransportiert werden sollte.

Rizzi trat die Erde um den Baum herum fest, legte eine Mulde an, in der sich beim Wässern das Wasser sammeln und langsam versickern konnte, als sich ein Fahrzeug durch den Olivenhain näherte. Ohne aufzuschauen erkannte Rizzi blind am Tuckern des Einzylinder-Viertakters, dass es eine Ape sein musste.

Das Gefährt stoppte vor dem Mäuerchen, da eine Weiterfahrt nicht möglich war. Ein Hund sprang von der Ladefläche, und ein alter Mann mit dichtem weißem Haar und gebräuntem Gesicht stieg aus.

»Was sind das für Geschichten?«, rief Vito schon von Weitem, während Romeo angerast kam und freudig kläffend um Rizzi und den Baum herumsprang.

»Ein Olivenbaum sollte geklaut werden?« Rizzis Vater besah sich die lockere Erde und zog die Hosenträger über dem karierten Hemd zurecht. »Ich dachte zuerst, sie wollen mich in der Roxy Bar verschaukeln. Ihr spinnt, habe ich gesagt. Wer klaut denn einen ganzen Baum?« Er stemmte die Hände in die Hüften und musterte die Olive mit zusammengekniffenen Augen. »Das ist er?«

Rizzi stellte die Schaufel beiseite, fuhr sich mit dem Arm über die Stirn und wiederholte: »Das ist er.«

Die ganze Aktion – das Aus- und wieder Eingraben, das Runter- und wieder Raufschleppen – war nicht spurlos an dem Baum vorbeigegangen. Seine Zweige hingen kraftlos herunter, er brauchte dringend Wasser und hatte unterwegs fast alle Oliven verloren – und Rizzi fühlte sich nach dieser Nacht ohne Schlaf genauso.

Vito trat vor, streckte den Arm und pflückte ein paar Früchte, die noch drangeblieben waren.

»Was denkst du?«, fragte Rizzi.

Vito nahm wortlos eine Olive, drehte sie zwischen Daumen und Zeigefinger und betrachtete sie skeptisch. Auf der einen Seite war sie pflaumenblau, auf der anderen Seite grün wie eine unreife Zitrone. »Klein wie Erbsen«, stellte er fest.

»Sie sind klein«, räumte Rizzi ein, »aber zu klein nun auch wieder nicht.«

»Machst du Witze? Sie sind winzig.« Vito roch an der harten Schale, rümpfte die Nase und bohrte mit dem Fingernagel hinein. »Wie viele Kilo brauchst du wohl, um bei solchen Oliven einen Liter Öl herauszubekommen?«, spottete er. »Was schätzt du? Fünfzehn? Oder zwanzig?« Er nahm ein Stück der Olive zwischen die Zähne, spuckte sie wieder aus und warf den Rest achtlos ins Gras. »Wenn du mich fragst: Für die Olivenölproduktion ist der Baum kaum geeignet in dieser Hinsicht vielleicht sogar nahezu wertlos. Wer immer diese Aktion angezettelt hat – es muss sich um einen Vollidioten handeln.« Er tätschelte den knorrigen Stamm, zündete sich einen Zigarillo an und schaute sich prüfend um. »Gibt es von der Sorte noch mehr?«

Rizzi folgte seinem Vater um die Bäume herum, die im Olivenhain die letzte Reihe bildeten, bevor der Abhang kam und es hinunter zum Meer ging. Der Wind war stärker und kühler geworden und trieb die federleichten Wolken über den Himmel. Die Felsen im Tageslicht sahen von hier oben fast weiß aus.

»In der Roxy Bar sagen sie, du hast ihn geschnappt, und er hat alles gestanden. Stimmt das?« Den Kopf im Nacken, schaute Vito in die Baumkronen hinauf. »Er muss doch irgendeinen Grund für diese Aktion gehabt haben.«

Rizzi berichtete, sie hätten einen Erntehelfer gefasst, der nach seiner Einschätzung jedoch nicht auf eigene Faust gehandelt, sondern einen Hintermann gehabt habe, vielleicht sogar mehrere.

»Und die beiden Schwestern?« Vito schabte mit dem Fuß über die Erde. »Haben die nichts von der Aktion mitbekommen?«

»Graziella und Claudia wohnen nicht drüben in der Trattoria, sondern in Materita, du weißt schon, da wo sie die Ölmühle haben.« Rizzi hielt Ausschau nach Savio.

»Richtig. Ich erinnere mich.« Vito legte sich eine Hand über die Augen und schaute in die Ferne. »Da badet jemand«, sagte er.

Rizzi folgte seinem Blick und musste grinsen. »Das wird der Kollege aus Neapel sein«, erklärte er dann. »Er wollte noch unbedingt ›den Küstenstreifen unter die Lupe nehmen‹.«

»Chef!« Savio kam den Hang herauf und hielt Rizzis Telefon in der Hand. »Drei Anrufe«, rief er. »Zwei von Agente Cirillo und einer von Ispettore Lombardi.«

Er überreichte Rizzi den Apparat, schüttelte Vito zur Begrüßung die Hand und erzählte Rizzis Vater, dass sein Sohn das Telefon auf halber Strecke zum Meer runter verloren und er den Apparat jetzt wiedergefunden habe. Er habe die Nummer ständig angerufen, bis er das Telefon unter einem Mastixstrauch hatte klingeln hören.

Während Savio nun, von Vitos interessierten Kommentaren beflügelt, großspurig von der nächtlichen Verhaftung zu berichten begann und davon, wie tief beeindruckt die Kollegen aus Neapel von ihrem unerschrockenen Einsatz gewesen seien, drückte Rizzi auf seinem Telefon den Rückruf-Button und entfernte sich ein paar Schritte.

Es dauerte eine Weile, bis Cirillo das Gespräch annahm und atemlos fragte: »Wo bist du?« Im Hintergrund waren Stimmen zu hören, und eine Tür oder ein Fenster knallte zu.

Rizzi entschuldigte sich, erzählt ihr kurz die Geschichte mit dem Telefon und fragte: »Wo bist du? Hast du noch etwas aus Radovan Kurti herausbekommen?«

Die Hintergrundgeräusche wurden leiser, und Cirillo berichtete, sie sei im Untergeschoss eines Ausflugslokals unweit der Blauen Grotte, und es gebe in der Tat Neuigkeiten: Der Mann, der Radovan Kurti beauftragt hatte, den

Olivenbaum zu rauben, sitze in einem Vorratsraum hinter Schloss und Riegel, und Tiziano Gatti sei im Streifenwagen unterwegs hierher.

»Blaue Grotte?«, wiederholte Rizzi überrascht. »Wer ist der Kerl?«

»Du erinnerst dich an den Bewohner des Feriendomizils am Ende der Via Pino?«, fragte Cirillo.

»Signor Ubaldi?«, fragte Rizzi ungläubig und schaute hinüber zum Haus, das in Umrissen hinter den Bäumen zu sehen war. »Der Mann, den du gestern aus dem Bett geklingelt hast?«

»Er steckt hinter der Aktion und hat den Raub veranlasst.« Cirillo berichtete, bei besagtem Olivenbaum handele es sich dem Vernehmen nach um eine wilde Sorte, die es nur auf Capri gebe. Der Baum sei in dieser Hinsicht einzigartig und anscheinend von unschätzbarem Wert. Bruno Ubaldi habe die Sorte auf dem Festland, in einem eigenen Olivenhain in Ligurien, kultivieren wollen.

»Das ist verrückt«, stellte Rizzi fest. »Und brutal. Einen Baum nach Ligurien verpflanzen, der nur auf Capri wächst, der hierhergehört und ein Teil von uns ist.«

Cirillo berichtete weiter, Bruno Ubaldi habe die Sache jedenfalls genau durchdacht und bei Graziella in der Ölmühle sogar schon ein Praktikum absolviert, um das Business von der Pike auf zu lernen und mit eigenen Augen zu sehen, wie man Olivenöl herstellt.

»Der Mann ist wirklich unverschämt«, unterbrach Rizzi. »Den Baum einer einzigartigen hiesigen Olivensorte rauben und sich dann noch von uns zeigen lassen, wie man die Olive kultiviert. Hat der noch alle Tassen im Schrank?«

»Das ist noch nicht alles.« Cirillo fuhr fort, Bruno Ubaldi habe mit Alessandro Nardi Tennis gespielt, zuletzt wenige Tage vor dessen Ermordung. »Er ist auf dem Video vom Tennisplatz der unbekannte Tennispartner, den wir gesucht haben.« Cirillo berichtete, sie habe – einer plötzlichen Eingebung folgend – Radovan Kurti den Film von der Tennis-Trainingsstunde gezeigt. Er habe darauf seinen Auftraggeber erkannt, und das sei, wie sich nun herausgestellt hatte, Bruno Ubaldi.

Rizzi überlegte laut, während er unter den Olivenbäumen auf und ab ging. »Bruno Ubaldi war also mit Alessandro Nardi bekannt, vielleicht sogar befreundet, und hat uns diese Verbindung verschwiegen«, stellte er fest. »Warum?«

»Er sagt, er wollte sich nicht verdächtig machen«, antwortete Cirillo.

»Weiß Signor Ubaldi, was Alessandro hier bei uns auf Capri wollte?«

»Alessandro Nardi war anscheinend ein Aussteiger, einer, der Brücken hinter sich abgebrochen hat. Vielleicht eine persönliche Krise, keine Ahnung. Wenn ich es mir genau überlege, ähneln sich Alessandro und Bruno sogar. Vielleicht war es dieser Wunsch, an einem fremden Ort noch einmal von vorne anzufangen, der sie miteinander verbunden hat.«

Rizzi blieb zwischen den Bäumen stehen. »Du hast von Anfang an gesagt, mit Bruno Ubaldi stimmt etwas nicht. Erinnerst du dich? Glaubst du, er hat etwas mit dem Mord zu tun?«

»Sagen wir so: Bruno Ubaldi hat, bevor er in den Ruhestand trat, als Personenschützer gearbeitet. Er kann schießen, und er hat kein Alibi. Allerdings sehe ich kein überzeugendes Motiv.«

»Vielleicht hat er Alessandro in seinen Plan eingeweiht und ihm verraten, dass es auf dem Grundstück von Graziella den Baum mit dieser einmaligen wilden Sorte gibt«, überlegte Rizzi, »und Alessandro fand den Plan verwerflich. Oder er kam ihm auf die Schliche und hat ihn zur Rede gestellt.« Rizzi wandte sich um und sah seinen Vater und Savio, die beide, die Arme vor der Brust verschränkt, aufs Meer starrten und beobachteten, wie Scotto zwischen den Felsen aus dem Wasser stolperte.

»All das habe ich mir auch überlegt«, berichtete Cirillo, »aber Bruno Ubaldi äußert sich nicht dazu.« Am anderen Ende war ein dumpfes Geräusch zu hören. Dann herrschte Stille.

»Antonia?«, fragte Rizzi. »Bist du noch dran?«

»Ich glaube«, sagte sie, und ihre Stimme hallte, »es gibt eine Person, die Bruno Ubaldi ein Alibi geben und bezeugen kann, dass sie mit ihm zur fraglichen Zeit zusammen war, als Alessandro Nardi ermordet wurde. Aber aus irgendwelchen Gründen will er diese Person nicht nennen.«

»Warum nicht?«

»Weil er sie schützen will.«

»Antonia, das klingt völlig unglaubwürdig.«

»Keine vierundzwanzig Stunden, nachdem der Mord passiert ist, war ich bei Bruno Ubaldi. In seinem Haus. Und ich schwöre dir, da war noch jemand. Er war nicht allein. Obwohl er es steif und fest behauptet hat.«

Rizzi beobachtete, wie Scotto sich an den Aufstieg

machte, und sagte: »Wir haben den Erntehelfer festgenommen, der beauftragt wurde, den Olivenbaum zu rauben. Und wir haben den Auftraggeber geschnappt, Bruno Ubaldi. Ich finde, das ist eine ziemlich gute Bilanz. Den Rest sollten wir vielleicht der Kriminalpolizei in Neapel überlassen.«

»Was ist los mit dir?« fragte Cirillo am anderen Ende verwundert.

»Ich meine es ernst. Scotto setzt demnächst nach Neapel über. Er soll gleich alle beide mit nach Neapel nehmen: Radovan Kurti und Bruno Ubaldi. Soll doch Commissario Serra die beiden in die Mangel nehmen und herausfinden, ob und was sie mit dem Mord an Alessandro Nardi zu tun haben.«

»Und wir warten ab, ob wir den nächsten Ermittlungsauftrag erhalten?« Cirillo am anderen Ende klang ungläubig. »Ich habe einen anderen Vorschlag«, sagte sie und senkte ein wenig ihre Stimme. »Du bist noch an der Via Pino, richtig?«

»Ja.«

»Dann habe ich einen Auftrag für dich.«

26

In der Ferne war die Ape zu hören, mit der Rizzis Vater davonfuhr, und der Streifenwagen, der sich ebenfalls entfernte. Scotto wurde von Savio zum Hafen gebracht, wo er Radovan Kurti in Empfang nehmen würde. Dass dessen Auftraggeber Bruno Ubaldi im Keller eines Ausflugslokals in der Nähe der Blauen Grotte festgehalten wurde, hatte Rizzi auf Cirillos ausdrücklichen Wunsch gegenüber den Kollegen verschwiegen. Kurz darauf drückte Rizzi am Ende der Via Pino die Klinke am schmiedeeisernen Gartentor herunter und ging über den gepflasterten Weg zum Haus, an dem Cirillo zu nachtschlafender Zeit geklingelt und die Bekanntschaft mit Bruno Ubaldi gemacht hatte.

Er stieg die Stufen zur Haustür hinauf und drückte die Klingel in der Messingblume. Ein Ding-Dong ertönte.

Wie Cirillo prophezeit hatte, öffnete niemand. Was ihrer Meinung nach nicht bedeuten musste, dass keiner zu Hause war. Rizzi schaute hinauf zu den Fenstern im ersten Stock. Aber auch da rührte sich nichts.

Er ging ums Haus herum zur Terrasse, rüttelte am Griff der Schiebetür, schirmte seine Augen gegen das Tageslicht ab und spähte durch die Scheibe. Es war da drinnen alles so, wie Cirillo es beschrieben hatte: Weißes Sofa, rote Wand, gläserner Tisch. Viel mehr war nicht zu erkennen.

»Niemand da«, meldete er, als er Cirillo, wie besprochen, wieder anrief. »Alles verschlossen. Nur das Klofenster steht offen«, stellte er im Vorbeigehen fest, bevor er um die Ecke bog und wieder an der Eingangstür ankam.

»Das Klofenster steht offen?«, wiederholte Cirillo am anderen Ende interessiert.

»Nicht sperrangelweit, sondern auf Kipp.«

»Meinst du, du bekommst es auf? Und wenn ja – würdest du durchpassen? Oder siehst du irgendeine andere Möglichkeit, dir Zutritt zum Haus zu verschaffen?«

Rizzi war zurück zum Klofenster gegangen und prüfte die Maße. »Jetzt hör mir mal zu. Ich habe dir zuliebe meinen Mund gehalten und Scotto nichts von den neuesten Entwicklungen gesagt. Ich mache dir jetzt einen Vorschlag.« Rizzi betrachtete seine Schramme am Arm und die Erde unter seinen Fingernägeln. »Du kommst mit Bruno Ubaldi hierher. Wir betreten gemeinsam mit ihm das Haus, ich nehme ihn in die Mangel, und du nutzt die Gelegenheit, dich im Haus umzuschauen. Wie klingt das?«

Am anderen Ende herrschte Stille. Dann sagte Cirillo: »Nein. Ich bringe Bruno Ubaldi jetzt nicht nach Hause, sondern zum Polizeiposten und nehme das Protokoll auf.« Sie klang nüchtern. »Was du in der Zwischenzeit machst, musst du selbst entscheiden. Und wenn du keine Fantasie und keinen Mumm hast, ist es auch in Ordnung.«

»Darf ich dich an etwas erinnern? Wir haben keinen Durchsuchungsbeschluss, keine richterliche Genehmigung, nichts.« Rizzi suchte mit dem Blick den Garten ab und fand unter einer alten Kiefer, was er suchte. Er hob den Ast vom Boden auf. »Hast du gehört?«

Aber Cirillo hatte schon aufgelegt. Rizzi ließ den Apparat in seiner Hosentasche verschwinden und betrachtete den Ast in seiner Hand. Die Größe könnte hinkommen. Und mit der Gabelung war der Stock perfekt. Rizzi ging zurück zur Terrasse, holte sich einen Stuhl, trug ihn zum Klofenster, stellte ihn darunter und stieg drauf.

Es brauchte eine ruhige Hand und ziemlich viel Geschick, um den Ast mit der Gabel durch den Fensterschlitz an den Griff heranzuführen. Die ersten Versuche schlugen fehl, das Holz rutschte auf dem glatten Metall ab, dann aber gelang es Rizzi, den Griff langsam hochzuziehen. Der Ast hielt stand, und das Fenster ging auf.

Mit dem Kopf kam er problemlos durch, aber mit den Schultern wurde es knapp. Er quetschte sich durch die Öffnung und ragte mit dem Oberkörper halb in den Raum. Er sah das Waschbecken und die Kloschüssel von oben, aber nirgends eine Möglichkeit, sich abzustützen, während seine Füße draußen den Kontakt mit dem Stuhl verloren. Er robbte mit seinem Oberkörper so weit durchs Fenster, dass er mit ausgestreckten Armen gerade eben an den Rand des Waschbeckens langen konnte. Er betete, dass das Becken gut in der Wand verankert war, als er sich mit seinem ganzen Gewicht darauf stützte, die Beine nachzog, bis er den Sprung wagte und mit den Füßen auf dem Boden landete.

Er horchte, hörte aber nur das Brummen einer Fliege, die hier drinnen gefangen war, rappelte sich auf und öffnete die Tür.

Am Ende des Flurs war die Diele und eine Treppe in den ersten Stock. Neben Kommode und Spiegel hingen Jacken an der Garderobe, und im Schirmständer steckte ein altertümlicher Spazierstock. Die Tür zum Wohnzimmer stand offen.

Der schick eingerichtete Raum mit den roten Wänden wirkte leblos. Rizzi schaute in jede Ecke, sogar unters Sofa, aber hier lag nichts, nicht mal eine Wollmaus.

Er horchte hinauf in den ersten Stock und ging die Treppe hoch. Das Schlafzimmer gleich rechts war sauber und aufgeräumt wie ein Hotelzimmer, über dem Bett saßen Puppen und Stofftiere auf einem Regal und glotzten. Im nächsten Zimmer war das Doppelbett benutzt. Auf dem Nachttisch lagen Bücher und ein Backgammonspiel, und über der Stuhllehne hing etwas, dem Rizzi keine Bedeutung beigemessen hätte, wenn Cirillo es ihm nicht genau beschrieben und auf seine Bedeutung hingewiesen hätte.

Das Tuch mit dem Glitzerfaden gehörte mit ziemlicher Sicherheit einer Frau. Rizzi hatte das Muster schon einmal irgendwo gesehen, ohne auf Anhieb sagen zu können, wo oder an welcher Person. Auch der Geruch kam ihm seltsam vertraut vor.

Er holte sein Telefon hervor, um das Tuch zu fotografieren und die Aufnahme Cirillo zuzuspielen, wie sie es ihm aufgetragen hatte, damit sie Bruno Ubaldi damit konfrontieren konnte. Dann aber stopfte er es in seine Hosentasche, als er unten im Haus einen Schlüssel in der Eingangstür hörte. Im nächsten Moment betraten Leute unten die Diele.

Nach einer Schrecksekunde überlegte Rizzi, wie er hier wegkommen könnte. Über die Treppe war es unmöglich. Er unterschied zwei Frauenstimmen, eine helle und eine tiefe. Jetzt erkannte er sie auch: Es waren Claudia und Graziella aus der Trattoria. Aber da war auch noch eine männliche Stimme.

Rizzi war wie gelähmt, während seine Gedanken sich überstürzten. Wieso hatten Claudia und Graziella einen Schlüssel zum Haus, in dem Bruno Ubaldi lebte, und was hatten sie hier verloren? Ihr Tuch? Dann wäre eine von ihnen die Person, die Bruno Ubaldi zu einem Alibi verhelfen konnte. Ergab das Sinn? Warum ließ er sich lieber verhaften, als den Namen von Graziella oder Claudia preiszugeben?

»Überleg mal.« Claudias Stimme hatte einen belehrenden, fast strengen Unterton. »Wie lange ist es jetzt her, dass du zuletzt hier gewesen bist?« Schritte waren zu hören.

Was Graziella mit ungewohnt leiser Stimme antwortete und die dritte Person nuschelnd hinzufügte, war nicht zu verstehen. Wasser rauschte, während Claudia munter erklärte: »Ich mache uns einen Tee. Oder lieber einen Drink?«

Rizzi konnte es nicht glauben: Claudia schien sich hier bestens auszukennen und praktisch zu Hause zu sein.

»Ja, klar. Schau dich ruhig um«, rief sie unten aus der Küche. Gläser klirrten. »Nimm dir Zeit. Du wirst sehen, es ist alles viel weniger dramatisch, als du denkst.«

Rizzi wich von der Treppe zurück ins Halbdunkel, als die untere Stufe knarrte. Jemand kam die Treppe herauf. Rizzi sprang zurück ins Zimmer.

Sollte er der Person entgegentreten, dann runtergehen und die Schwestern zur Rede stellen? Oder sollte er sich verstecken und versuchen zu beobachten, was weiter geschah?

Er entschied sich im letzten Moment und war erst in der

Sekunde im Schlafzimmer unter dem Bett verschwunden, als die Person den Raum betrat und abwartend stehenblieb.

Er konnte nur die Schuhe sehen, rosa Joggingschuhe, und zugucken, wie Graziella langsam näherkam, direkt aufs Bett zu, unter dem er lag. Er sah die Nähte und den Stoff so dicht vor sich, dass er sie hätte berühren können.

Graziella blieb stehen und bewegte sich nicht. Schöpfte sie Verdacht? Würde sie sich gleich bücken, auf die Knie gehen und unters Bett gucken?

Rizzi schloss die Augen, als über ihm die Matratze in Bewegung geriet. Die Frau hatte sich gesetzt. Er sah ihre nackten Fußknöchel. Seiten raschelten.

Sie hatte sich wohl ein Buch vom Nachttisch genommen und blätterte darin, während Rizzi Staub in die Nase bekam, und ein Kitzeln spürte.

»Kommst du, Graziella?« Claudias Stimme war von unten aus der Diele zu hören. Sie klang besorgt.

Die Matratze über Rizzi geriet wieder in Bewegung. Die Sportschuhe verließen den Raum, und der Niesreiz, den Rizzi eben noch verspürt hatte, war wie weggeblasen.

Er kroch unter dem Bett hervor und sah, wovon das Buch auf dem Nachttisch handelte: Vom Olivenanbau bis zur Olivenernte, ein Ratgeber.

»Willst du es dir nicht noch einmal überlegen?«, hörte er Claudia unten an der Treppe fragen. »Die Sache hätte ja auch Vorteile.«

»Es war nicht alles schlecht«, erwiderte Graziella knapp.

»Das sagt ja auch niemand.«

»Ich fände es wirklich sehr schade«, fügte die männliche Stimme hinzu.

Dann klappte eine Tür, und es war nur noch ein dunkles Gemurmel zu hören.

Rizzi wartete nur ein paar Sekunden, bis er die Treppe hinunterging. Die Wohnzimmertür war geschlossen. Er legte sein Ohr an die Tür.

Die Frauen im Wohnzimmer, auf der anderen Seiten der Tür, stritten nicht, dafür waren ihre Stimmen zu gedämpft, aber sie waren unterschiedlicher Meinung, und der Typ sagte fast gar nichts. Ohne zu verstehen, worum es ging, oder einzelne Worte voneinander unterscheiden zu können, glaubte Rizzi zu hören, dass Graziella die Emotionalere war, während Claudia zu wissen schien, was sie wollte. Rizzi fragte sich, ob er riskieren sollte, die Tür einen winzigen Spalt zu öffnen, um zu verstehen, was da drinnen gesprochen wurde, oder ob er kurzen Prozess machen, reingehen und die beiden Schwestern zur Rede stellen sollte.

Er drückte langsam, Millimeter für Millimeter, die Klinke herunter, als in der Brusttasche sein Telefon zu klingeln begann.

Er ließ die Klinke los, holte hektisch den Apparat hervor und drückte das Gespräch weg. Gleichzeitig war er zurückgesprungen, stand jetzt um die Ecke im kleinen Flur und horchte angestrengt.

Nichts rührte sich. Hatten die Frauen im Wohnzimmer nichts davon mitbekommen, oder konnten sie die Störung nicht einordnen?

Ein Vibrieren in seiner Hand signalisierte die Ankunft einer Textnachricht. Sie kam – wie zuvor der Anruf – vom Polizeiposten und war von Ispettore Lombardi persönlich. Er schrieb: *Rufen Sie mich sofort zurück!*

Wieder kam ein Anruf, zum Glück lautlos, weil er das Telefon inzwischen auf stumm gestellt hatte. Wieder der Ispettore.

Rizzi zog sich ins Gäste-wc zurück, schloss geräuschlos die Tür hinter sich zu und nahm das Gespräch an.

»Was geht hier eigentlich vor?« Die Stimme von Lombardi am anderen Ende klang mühsam beherrscht. »Agente Cirillo kommt mit einer Festnahme und verschwindet, ohne irgendetwas zu erklären. Teresa verabschiedet sich mit Migräne, und Gatti weiß von nichts – oder behauptet es jedenfalls.«

»Kann ich Sie eventuell in einer Viertelstunde zurückrufen?« Rizzi bemühte sich um einen leisen, beruhigenden Tonfall.

»Nein«, bellte Lombardi. »Sie reden jetzt mit mir. Raus mit der Sprache: Wo sind Sie?«

»Wir haben alles im Griff«, behauptete Rizzi.

»Kommen Sie mir nicht mit irgendwelchen Floskeln«, blaffte Lombardi, »und antworten Sie. Sagen Sie mir auf der Stelle, was passiert ist.«

»Es gibt einen neuen Verdacht.« Rizzi schirmte seinen Mund ab in der Hoffnung, dass seine Stimme dann weniger hallte und außerhalb des gekachelten Raums nicht gehört wurde.

»Ich verstehe Sie nicht. Sprechen Sie lauter.«

Rizzi räusperte sich. »Eine neue Entwicklung, Ispettore, die so nicht abzusehen war.«

»Sie schwafeln«, stellte Lombardi fest. »Ich will Fakten. Wo ist Ihr Standort?«

»Ich bin an der Via Pino.« Rizzi lehnte sich an die Klotür

und schaute hinauf zum Fenster, durch das er geklettert war, obwohl er wusste, dass er sich dadurch nur in Schwierigkeiten bringen würde. »Was die Fakten anbelangt«, erklärte Rizzi, »muss man sagen, dass es eine ganze Reihe gibt. Einige davon könnten dem Fall Alessandro Nardi eine neue Wendung geben.« Rizzi ließ sich jetzt nicht mehr unterbrechen. »Die Einzelheiten, Ispettore, möchte ich Ihnen gern persönlich darlegen. Ich bin gleich zurück am Polizeiposten und würde dann sofort zu Ihnen ins Büro kommen. Nur so viel vorweg: Ich bin mir sicher, Neapel wird mit unseren Ermittlungsergebnissen sehr zufrieden sein.«

»Und über den Mann im Gewahrsam sind Sie informiert?«

»Selbstverständlich.«

»Sie handeln in Absprache mit Agente Cirillo?«

»Absolut.«

Die Stille am anderen Ende deutete darauf hin, dass Lombardi sich langsam beruhigte.

»Ich wusste, ich kann mich auf Sie verlassen.« Ispettore Lombardi machte keinen Hehl aus seiner Erleichterung. »Ich habe es auch nicht anders von Ihnen erwartet, Agente. Also, kommen Sie so schnell wie möglich her, aber überstürzen Sie nichts, und bringen Sie mich auf den neusten Stand.«

Nachdem er aufgelegt hatte, öffnete Rizzi vorsichtig die Klotür. Flur und Diele lagen verlassen da. Die Tür zum Wohnzimmer war immer noch geschlossen. Er würde Claudia und Graziella jetzt zur Rede stellen und erfahren, um wen es sich bei der dritten Person handelte und was sie hier im Haus von Bruno Ubaldi zu suchen hatten. Er drückte die Klinke herunter.

Im Wohnzimmer war es still. Rizzi vergrößerte den Tür-
spalt und spürte einen Luftzug. Die Terrassentür stand offen. Alle waren verschwunden.

27

Er schaute von der Terrasse in den Garten, über eine verbrannte braune Rasenfläche hinüber zu den drei alten Kiefern. Hatten sie ihn im Gäste-WC beim Telefonieren gehört und die Flucht ergriffen? Mit ihren Drinks in der Hand?

Er ging ums Haus herum. Der Stuhl stand noch genau so unter dem WC-Fenster, wie er ihn dort hingestellt hatte.

Er trug ihn zurück. Er war nicht beunruhigt und hatte keine Eile. Schließlich wusste er, wo er die Schwestern finden würde.

Am Ende des Gartens war zwischen Farn und Rhododendren eine hohe Mauer zu sehen, die von einer Bougainvillea überwuchert war. Ein Trampelpfad führte an Stachelbeer- und Brombeerbüschen entlang und endete vor einer kleinen Holztür, die offenstand.

Rizzi folgte dem ausgetretenen Weg durch die Macchia und Claudia und Graziellas Olivenhain. In der Ferne, zwischen den Bäumen, war die Trattoria mit der Terrasse zu sehen. Plötzlich wurde ihm klar, dass das hier der Fluchtweg für jene Person gewesen sein konnte, die – wie viele Tage war das jetzt her? – Romeo bellend verfolgt hatte. Und dass diese Person vielleicht Claudia oder Graziella gewesen war. Oder die dritte Person, die da eben mit ihnen ins Haus kam.

Diese Erkenntnis elektrisierte ihn. Graziella und Claudia und Bruno Ubaldi hingen auf geheimnisvolle Weise zusammen. Die Schwestern hatten einen Schlüssel zu seinem Haus, während er einen einzigartigen Olivenbaum aus ihrem Olivenhain entwenden ließ. Aber wie passte das zusammen? Er residierte als Pensionär im Haus seines ehemaligen Arbeitgebers, spielte in seiner Freizeit Tennis und hatte sich in den Kopf gesetzt, Olivenbauer zu werden. Warum? Und was zum Teufel hatte der Tod von Alessandro Nardi mit all dem zu tun?

Bevor Rizzi zur Trattoria abbog, um die Schwestern zur Rede zu stellen, machte er noch einen Abstecher zum wiedereingepflanzten Olivenbaum. Das arme, geplagte Exemplar jener seltenen wilden Sorte hatte immer noch kein Wasser bekommen.

Er ging in die Hocke, befühlte die Erde – sie war tatsächlich staubtrocken – und schaute sich nach einem Gartenschlauch um. Nichts. Dafür sah er ganz in der Nähe einen Stein in der Erde, groß und quadratisch, in dessen glatte Oberfläche ein Kreuz gemeißelt war.

»Liegt da vielleicht ein Schatz vergraben?«, hörte Rizzi plötzlich Cirillos Stimme, die außer Atem und klang, als wäre sie gerannt. Ihre Schuhe waren staubig und die Haare zerzaust.

»Das muss ein Grenzstein sein«, sagte Rizzi, nachdem er Cirillo gegrüßt hatte. »Mit genau solchen Brocken grenzen wir auch unsere Gärten vom Land unserer Nachbarn ab.« Wie er es fast nicht anders erwartet hatte, erspähte er ein paar Meter weiter eine kahle Stelle im Boden, eine Fläche von ungefähr einem Quadratmeter. Spätestens im kommenden Jahr würde der nackte Boden wieder mit Gras und Brennnesseln bewachsen sein und niemand mehr auf die Idee kommen, dass sich dort einmal ein Grenzstein befunden hatte.

Rizzi klopfte sich den Sand von der Uniformhose und spürte dabei das weiche Stück Stoff in seiner Hosentasche. Er zog es hervor und berichtete Cirillo, was er gerade erlebt hatte. Das Tuch mit dem Glitzerfaden gehöre seiner Meinung nach entweder Graziella oder Claudia.

»Glaubst du wirklich?« Cirillo betrachtete nachdenklich den Glitzerfaden.

»Wir können sie gleich fragen«, bemerkte Rizzi mit einer Kopfbewegung.

Claudia kam von der Trattoria, aber sie näherte sich auf seltsame Weise. Sie ging nicht zügig, sondern blieb immer wieder stehen und zog etwas hinter sich her, das störrisch zu sein schien und Widerstand leistete. Es war ein Gartenschlauch, der nicht ordentlich aufgerollt, sondern ein verknotetes Ungetüm war.

Statt zu grüßen, rief Rizzi ihr zu: »Was hattest du eben im Haus von Bruno Ubaldi verloren?«

»Du hast deine Augen und Ohren wohl überall.« Claudia bückte sich, um einen Knick im Schlauch aufzulösen, was nicht so einfach zu sein schien.

»Bitte antworte auf meine Frage.«

»Das Haus gehört uns.« Claudia kämpfte weiter mit dem Schlauch.

»Euch gehört das Haus?«, wiederholte Rizzi völlig überrascht und schaute sprachlos hinüber zu dem Kasten, als würde er ihn jetzt mit ganz anderen Augen sehen.

»Ich will es verkaufen, aber Graziella stellt sich quer. Plötzlich hat sie die schönsten Erinnerungen an unsere Kindheit und all die langen Ferienmonate, die wir dort verbracht haben.« Claudia kam hoch. Ihre Wangen waren erhitzt. »Sie benimmt sich manchmal wie ein störrisches kleines Mädchen. Das Haus ist Vergangenheit. Ich hoffe, sie wird es noch einsehen.«

»Die Immobilie ist einiges wert«, stellte Rizzi fest. »Für so etwas bekommt ihr einen ganz schönen Batzen Geld.«

»Sag das nicht zu laut.« Claudia war mit dem Schlauch bis auf wenige Meter an den Olivenbaum herangerückt und schraubte an der Düse. Aber statt Wasser kam nur ein gequältes Gegurgel. »Aber du hast recht. Der Verkauf von Papas Sommerhaus würde uns einen kleinen Freiraum verschaffen. Stell dir vor: Graziella und ich könnten endlich mal reisen und etwas von der Welt sehen.« Sie zerrte ungeduldig am Schlauch. »Aber im Moment kann ich davon nur träumen, weil mein Schwesterherz plötzlich an Erinnerungen hängt, von denen ich bisher gar nichts wusste.«

»Wer war die dritte Person im Haus?«, fragte Rizzi.

Claudia drehte an der Düse. »Federico. Er kennt das Haus und hat mit uns früher seine Ferien hier verbracht.«

Rizzi nahm das Schlauchende mit der Düse aus der Hand und prüfte den Verschluss. »Wenn euch das Haus gehört«, sagte er, »was hat Bruno Ubaldi dann darin zu suchen? Vermietet ihr an ihn?«

»Er darf dort bis auf Weiteres wohnen und gibt uns etwas für die Betriebskosten. Es hat – wie sagt man? – so etwas wie ein Gewohnheitsrecht.«

»Von welcher Gewohnheit sprechen Sie?«, fragte Cirillo.

Claudia schaute Cirillo überrascht an und pustete sich eine Strähne aus der Stirn. »Bruno war immer für Papa da. Er hat ihn ja nicht nur beschützt, sondern auch alles Mögliche für ihn erledigt.«

»Das ist Ihr Vater, für den Bruno als Personenschützer gearbeitet hat?«, unterbrach Cirillo überrascht.

»Und über all die Jahre ist er auch zum Freund der Familie geworden.« Claudia lächelte matt. »Wenn ich heute zurückdenke, war er für Graziella und mich auch so etwas wie ein Vater. Papa hatte ja nie Zeit und durfte nicht gestört werden. Es war für uns Mädchen nicht immer ganz einfach, besonders nach Mammas Tod.« Claudia hielt versonnen inne und schien sich für einen Moment ihren Erinnerungen hinzugeben. Dann fuhr sie trocken fort: »Als unser Vater vor zwei Jahren starb, wollten weder Graziella noch ich das Haus nutzen. Darum haben wir zu Bruno gesagt: Du kannst da wohnen bleiben.« Sie schaute Rizzi an und fügte hinzu: »Es ist doch so, oder? Wenn ein Haus immer leer steht und nicht benutzt wird, ist es nicht gut.«

Rizzi half ihr mit dem verdrehten Schlauch. »Warum bist du nicht selbst eingezogen?«, fragte er. »Oder Graziella oder ihr beide zusammen? Die Lage ist doch perfekt, gleich neben der Trattoria.«

Claudia winkte ab. »Wir haben doch schon die Ölmühle. Die haben wir gekauft, als wir vor ein paar Jahren gesagt haben, dass wir uns hier auf Capri gemeinsam etwas aufbauen wollen, und wir wohnen dort wunderbar.« Sie schirmte ihre Augen mit der Hand gegen das Sonnenlicht ab, schaute hinüber zum Haus am Ende der Via Pino – und seufzte. »Davon abgesehen, habe ich auch nicht nur gute

Erinnerungen an die Hütte da drüben und unsere Ferien dort. Auf jeden Fall war die Zeit für mich nicht so golden, wie sie sich jetzt anscheinend rückblickend für Graziella darstellt.« Sie zuckte die Achseln. »Oder ich bin nicht so sentimental wie sie.«

»Du hättest uns auf jeden Fall schon früher ins Bild setzen müssen«, tadelte Rizzi. »Wir haben einen Mord aufzuklären, und jede Information ist wichtig.«

Claudia runzelte die Stirn. »Aber was hat unser Haus mit eurem Fall zu tun? Das verstehe ich überhaupt nicht.«

»Ich hingegen verstehe etwas anderes überhaupt nicht«, meldete sich Cirillo zu Wort. »Sie sagten, Bruno sei ein Freund der Familie. Aber wieso lässt dann dieser Freund hinter Ihrem Rücken einen Ihrer Olivenbäume ausbuddeln und klammheimlich aufs Festland verschiffen? Wie passt das zusammen?«

»Wovon reden Sie?« Claudia wandte sich ungläubig an Rizzi. »Was erzählt deine Kollegin da? So etwas würde Bruno nie tun.«

»Doch«, entgegnete Rizzi. »Er hat es sogar schon zugegeben.«

»Er hat es zugegeben?« Claudia ließ ihren Blick empört über die hängenden Zweige und Blätter gleiten. »Ich hatte mich schon gewundert, warum der Baum so mitgenommen aussieht. Aber dass Bruno …« – sie schüttelte den Kopf. »Das ergibt doch überhaupt keinen Sinn.«

»Wissen Sie überhaupt, was für einen besonderen Olivenbaum Sie hier haben?« Cirillo holte ihr Notizbuch hervor. »Die Sorte ist selten, vielleicht sogar einmalig, man kennt sie jedenfalls nur aus Capri. Ihr lieber Freund Bruno,

Ihr Vaterersatz, wollte ihn hinter Ihrem Rücken nach Ligurien verfrachten. Er wollte die Sorte dort kultivieren und das Öl als teure Rarität auf den Markt bringen.«

»Dass Bruno nach Ligurien will, um dort Oliven anzubauen, weiß ich natürlich«, murmelte Claudia. »Brunos geliebtes Ligurien. Ich habe immer zu Graziella gesagt: Tu ihm endlich den Gefallen und zeig ihm, wie man Olivenöl macht.« Sie hatte Tränen in den Augen. »Aber mir war nicht klar, dass er es auf unseren Olivenbaum abgesehen hat und sich etwas nimmt, was ihm nicht zusteht.« Sie biss sich auf die Lippe. »Das hätte ich wirklich nicht von ihm gedacht.«

»Aber Sie sind auch nicht sonderlich schockiert«, stellte Cirillo fest.

Claudia hob ratlos die Arme in die Höhe. »Was erwarten Sie?«

»Ist Bruno für Sie vielleicht mehr als nur ein väterlicher Freund?«, fragte Cirillo.

Claudia starrte Cirillo ungläubig an und sah aus, als wolle sie gleich loslachen. Dann wandte sie sich an Rizzi: »Hat deine Kollegin jetzt völlig den Verstand verloren?«

»Bitte antworten Sie«, sagte Cirillo. »Wo waren Sie vorgestern, am Dienstagmorgen, zwischen sieben und neun Uhr?«

Claudia stampfte wütend mit dem Fuß auf. »Was soll das?«

»Warst du hier im Olivenhain?« Rizzi legte den Schlauch auf die Erde. »Bist du vor meinem Hund davongelaufen, als ich am Dienstagmorgen das Gemüse vorbeigebracht habe?«

»Warum sollte ich vor Romeo davonlaufen? Erri, du machst mir Angst. Sag mir jetzt sofort, was los ist.«

»Kennst du dieses Tuch?« Rizzi zog den Stoff mit dem Glitzerfaden aus seiner Hosentasche. »Gehört es dir?«

»Nein«, erwiderte Claudia. »Ist nicht mein Stil.«

»Ich erkläre dir jetzt, wie die Lage ist«, begann Rizzi, nachdem er mit Cirillo einen Blick gewechselt hatte. »Euer Bruno hat für die Tatzeit, den frühen Dienstagmorgen, kein Alibi. Wenn du mit ihm zusammen warst, musst du es uns sagen, damit wir nicht den Falschen verdächtigen.«

»Erstens«, unterbrach Claudia. Sie war hochrot im Gesicht. »Ich habe keine Affäre mit Bruno. Allein der Gedanke ist absurd. Er ist, wie gesagt, für mich, wie für Graziella, wie ein Vater. Zweitens: Wie kommt ihr darauf, dass Bruno diesen Verrückten aus der Ruine getötet haben könnte? Weil er gut schießen kann? Reicht das schon, um von euch verdächtigt zu werden?«

»Bruno und Alessandro Nardi haben zusammen Tennis gespielt«, fuhr Rizzi fort.

»Es wird ja immer toller«, unterbrach Claudia. »Bruno kann Tennis spielen, mit wem er will. Wir haben ihn ausdrücklich aufgefordert, Papas alte Mitgliedschaft im Club zu nutzen.«

»Es geht nicht nur darum, dass Bruno und Alessandro zusammen Tennis gespielt, sondern auch Zeit miteinander verbracht haben«, erklärte Cirillo. »Ich hätte gehofft, dass Bruno vielleicht etwas über Alessandros Leben erfahren hat, aber er konnte uns bisher nicht weiterhelfen. Mittlerweile denke ich, vielleicht war es andersherum: Vielleicht kannte Alessandro ein Geheimnis von Bruno. Die Tatsache, dass er uns seine Bekanntschaft mit Alessandro Nardi verschwiegen hat, ist jedenfalls verdächtig.«

»Was für ein großartiges Geheimnis sollte Bruno denn haben?« Claudia guckte nervös von einem zum anderen. »Ihr meint: eine Affäre mit mir?« Sie presste ungläubig die Hand vor den Mund. »Was für eine schamlose Behauptung. Nimm es mir nicht übel, Erri. Aber vielleicht solltet ihr den Fall wirklich der Kriminalpolizei überlassen.«

»Wir arbeiten mit Neapel Hand in Hand«, gab Rizzi zurück. »Und nun, wo wir wissen, dass euch beiden, Graziella und dir, das Haus am Ende der Via Pino gehört, ist die Ausgangslage plötzlich eine andere. Und dazu passt auch das hier.« Rizzi machte ein paar Schritte hin zum Olivenbaum. »Als Alessandro Nardi hier ankam und in die Ruine einzog, hat er sich genau zwischen euer Haus und eure Trattoria gesetzt.« Rizzi zog den Schlauch beiseite und stellte sich auf den Grenzstein. »Hier endet euer Olivenhain.« Er machte ein paar große Schritte vom Stein bis zur kahlen Stelle. »Vor einiger Zeit ging euer Olivenhain aber nur bis hierher, richtig? Ihr habt den Grenzstein versetzt und euren Olivenhain um ein paar hübsche Meter vergrößert. Oder anders ausgedrückt: Ihr habt mehrere Quadratmeter von Alessandro Nardis Grund und Boden abgezwackt. Und das wahrscheinlich nicht zum ersten Mal.«

»Das Grundstück lag brach, solange ich denken kann.« Claudias Stimme zitterte. »Kein Mensch hat sich jemals dafür interessiert. Bis Alessandro Nardi kam.«

»Hat er euch gedroht?«, fragte Rizzi.

»Gedroht?« Claudias Stimme überschlug sich. »Du hättest ihn mal sehen sollen in seinem feinen Zwirn, seiner Brille auf der Nase und seinen verdammten Plänen und wie er uns die Paragraphen um die Ohren gehauen hat.«

»Kann es sein, dass Bruno euch aus der Bredouille helfen wollte?«, fragte Rizzi. »Dass er für euch den Job erledigt und dafür gesorgt hat, dass ihr den Störenfried Alessandro Nardi loswerdet?«

»Ich kann nicht glauben, was du sagst.« Claudia presste die Lippen zusammen. »Wir geben doch keinen Mord in Auftrag. Und Bruno ist Personenschützer, kein Killer.«

»Hat Bruno Ihnen und Graziella das Schießen beigebracht?«, fragte Cirillo.

»Das Schießen?« Claudia schwieg plötzlich und presste die Lippen zusammen. »Ja«, sagte sie und verschränkte die Arme vor der Brust. »Das hat er tatsächlich. Oder sagen wir so: Er hat es versucht. Aber wir waren absolut unbegabt – und wir hatten beide keinen Spaß dran.«

»Wo ist Ihre Schwester?«, fragte Cirillo.

Claudia fuhr herum. »Was wollen Sie von ihr?«

»Ist sie in Ihrer Ölmühle an der Via La Guardia?«

»Wir sind mitten in der Produktion. Also lassen Sie Graziella bitte in Ruhe.«

28

Es war Nachmittag, der Himmel blassblau und von herbstlichen Wolkenbänken durchzogen, als Rizzi und Cirillo auf ihren Motorrädern die Via La Guardia in südöstlicher Richtung entlangfuhren. Auf der gesamten Strecke kam ihnen niemand entgegen, nur ein Hund, der mit der Nase am Boden eilig an ihnen vorbeistreunte. Sie parkten vor der Einfahrt.

Das Tor war verschlossen, eine Klingel nirgends zu entdecken. Rizzi fasste durch die Gitterstäbe, bekam die Klinke zu fassen und schob das Tor auf.

Die Ruhe – von Cirillo als »Totenstille« bezeichnet – war um diese Zeit, in einer Wohnstraße nach dem Mittagessen, nichts Ungewöhnliches. Sie wurde nur dadurch verstärkt, dass sich hier, oberhalb des Torre Materita, kein einziges Lüftchen regte. Die Bougainvillea, die über das Mäuerchen ragte, wirkte genauso erstarrt wie der Wacholder, und die Auffahrt sah aus, als wäre sie geschrubbt worden. Nur ein paar Blütenblätter lagen auf dem Beton wie dekorativ hingeworfen.

Rizzi sah schon von Weitem den Fiat ohne Nummernschild und Graziellas Ape, beladen mit Netzen und Transportkisten, und blieb stehen, um sich mit Cirillo zu besprechen: Wollten sie gleich gemeinsam ins Haus vorstoßen oder vorab einen Blick hinter das Gebäude, in die Werkstatt und die Ölmühle werfen oder sich sogar aufteilen?

Sie waren noch zu keiner Entscheidung gekommen, als plötzlich ein ohrenbetäubender Knall ertönte. Glas splitterte, Vögel flatterten auf.

Rizzi war sofort klar, dass ein Schuss aus unmittelbarer Nähe abgefeuert wurde. Aber noch bevor er reagieren konnte, fiel ein zweiter. Wieder splitterte Glas. Fast im selben Moment wurde Rizzi von hinten bei den Schultern gepackt.

Cirillo zerrte ihn aus dem Schussfeld, damit er mit ihr übers Mäuerchen sprang und beim Pfennigbaum hinter dem Wacholder in Deckung ging.

»Was ist hier los?«, keuchte Cirillo und holte ihr Telefon hervor. »Werden wir schon erwartet?«

Während sie auf dem Boden lagen und seine Kollegin mit knappen Worten Verstärkung anforderte, hob Rizzi den Kopf und ließ seinen Blick von der Auffahrt über das gelbliche Laub der Feigenbäume bis in die Kronen der Pinien hinauf wandern, konnte aber niemanden entdecken.

Cirillo steckte ihr Telefon weg und murmelte, Graziella sei ihr von Anfang an verdächtig vorgekommen, als Rizzi aus den Augenwinkeln sah, wie sich etwas langsam bewegte.

Es war zuerst nur ein Blinken und Glitzern in der Sonne. Was träge die Auffahrt hinuntergeflossen kam, war eine grüngoldene, dichte Flüssigkeit, die aussah, als wäre sie von einer gläsernen Haut überzogen.

Wieder ein Schuss. Wieder zersprang Glas.

»Hat Graziella den Verstand verloren?«, fragte Cirillo fassungslos, als Rizzi sie auf das Olivenöl aufmerksam machte. Auch er hatte keine Erklärung.

Sie liefen gebückt hinter den Pflanzen die Auffahrt hinauf und waren noch nicht oben angekommen, als der nächste Schuss fiel und noch mehr Glas zerbarst. Sie machten einen Satz über die Olivenöllache hinweg, wobei Cirillos Sprung etwas zu kurz geriet. Sie kam auf dem Öl ins Rutschen, konnte sich aber gerade noch fangen, bevor sie neben Rizzi, hinter dem alten Fiat, in Deckung ging.

Vor dem Wohnhaus standen aufgereiht in einem See aus Öl und Scherben, große bauchige Flaschen mit goldgrünem Olivenöl. Jede einzelne fasste zehn, vielleicht sogar fünfzehn Liter.

Der nächste Schuss traf die Flasche rechts außen; der Schuss kurz darauf eine weitere links außen. Das Öl, das sich bei der Explosion über den Boden ergoss, bildete einen See und einen Strom, der sich seinen Weg suchte und die Auffahrt hinunterfloss. Der Schütze musste seinen Standort gegenüber in der Werkstatt haben. Rizzi zog seine Dienstwaffe, aber Cirillo hielt ihn zurück.

Die Hintertür des Wohnhauses ging auf. Im Spalt erschien erst eine Hand, dann ein Kopf.

Graziellas Gesicht war hochrot, ihr Haar zerzaust. »Bitte nicht schießen«, rief sie.

Sie trat aus der Tür, sah die Scherben, das Öl, den See, den Fluss, taumelte und schlug die Hände vors Gesicht.

Rizzi wollte aufspringen, Graziella aus der Schusslinie bringen, als wieder ein Knall ertönte. Glas zersplitterte.

»Was haben wir dir getan?«, schrie Graziella und ballte wütend die Faust. Sie schaute hinauf zum Wellblechdach über der Werkstatt. Ihre Stimme überschlug sich. »Haben wir dir irgendwelche falschen Versprechungen gemacht?«

Rizzi entdeckte über der Dachkante einen Gewehrlauf.

»Sag's mir!«, flehte Graziella. »Sprich mit mir!«

Statt einer Antwort fiel wieder ein Schuss. Von der Flaschenreihe war die Hälfte nun vollständig zerschossen.

»Ich kann dir alles erklären.« Graziella klang jetzt reumütig.

Rizzi und Cirillo trauten ihren Augen nicht: Als wollte Graziella sich selbst zum Abschuss freigeben, stellte sie sich schützend, mit ausgebreiteten Armen, vor ihr Olivenöl. Kurz hintereinander peitschten zwei Schüsse rechts und links an ihr vorbei, und jeder Schuss zertrümmerte eine weitere Flasche.

»Ich tue alles, was du willst.« Graziella fiel auf die Knie. »Aber bitte« – sie legte ihre Hände wie zum Gebet aneinander – »lass das Öl.«

Der nächste Schuss fiel, und die nächste Flasche zerbarst.

Rizzi machte Cirillo ein Zeichen und rannte los, sprang mit einem Satz über die Öllache und verschwand in der Werkstatt, während Cirillo zum Dach hinaufrief: »Hier spricht die Polizei. Werfen Sie Ihre Waffe weg!«

Rizzi lief durch die Werkstatt an der Maschine und dem aufgestapelten Holz vorbei, kletterte über Aluminiumbehälter, Plastikwannen, Obstkisten und Zementsäcke und gelangte an den Hinterausgang, als er hörte, wie Graziella brüllte: »Hauen Sie ab, Agente Cirillo! Na los, schnell!«

Draußen neben der Hintertür lehnte eine Leiter an der Mauer. Rizzi erklomm Sprosse für Sprosse. Er hörte Cirillos und Graziellas Stimmen, konnte ihre Worte aber nicht verstehen. Am Ende der Leiter angekommen, schaute er vorsichtig über die Dachkante.

Der Schütze lag bäuchlings, der Länge nach ausgestreckt, auf dem Wellblech, trug eine Schirmmütze und hielt ein Gewehr, auf dem ein Zielfernrohr montiert war.

Rizzi näherte sich von hinten: »Heben Sie die Hände, und stehen Sie auf.«

Der Schütze blieb liegen, rührte sich nicht und drehte sich auch nicht um.

»Machen Sie keine Dummheiten.« Rizzi hielt am ausgestreckten Arm seine Pistole. »Nehmen Sie die Hände vom Gewehr. Ich bin bewaffnet.«

Der Mann legte das Gewehr ab.

»Hände über den Kopf«, befahl Rizzi.

Der Mann hob die Hände und zog sich, ohne nach hinten zu schauen, auf die Knie hoch. Er war schmal und schien nicht besonders groß zu sein.

Nur noch wenige Meter trennten Rizzi von dem Schützen, als er plötzlich nach vorne stürzte – und vom Dach heruntersprang.

Rizzi beugte sich über die Dachkante und sah, wie der Typ am Boden sich aufrappelte und losrannte. Cirillo stellte sich ihm in den Weg, er wich nach links aus, kam aber nicht vorbei. Er versuchte es rechts, als Matteo Savio und Tiziano Gatti mit erhobenen Pistolen in den Hof gelaufen kamen.

Der Schütze machte einen Schritt zur Seite, geriet mit dem Fuß in die Öllache, ruderte sekundenlang mit den Armen und schlug der Länge nach hin. Die Mütze rutschte vom Kopf, und ein grauer Pferdeschwanz kam zum Vorschein.

Federico versuchte hochzukommen, glitt aber immer wieder aus, als wäre der Boden aus Schmierseife.

»Du und deine Schwester, ihr seid so was von hinterhältig!«, schrie er. »Und gemein! Und« – er suchte nach Worten und fand keine. »Egoistisch«, erklärte er matt. »Das seid ihr. Egoistisch und undankbar.« Mit den Kräften am Ende, blieb er im Öl sitzen, während Cirillo, Gatti und Savio sich ihm von drei Seiten näherten.

Graziella stand abseits und schaute mit versteinerter Miene zu, wie Cirillo ihm die Handschellen anlegte und Gatti und Savio ihm aufhalfen. Federicos Hände waren blutverschmiert, und aus seinem grauen Zopf tropfte Öl.

»Egoistisch und undankbar«, wiederholte er. »Verdammt undankbar. Aber euer Gold«, stellte er fest und schaute befriedigt um sich, »das ist weg.«

29

Bevor Federico nach Neapel überstellt wurde, brachten Savio und Gatti ihn im Streifenwagen zum Polizeiposten, wo Rizzi und Cirillo ihn einem eingehenden Verhör unterzogen. Der Mann zeigte sich kooperativ, gab sich einigermaßen gefasst, verlangte nur nach einem Glas Wasser und lieferte ein vollständiges Geständnis.

Er hieß Federico Giuliani, war 42 Jahre alt und seit seiner Kindheit mit Graziella und Claudia Brigada befreundet. Als Einzelkind einer alleinstehenden und zudem früh verstorbenen Mutter sei er überglücklich gewesen, in den beiden Schwestern so etwas wie Geschwister und im Sommerhaus auf Capri eine zweite Heimat gefunden zu haben. Er habe hier mit Graziella und Claudia seine Ferien und überhaupt seine schönste Zeit verbracht. Dass Graziella und Claudias Mutter gestorben war und ihr Vater, selbst wenn er physisch anwesend war, doch nie richtig für die beiden Mädchen da war, hatte die drei Kinder nur noch mehr zusammengeschweißt.

Vor fünf Jahren hatten Graziella und Claudia den Plan gefasst, die Ölmühle in Materita zu kaufen und zu modernisieren – und dauerhaft nach Capri zu ziehen. Im nächsten Schritt, vor drei Jahren, hatten sie die Trattoria unweit des Sommerhauses übernommen und angefangen, daneben den Olivenhain zu bewirtschaften. Der Vater fand die Pläne, die seine Töchter einfach alle nacheinander in die Tat umsetzten, abenteuerlich und wirtschaftlich unsinnig. Trotzdem erklärte er sich bereit, seinen Töchtern noch zu Lebzeiten ihren Pflichterbteil auszuzahlen und ihnen auf diese Weise zu einem Startkapital zu verhelfen – nachdem er ihnen davor schon das Sommerhaus vermacht hatte, in dem er Bruno Ubaldi, seinem Leibwächter, ein Wohnrecht einräumte.

Im Gegensatz zum Vater sei Bruno Ubaldi, solange Federico denken konnte, für Graziella und Claudia dagewesen, und er, Federico, war bei vielen Unternehmungen mit von der Partie – auch als Bruno mit ihnen als Teenagern auf den Schießstand ging, um ihnen den Umgang mit der Waffe zu lehren. Während Graziella sich als gänzlich unbegabt erwies und für Claudia die Erfahrung sogar traumatisch war, wurde ihm selbst von Bruno bescheinigt, eine ruhige Hand und ein präzises Auge und damit das Zeug zu einem guten Schützen zu haben. Er, der in seinem Leben selten für etwas gelobt worden war und eigentlich noch nie ein besonderes Talent für irgendetwas bewiesen hatte, ging seither, wann immer es die Möglichkeit gab, auf den Schießstand.

Während Bruno den Plänen von Graziella und Claudia mit dem Olivenhain und der Trattoria anfangs skeptisch gegenüberstand, habe er, Federico, die Schwestern von Anfang an bestärkt und ihnen, wann immer es ging, mit allem was er hatte, zur Seite gestanden. Warum er so fest an die beiden glaubte? Weil sie sich perfekt ergänzten, tatkräftig waren, einander vertrauten, sich von niemandem auseinanderbringen und schon gar nicht einschüchtern ließen. Sie jammerten nie und schauten immer nach vorne.

Das sei so gewesen, bis Alessandro Nardi kam. Der Mann aus Turin sei zunächst so entsetzt gewesen über den Steinhaufen, den er da geerbt hatte, dass sie untereinander Wetten abgeschlossen hätten, wie schnell der Typ mit seinem Aktenköfferchen, seinen Anzügen und Krawatten wieder abhauen würde. Doch dann war Alessandro überraschend planvoll und umsichtig vorgegangen und habe aus dem Steinhaufen nach und nach eine ganz passable Wohnung gemacht, bevor er schließlich anfing, das Grundstück zu vermessen und schon bald feststellte, dass die Grenzsteine versetzt worden waren. Er sei bei Graziella und Claudia vorstellig geworden und habe höflich um Rückversetzung der Steine innerhalb einer bestimmten Frist gebeten, ansonsten hätten sie mit juristischen Konsequenzen zu rechnen.

Claudia reagierte mit einem halben Nervenzusammenbruch, während Graziella versuchte, mit Alessandro Nardi ins Geschäft zu kommen. Sie schlug ihm vor, er möge ihnen das Land, das sie bereits im dritten Jahr kultivierten, zu einem fairen Preis verkaufen oder verpachten. Zusätzlich könne er auch an den Erträgen, dem Olivenöl, teilhaben.

Alessandro Nardi lehnte ab und verschloss sich jedem Versuch, zu einer gütlichen, für alle vertretbaren Einigung zu kommen. Für Graziella und Claudia war der Verlust von einem erklecklichen Streifen Land, der zwar nicht breit, dafür aber lang war und ihren Olivenhain entzweischnitt, existenzbedrohend. Doch Alessandro befand, das sei nicht sein Problem.

Bald begann der neue Bewohner der Ruine auch noch, jeden einzelnen Olivenbaum auf seinem Territorium zu erfassen, den Standort auf einem Plan zu verzeichnen, die Sorte zu bestimmen und die Ergebnisse mit übertriebener Akribie zu katalogisieren. Dadurch erreichte das anfangs noch freundliche, doch bald schon frostige Verhältnis von Graziella und Claudia zu Alessandro Nardi einen neuen Tiefpunkt. Um dennoch einen Einblick in seine Gedankenwelt und Pläne zu erhalten, baten sie Bruno, Kontakt zu dem Mann zu suchen und möglichst so viel Nähe herzustellen, dass er ihn unauffällig über seine Pläne aushorchen konnte.

Bruno bekam tatsächlich über das Tennisspiel einen Draht zu Alessandro Nardi und erfuhr im Zuge dessen, dass es im Olivenhain anscheinend einen Baum gab, der einzigartig sei und eine einzigartige Olive produziere – eine autochthone Sorte, die nur auf Capri heimisch war. Und dass der Mann aus Turin sich mit dem Gedanken trug, diese Sorte zu kultivieren – also genau das zu tun, was auch Brunos Plan für seinen Lebensabend in Ligurien war, aber mit einer viel spezielleren Olive.

Während Bruno seinen Abgang vorbereitete und Graziella und Claudia auf fast merkwürdig gleichgültige Weise mit ihren Problemen alleine ließ, mussten die Schwestern sich langsam mit der neuen Realität abfinden. Claudia begann, nach einer tragfähigen Lösung zu suchen und kam zu dem Schluss, dass sie das Sommerhaus verkaufen müssten, um sich finanziell Luft zu verschaffen und vielleicht irgendwo anders auf der Insel einen Olivenhain hinzuzukaufen oder zu pachten. Der Traum, einmal das gesamte Areal vom

Sommerhaus am Ende der Via Pino bis zur Trattoria zu bewirtschaften, war geplatzt. Und damit – so Federico – auch der schöne Plan, dass er selbst irgendwann einmal ins Sommerhaus einziehen und damit wieder und für den Rest seines Lebens ein festes Mitglied der Familie werden sollte.

Nichtsdestotrotz bestärkten die Schwestern Bruno, den seltenen, einzigartigen Olivenbaum von der Insel nach Ligurien zu schaffen und Alessandro Nardi damit das zu rauben, was ihm inzwischen so teuer geworden war. Sie nannten es ihre »kleine Rache« und rieten Bruno, den Erntehelfer Radovan Kurti mit der Aktion zu beauftragen.

Die Zeiten, wo sie alle zusammen darüber gefrotzelt hatten, wie wunderbar es doch wäre, wenn der Mann aus Turin einfach auf Nimmerwiedersehen verschwinden würde – und sie witzelten, notfalls müsse man einfach ein bisschen nachhelfen – waren vorbei. Aber ihm, Federico, ging die Sache nicht aus dem Kopf. Ihnen allen war bekannt, dass der Mann jeden Morgen auf den Monte Solaro hinauffuhr, und in Federicos Fantasie wurde es immer mehr die sauberste und einfachste Lösung, sich dort einfach in die Büsche zu schlagen und zu warten, bis der Mann vorbeigeschwebt kam, um ihn dann mit einem einzigen Schuss für immer los zu werden.

Er gestehe, Alessandro Nardi erschossen zu haben. Für das, was er getan habe, gebe es keine Entschuldigung. Er wünschte, er könne sagen, er sei in einem Film gewesen, aus dem er jäh erwacht sei. Stattdessen habe er sich nach der Tat erleichtert gefühlt, ja sogar mit Stolz erfüllt. Er war imstande gewesen, das Problem zu lösen, vor dem Bruno davongerannt war und die Schwestern ratlos kapituliert hatten. Er hatte die Kontrolle über ihrer aller Zukunft wiedererlangt.

Er sei aus diesem Zustand erst aufgewacht, als Graziella ihm heute Mittag in der Ölmühle mitgeteilt habe, sie und ihre Schwester ahnten, was er getan habe, wollten aber keine Details von ihm erfahren. Er solle stattdessen aus Capri, ihren Häusern und ihrem Leben verschwinden, und zwar sofort, sonst würden sie ihn anzeigen.

Von seinem Hochgefühl und der tiefen Befriedigung darüber, ein unangenehmes Problem sauber gelöst zu haben, sei nichts mehr übriggeblieben.

Er wusste, sein Traum hier auf Capri bei Claudia und Graziella zu leben, einmal ins Feriendomizil einzuziehen, in der Trattoria und im Olivenhain zu arbeiten, war ausgeträumt. Bevor man ihn für den Mord zur Rechenschaft zog und die Schwester ihn – wahrscheinlich früher oder später – anzeigten, habe er eins noch tun wollen. Deshalb habe er die Waffe aus ihrem Versteck in der Werkstatt geholt und sei aufs Dach gestiegen, um das neue Olivenöl, das grüne Gold der beiden Schwestern, zu zerstören.

Sein Zorn sei jetzt verflogen, er empfinde nur noch Schmerz und Trauer, tiefe Trauer beim Gedanken daran, dass die Schwestern an der Via Pino leben, arbeiten und Oliven anbauen konnten, ohne dass ihnen jemand in die Quere kam – während er selbst, der es ihnen ermöglicht hatte, nicht mehr dabei sein würde.

30

Die Badebucht von Marina Piccola lag an der Südküste zwischen Scoglio delle Sirene und Torre Saracena und bestand eigentlich nur aus einem Streifen Kies mit direktem Zugang zum Wasser. Um den Strand zu vergrößern und mehr Platz für Badegäste und Liegestühle zu schaffen, waren drumherum Terrassen, Sitz- und Liegeflächen entstanden, die teilweise überdacht waren und die über Betonflächen, gepflasterte Wege, Treppen und Stege erreicht werden konnten.

Cirillo hob den Ball auf, der ihr vor die Füße gerollt war, warf ihn zurück zu den Kindern, die im seichten Wasser spielten, und ließ ihren Blick über die bunten Sonnenschirme und den Bootsverleih hinüber zu den flachen Felsen und den Liegestühlen gleiten, auf denen vereinzelte Badegäste die angenehme Wärme der Herbstsonne genossen.

Über die Stufen, die um den großen Felsen herum gebaut waren, stieg sie auf die obere Ebene, hielt sich rechts, ging an der Bar vorbei und gelangte auf einen Vorsprung mit einem Fahnenmast, an dem die italienische Flagge mit dem Wappen von Capri wehte.

In einem Strandstuhl saß ein junger Mann, von dem sie von hinten nur die braungebrannten Unterschenkel und nackten Füße sah, die er auf das Geländer gelegt hatte. Er war dabei, in einem Buch Unterstreichungen mit Bleistift zu machen, wie sie es selbst vor Urzeiten in ihrem Studium getan hatte. Dass ausgerechnet dieser junge Mann so verfuhr und dass er überhaupt las – das hätte sie nicht für möglich gehalten.

Erst als ihr Schatten über sein Gesicht fiel, schaute der Mann auf. »Hallo, Mamma«, sagte er.

»Warum treffen wir uns ausgerechnet hier?« Cirillo lehnte sich mit dem Rücken zur Sonne ans Geländer.

»Weil ich hier arbeite.« Oscar klappte das Buch zu. Der Titel verriet, dass es um die Geschichte von Capri ging.

»Als Historiker?«, fragte Cirillo überrascht.

»Sehr witzig, Mamma.« Oscar nahm seine Füße vom Geländer. »Ich vertrete einen Kumpel, der hier als Bademeister jobbt. Komm, setz dich.« Er lehnte sich zur Seite und zog einen zweiten Strandstuhl heran, während er gleichzeitig einer Frau im Bikini hinterherschaute, die ohne Eile mit wiegenden Hüften an ihnen vorbeischlenderte.

»Ich hätte gedacht, dass wir uns irgendwo treffen, wo es ruhiger ist. Immerhin haben wir etwas Wichtiges zu besprechen«, sagte Cirillo.

»Vorgestern Abend in der Trattoria wäre es auch nicht viel ruhiger gewesen«, entgegnete Oscar knapp.

Statt sich hinzusetzen, ging sie neben Oscar in die Hocke. »Ich sage es noch einmal: Es tut mir leid.« Sie starrte auf die Maserung der Holzlehne und zog kurz in Erwägung, ihm vorzuschlagen, das Gespräch vielleicht doch besser auf den Abend zu verschieben. Aber Oscar schaute sie so durchdringend an, dass sie diese Idee auf der Stelle verwarf.

Sie hatte sich wie vor einer Prüfung einzelne Sätze zurechtgelegt, mit denen sie ihm erklären wollte, was damals in Bergamo geschehen war. Nach ihrer Trennung von Oscars Vater war sie als alleinerziehende Mutter mit ihrem Sohn von Schweden nach Italien zurückgekehrt. Es war nicht einfach gewesen, aber irgendwie war es ihnen beiden gelungen, in Bergamo wieder Fuß zu fassen. Bis zu dem Tag, als sie den großen Fehler machte, vom Staat strafversetzt wurde, Oscar zurück zu seinem Vater in den Stockholmer Vorort geschickt werden musste und sie hier auf dieser verdammten Insel landete.

»Was ist los?«, fragte Oscar.

»Erinnerst du dich an den Manhattan Club?« Cirillo rückte sich den Strandstuhl zurecht.

»Natürlich erinnere ich mich an den Manhattan Club«, erwiderte Oscar unwirsch. »Es war mein Lieblingsladen. Ich war dort Stammgast.«

»Ich war jedes Mal krank vor Sorge, wenn du da hingegangen bist«, sagte sie. »Ich fand, dass einige deiner Freunde zu alt für dich waren.«

»Worauf willst du hinaus, Mamma?« Zwischen Oscars Augenbrauen erschien eine steile Falte. »Auf den Abend, als die Razzia stattfand?« Er rückte auf seinem Stuhl nach vorne und saß jetzt auf der Holzkante. »Ganz ehrlich: Damals war ich sauer, weil du mich ständig wie ein kleines Kind behandelt hast. Aber im Nachhinein bin ich dir total dankbar, dass du mich vor der Razzia gewarnt hast.«

»Erinnerst du dich, dass ich dir eingeschärft hatte, die Klappe zu halten und niemandem davon zu erzählen?«

Oscar hob entschuldigend die Hände. »Ich habe es nur Mike erzählt. Ehrenwort.«

»Ich weiß, und es ist auch nicht mehr wichtig.« Cirillo lehnte sich zurück und streckte die Beine aus. »Es war mein Fehler. Du warst zu jung, um die Dimension zu verstehen. Jeder erzählt ein Geheimnis mindestens einer anderen Person, und auf diese Weise wird aus jedem Geheimnis früher oder später ein Gerücht. Ich hätte es wissen müssen.«

»Es tut mir so leid, Mamma.« Oscar fuhr sich betroffen durch die Haare.

»Es war nicht dein Fehler. Es war ganz allein meiner. Niemand kann erwarten, dass ein junger Mensch seine Freunde ins offene Messer laufen lässt.«

Oscar schaute in den Himmel. »Was wäre eigentlich passiert, wenn die Razzia stattgefunden und die Polizei mich verhaftet hätte? Ich war sechzehn, ich hätte vermutlich eine Verwarnung bekommen oder irgendeinen Dienst tun müssen in einer sozialen Einrichtung oder so.« Oscar schaute Cirillo fragend an. »Oder wäre ich in den Jugendknast gewandert?«

»Wir hatten den Club schon eine ganze Weile im Blick«, entgegnete sie. »Ich wusste, dass ihr dort dealt und Pillen verticktet, und ich wusste, dass die Kollegen in jener Nacht zuschlagen würden. Ich hatte keine Wahl.«

Oscar bewegte seine Zehen, und Cirillo ahnte, was ihm durch den Kopf ging.

»Woher wusstest du eigentlich, dass wir Pillen verticken?«, fragte er.

Cirillo schwieg. Die Tatsache, dass sie regelmäßig heimlich die Taschen ihres Sohnes kontrollierte und sich daheim als Polizistin aufführte, war ihr heute peinlich. Aber damals hatte sie nicht anders gekonnt, es war eine verflucht schwere

Zeit gewesen. »Ich habe zufällig eine dieser Pillen in deinem Zimmer gefunden«, log sie. »Beim Aufräumen.«

Sie schauten schweigend auf die Boote am Steg und den Typen, der versuchte abzulegen. Oscar saß mit krummem Rücken vornübergebeugt und hatte seine Hände gefaltet. Cirillo äugte zu ihm hinüber, und wie so oft fiel es ihr schwer abzuschätzen, wo auf der Skala zwischen naivem Kind und reifem Erwachsenen er zu verorten war. Meistens kam heraus, dass er viel erwachsener war, als sie es erwartete. Aber jetzt war es anscheinend andersherum.

»Verstehe«, sagte er. »Das war also der Grund, warum sie dich strafversetzt haben. Weil du Dienstgeheimnisse ausgeplaudert hast und sie dir nicht mehr vertraut haben.«

Cirillo wich seinem Blick aus und schaute zu den Faraglioni-Felsen, die dunkel aus dem Wasser ragten. »So ist es«, sagte sie, obwohl es nicht die ganze Wahrheit war.

Er beugte sich zu ihr herüber und nahm ihre Hand. Er hielt sie fest und legte seinen Kopf an ihre Schulter, wie er es als Kind immer getan hatte, und Cirillo durchströmte ein warmes Gefühl von Dankbarkeit. Aber für eine Sekunde meinte sie auch zu bemerken, dass Oscar sich ihr zuliebe mit der Antwort zufriedengab.

»Ich bin froh, dass wir uns ausgesprochen haben«, sagte er, rieb seine Wange an ihrer Schulter und fügte nach einer Pause hinzu: »Und dass wir uns wiedergefunden haben.«

Sie kämpfte mit den Tränen, streichelte seinen Kopf, nickte und gab ihm einen Kuss auf seine Locken, die nach Salzwasser rochen.

So ist es mit dem Glück, dachte sie. Man wartet immer darauf – und wenn man sich schon an den Gedanken gewöhnte, dass es wohl nicht mehr kommen würde, ist es plötzlich da.

Als sie zurückging, über die Treppe hinunter zum Strand, schaute sie noch einmal zurück, um Oscar zu winken. Aber er war schon im Gespräch mit der Frau im Bikini, die mehrmals an ihnen vorbeigeschlendert war. Oscar sagte etwas, sie lachte – und setzte sich neben ihn auf den Strandstuhl.

Auch wenn Cirillo ahnte, dass ihr Sohn sie womöglich durchschaute, hoffte sie, dass er nicht herausfinden würde, dass die verpatzte Razzia in Bergamo nur der Auslöser für ihre Strafversetzung gewesen war, aber nicht die Ursache. Sie war damals auf Bewährung gewesen, und die wahren Hintergründe waren so furchtbar, dass sie sie Oscar vielleicht niemals würde erzählen können. Sie konnte nur versuchen, sie weiterhin zu verdrängen, so wie sie es seit Jahren tat.

Sie nahm ihren Helm, hob die Vespa vom Bock und musterte den Mann, der an der Getränkebude lehnte und sich die schwarze Schirmmütze tief ins Gesicht gezogen hatte.

Auch wenn langsam Gras über die Sache wuchs, musste sie wachsam bleiben.

Sie beschloss, sich ausnahmsweise nicht um die E-Bikes, Motorräder und Autos zu kümmern, die am Ende der Via Marina Piccola im Halteverbot standen. Heute war ihr freier Tag.

Sie überlegte, was sie auf dieser winzigen Insel unternehmen könnte, und wie so oft, wenn sie mal freie Zeit hatte, stieg ein klaustrophobisches Gefühl in ihr auf. Es war nicht unbedingt Einsamkeit, aber vielleicht so etwas Ähnliches, eine seltsame Unvollkommenheit, die ihr anderseits auch ein Antrieb war.

Sie startete den Motor. Auch wenn sie noch nicht wusste, wohin es für sie gehen würde, setzte Cirillo den Blinker, gab Gas und fuhr los.

31

Als Rizzi seinen Motorroller am Ende der Via Roma parkte, stand der große Zeiger am Uhrenturm auf kurz nach halb elf Uhr und hinkte der wahren Zeit wie immer um mindestens zehn Minuten hinterher.

»Denk dran.« Gina stieg vom Rücksitz und nahm ihren Helm ab. »Rückspiel, heute Abend, 18 Uhr«, sagte sie. »Wir müssen Francesca anfeuern.« Sie gab Rizzi einen Kuss.

»Viel Glück!«, rief er und schaute ihr hinterher, wie sie mit ihrem kurzen Pferdeschwanz und der leuchtendblauen Bluse über die Piazzetta eilte, während Alessio Forcella oben im Rathaus, im ersten Stock, am offenen Fenster stand und wie ein König über die Sonnenschirme, Markisen und Menschen schaute.

Gina verschwand unter ihm im Gebäude. Rizzi hob die Hand, und Alessio grüßte zurück, schloss das Fenster und verschwand im Halbdunkel. Eines war klar: Gina brauchte für ihr Vorhaben nicht unbedingt nur Glück, sondern vor allem Zuversicht und einen starken Willen. Gleich würde Alessio versuchen, ihr in grellen Farben zu schildern, wie anstrengend und mit wie viel Ärger eine Kandidatur für den Gemeinderat verbunden war und dass Gina es schlicht vergessen könne, Politik nebenbei machen zu wollen. Weil es ihm mit solchen Winkelzügen nicht gelingen würde,

Gina von ihrem Vorhaben abzuhalten, würde er umschalten und schließlich versuchen, sie zu überreden, bei den Wahlen doch einfach für seine Partei anzutreten und mit ihm gemeinsame Sache zu machen, was er »vertrauensvolle Zusammenarbeit« nennen würde. Rizzi kannte Alessio gut.

»Stimmt es, was Edoardo erzählt?« Salvatore fegte die Kirchentreppe vor Santo Stefano, und die orangefarbene Weste des Straßenkehrers schlotterte um seinen mageren Oberkörper. »Gina bewirbt sich um einen Job im Rathaus? Als was will sie denn dort arbeiten? Als Alessios Assistentin? Er hat doch schon zwei.«

»Ich fürchte, da hat Edoardo etwas falsch verstanden«, entgegnete Rizzi und setzte seine Sonnenbrille auf.

»Das glaube ich auch.« Salvatore leerte das Kehrblech in den Müllsack. »Gina taugt nicht zur Assistentin. Sie würde niemals nach Alessios Pfeife tanzen.«

Rizzi gab Salvatore einen freundschaftlichen Klaps und sagte: »Ich hätte es nicht besser auf den Punkt bringen können.«

»Warum trägst du eigentlich keine Uniform?«, rief Salvatore ihm hinterher.

»Sonderurlaub!« Rizzi drängte sich zwischen den Leuten hindurch, die im Torbogen die bunten Fliesen mit den Wegweisern studierten, lief die Via Longano hinunter und bog noch vor der Piazzetta Battisti in die Via Listrieri ab. Wo ein Feigenbaum seine Zweige über die Mauer streckte, öffnete er die Pforte, stieg ein paar Stufen hoch und folgte einem Laubengang an Fenstern vorbei, hinter denen mit Geschirr geklappert wurde. Er überquerte den kleinen Hof, der übersät war mit den trockenen Blättern der Magnolie, schob sich an einem Wäscheständer vorbei und trat in einen schattigen Hauseingang.

Neben der Fußmatte stand ein Topf mit einer Palme. Die Wohnungstür war dunkelgrün gestrichen und das Namensschild aus Messing.

Rizzi musste zwei Mal den Klopfer betätigen, bis auf der anderen Seite der Tür ein schleppender Schritt zu hören war und eine krächzende Stimme rief: »Wer ist da?«

»Enrico!«, antwortete Rizzi.

Ein paar Sekunden herrschte Stille, dann wurde ein Schlüssel im Schloss herumgedreht und ein Riegel betätigt.

Franco schien noch ein bisschen kleiner und schmaler geworden zu sein, seit Rizzi ihn das letzte Mal gesehen hatte, was – wenn er sich richtig erinnerte – bei der Prozession zu Pfingsten gewesen war. Sein Hemd steckte ordentlich in der Hose und war bis oben zugeknöpft, aber der Kragen für den dünnen Hals zu weit. Die wenigen Haare auf seinem Schädel waren fast durchsichtig, und die gutmütigen braunen Augen lagen in tiefen Höhlen.

»Schön, dass du uns besuchen kommst.« Franco lächelte matt. »Und Gratulation, mein Lieber – auch von meiner Seite. Obwohl ich dir eigentlich die Ohren langziehen müsste.« Er hob mahnend den Finger. »Die Aktion in Anacapri war nicht ungefährlich!«

Rizzi legte einen Arm um Francos Schulter, während sie gemeinsam den kleinen Flur hinuntergingen. »Wie geht's dir?«, fragte er. »Was macht dein Bein?«

Franco winkte resigniert ab. »Es will nicht mehr. Hat einfach seinen Dienst eingestellt. Vor allem nachts sind die Schmerzen so groß, dass ich manchmal nur noch schreien möchte.« Er hatte Tränen in den Augen. »Was willst du machen, wenn das Blut nicht mehr zirkuliert? Ich bin ein Wrack, ein einziges Wrack.«

Auf dem Küchentisch stand ein Blumengebinde aus künstlichen Rosen, und neben der Sitzbank ragte ein weiß-bestrumpfter Unterschenkel in die Höhe. Die Prothese steckte in einem schwarzen Halbschuh.

»Wann ist es so weit?«, fragte Rizzi.

»Der Dottore sagt, in vier Wochen, und ich soll mich schon mal an den Anblick gewöhnen.« Franco wischte sich mit dem Handrücken über die Augen. »Aber ich will nicht klagen.« Er lächelte tapfer. »Zum Glück habe ich meine Schöne. Sie ist mein einziger Lichtblick.«

»Wo ist sie?«, fragte Rizzi.

»Liebling!«, rief Franco mit überraschend kräftiger Stimme. »Besuch!«

Irgendwo ging eine Tür. Schritte waren zu hören, und die Stimme von Teresa rief: »Frag den Dottore, ob er einen Kaffee möchte!«

»Ich bin's«, sagte Rizzi. »Enrico.«

Teresa erschien in der Küchentür, in buntem Kleid und flachen Schuhen, einen Wäschekorb voll mit kleinen Schachteln auf die Hüfte gestützt. »Du?« Sie blieb überrascht in der Küchentür stehen. Das Lächeln auf ihrem Gesicht erstarb. »Was willst du?«

»Schauen, wie es dir geht.«

Ohne Rizzi anzugucken, ging Teresa an ihm vorbei zur Anrichte und stellte den Korb ab. »Es geht mir gut«, sagte sie. »Nächste Woche bin ich wieder einsatzfähig. Versprochen.«

»Ich mache mir Sorgen.«

»Es war alles ein bisschen viel für sie«, mischte sich Franco ein.

»Schatz«, wandte Teresa sich an ihren Ehemann, »tu mir den Gefallen: Im Schlafzimmer in der Kommode, oberste Schublade, sind noch viele Medikamente. Guck bei jeder Packung aufs Verfalldatum. Alles, was abgelaufen ist, soll der Dottore nachher mitnehmen.«

Franco wollte etwas entgegnen, unterließ es dann aber und verließ humpelnd den Raum.

Teresa schloss hinter ihm die Tür, stand ein paar Sekunden lang bewegungslos da und drehte sich dann abrupt zu Rizzi herum. »Warum bist du gekommen?«, fragte sie.

»Ich will dir etwas bringen.« Rizzi zog das Tuch mit dem Glitzerfaden aus seiner Hosentasche. »Ich glaube, es gehört dir. Du hast es verloren.«

Teresa streckte reflexhaft die Hand danach aus, bevor sie erschrocken den Arm sinken ließ und abweisend erklärte: »Ich weiß nicht, wovon du redest.«

»Ich konnte zuerst nicht einordnen, wo ich das Tuch schon einmal gesehen hatte«, sagte Rizzi. »Ich wusste auch lange Zeit nicht, woher ich den Geruch kannte. Bis mir klar wurde: Es ist dein Duft.«

Teresa nahm das Stück Stoff, schlang es um ihre Hand, sank auf den Stuhl und starrte wortlos ins Leere.

»Du warst die Person mit der Schirmmütze, die am Dienstagmorgen im Olivenhain davongelaufen ist und die Romeo bellend verfolgt hat«, fuhr Rizzi fort. »Du hast dich vor mir versteckt und bist dann zu spät zum Dienst erschienen, weshalb niemand da war, als der Notruf vom Sessellift einging.«

»Das stimmt«, bestätigte Teresa leise. »Ich war bei Bruno, und nicht nur am Dienstagmorgen. Aber ich habe ihm von Anfang an gesagt: Bruno, das mit uns hat keine Zukunft. Und ich habe ihm eingeschärft, dass niemand je von unseren Treffen erfahren darf.«

»Daran hat er sich gehalten«, stellte Rizzi fest. »Weil er kein Alibi vorweisen konnte, hätten wir ihn beinahe festgenommen und nach Neapel überstellt, wo er dem Staatsanwalt vorgeführt worden wäre. Der ganze Apparat war kurz davor anzuspringen. Um dich nicht zu verraten, war Bruno Ubaldi anscheinend bereit dazu, unschuldig ins Gefängnis zu gehen.«

Teresa presste das Tuch an ihr Gesicht und versuchte, ihr Schluchzen darin zu ersticken. »Ich wollte es beenden«, stieß sie hervor. »Immer wieder. Aber ich habe es nicht geschafft.«

Rizzi zog sich einen Stuhl heran.

Sie nahm das Taschentuch, das er ihr reichte, schnäuzte sich und berichtete stockend, wie Bruno Ubaldi kurz nach *ferragosto* zum ersten Mal am Polizeiposten aufgetaucht war. Er wolle Anzeige erstatten, weil ständig Leute an seinem Haus vorbei zum Meer gingen, ihren Abfall zurückließen und an seinen Zaun pinkelten. Savio habe versucht, ihn abzuwimmeln, bis sie dazwischenging, Bruno etwas zu trinken anbot und versprach, dass ihre Kollegen sich der Sache annehmen würden. Aber keiner nahm sich auch nur ansatzweise der Sache an.

Rizzi erinnerte sich ganz dunkel. Sie waren heillos überlastet gewesen, und er hatte Savio – wie immer in solchen Fällen – angewiesen, am Empfang so viel wie möglich abzuwehren.

Teresa berichtete weiter, Bruno sei kein Wichtigtuer, sondern überaus höflich und charmant gewesen. Obwohl sie am Ende nichts für ihn hatte ausrichten können, habe er darauf bestanden, sie einzuladen, um sich für ihren Einsatz zu bedanken. Zu ihrer Schande müsse sie gestehen, dass sie sich nicht lange bitten ließ.

Vielleicht waren es seine Augen, seine Stimme oder einfach nur seine breiten Schultern gewesen, an die sie sich lehnen konnte. Sie habe sich bei ihm geborgen gefühlt, aufgehoben und begehrt wie vielleicht noch nie in ihrem Leben. Als er anfing, Pläne zu schmieden, und von einem Olivenhain in Ligurien erzählte, habe sie ihm stundenlang zugehört und sich dabei insgeheim vorgestellt, wie es wäre, tatsächlich eines Tages mit ihm dort zu leben – obwohl sie zugleich genau wusste, dass sie Franco niemals verlassen würde. Trotzdem sei es wunderschön gewesen, von einem anderen Leben zu träumen und für kurze Zeit vielleicht sogar daran zu glauben.

Als sie dann am Dienstagmorgen zu spät zum Dienst kam und bemerkte, dass sie anfing, ihre Arbeit zu vernachlässigen, habe sie beschlossen, ein für alle Mal Schluss zu machen. In der darauffolgenden Nacht sei sie zu Bruno gegangen, um ihm zu sagen, es sei vorbei, als plötzlich Cirillo draußen vor der Tür stand. Und als dann auch noch Rizzi mit den Filmaufnahmen von Bruno auf dem Tennisplatz angekommen war, sei sie wie gelähmt gewesen. Sie wusste, dass Bruno unschuldig war, und dennoch habe sie geschwiegen, ihr Wissen für sich behalten, die Ermittlungen also behindert und nichts getan. Die Sorge um das eigene Schicksal und ihren Ruf sei größer gewesen als ihre Sorge um die Ermittlungen, Bruno und sein Alibi.

»Hast du Franco davon erzählt?«, fragte Rizzi.

Teresa schüttelte den Kopf. »Er darf es nie erfahren«, flüsterte sie. »Wenn es herauskommt, ist alles aus.« Sie nahm Rizzis Hand. »Bruno ist nach Ligurien gegangen und fort. Ich werde ihn nie wiedersehen. Versprich mir, dass du niemandem etwas von uns erzählst.«

Rizzi sah die Angst in Teresas Augen, ihre Trauer und Resignation und antwortete: »Ich verspreche es.«

Als er kurz darauf am Strand von Marina Grande parkte, trieben dunkle Wolken über den Himmel, und der Wind war kühl. Er nahm den Kanister, kletterte damit über die Felsen und tauchte den Behälter ins Meerwasser, bis er voll war. Dann schraubte er den Deckel drauf.

Zu Hause würde er das Wasser abkochen und die Oliven aus seinen Gärten darin einlegen. Der Salzgehalt würde ihnen eine herbe Note und den speziellen Geschmack verleihen, den sie nur mit dem Meerwasser bekamen und den er so liebte.

Er stellte den Kanister aufs Trittbrett, startete den Motor und fuhr los. Mit einer Hand am Lenker und dem Kanister zwischen den Füßen, holte er sein Telefon hervor, rief die Nummer von seinem Vater auf und klemmte den Apparat zwischen Helm und Wange.

»Papa?«, rief er, als Vito sich am anderen Ende meldete.

»Ich weiß, ich bin spät dran, aber in zehn Minuten bin ich da. Dann hole ich die Oliven runter. Hast du gehört? Bleib weg von der Leiter.«

Er beschleunigte, die Sonne brach durch die Wolken, und im Kanister zwischen seinen Füßen schwappte das Meerwasser.

Luca Ventura
*Mitten
im August*
Der Capri-Krimi

Roman · Diogenes

Krimi
336 Seiten
Auch erhältlich als eBook, Hörbuch und Hörbuch-Download

Der Inselpolizist Enrico Rizzi hat es auf Capri zumeist mit kleineren Delikten zu tun und daher genügend Zeit, seinem Vater in den Obst- und Gemüsegärten hoch über dem Golf von Neapel zu helfen. Bis mitten im August ein Toter in einem Ruderboot an den felsigen Strand getrieben wird: Jack Milani, Spross einer Industriellenfamilie und Student der Ozeanologie. Es ist der erste Mordfall für den jungen Rizzi, ein Fall, bei dem es neben der Aufklärung eines Verbrechens auch um die Zukunft der Weltmeere geht.

Krimi
336 Seiten
Auch erhältlich als eBook und Hörbuch-Download

Als Inselpolizist Rizzi an einem sonnigen Morgen die ersten Pfirsiche in seinen Gärten hoch über dem Meer pflückt, ahnt er nicht, was in der Nacht geschehen ist. Modedesignerin Rosalinda wurde ermordet, ihre Leiche soeben im Beichtstuhl der Kirche entdeckt. Nicht nur im Dorf, auch in der Villa von Signora de Lulla herrscht Aufregung. Rosalinda war hier oft zu Besuch, zuletzt hat sie noch die kostbare Handtasche aus Salamanderleder besichtigt. Warum nur musste sie sterben?

Marco Balzano
Ich bleibe hier

Roman · Diogenes

Roman
Aus dem Italienischen von Maja Pflug
288 Seiten
Auch erhältlich als eBook und Hörbuch-Download

Ein idyllisches Bergdorf in Südtirol – doch die Zeiten sind hart. Die Leute werden vor die Wahl gestellt: entweder nach Deutschland auszuwandern oder als Bürger zweiter Klasse in Italien zu bleiben. Trina entscheidet sich für ihr Dorf, ihr Zuhause. Als die Faschisten ihr verbieten, als Lehrerin tätig zu sein, unterrichtet sie heimlich. Und als ein Energiekonzern für einen Stausee Felder und Häuser überfluten will, leistet sie Widerstand – mit Leib und Seele.